— the —
LONG WINTER

BEST 嚴選

奇幻基地出版

冰凍地球

終部曲：失落星球

THE LOST COLONY

傑瑞・李鐸 著

A. G. Riddle

BEST嚴選

緣起

在繁花似錦的奇幻文學花園裡，你或許還在門外徘徊，不知該如何抉擇進入的途徑；也或許你已經置身其中，卻因種類繁多，或曾經讀過不合口味的作品，而卻步、遲疑。

BEST嚴選，正如其名，我們期許能透過奇幻基地對奇幻文學的瞭解，以及對讀者的理解，站在出版者與讀者的雙重角度，為您精選好作家與好作品。

他們是名家，您不可不讀：幻想文學裡的巨擘，領域裡的耀眼新星。

它們最暢銷，您怎可錯過：銷售量驚人的大作，排行榜上的常勝軍。

這些是經典，您務必一讀：百聞不如一見的作品，極具代表的佳作。

奇幻嚴選，嚴選奇幻。請相信我們的眼光，跟隨我們的腳步，文學的盛宴、幻想世界的冒險，就要展開。

獻給時間，以及其神奇的治癒力量。

1 艾瑪

我被乍起的轟雷驚醒。

房間幽暗，床鋪大小剛好容得下我與丈夫，但他卻不在身邊。

詹姆斯已經出門六個月沒回來了。

「媽咪……」亞黎的聲音從對面的下鋪傳來。

「沒事，寶貝，外頭起了風而已。」

遠方轟隆聲越來越大，牆壁開始震動，種種跡象顯示不是風暴，是牠們回來了。

我連忙起身著裝。這套衣服以3D列印製作，特殊材質能阻絕身體釋放的熱量散逸，這幾個月下來拯救了數十條人命。

山姆從上鋪爬了下來。「妳要去哪裡？」

「出去工作。」

亞黎也坐在床邊晃著雙腿。「媽——」

「小聲點，你們會吵醒弟弟。」

來不及了。卡森已經在搖籃車裡翻來覆去，掙脫裹著小小身軀的襁褓，打個呵欠然後大叫起來。叫聲來得太不巧，可能會害死所有人。

我抓住山姆的肩膀。「從壺裡倒一杯奶餵卡森，好好哄他，別讓他吵。」

山姆搖頭。「我和妳一起去。」

「乖乖聽話，山姆。」

「爸爸呢？」亞黎哼哼唧唧的。

「你們兩個，別再出聲了。山姆，快點去吧。」

男孩板著臉走出房間，亞黎抬起頭，雙唇顫抖。

我將卡森從搖籃抱出來、交給她。「我馬上回來。」

走廊對面門打開，麥迪遜探頭查看。「還好嗎？」

外頭的地鳴持續惡化。

「沒事。」我敷衍妹妹。「哄小孩別鬧而已。」

山姆單手拿奶瓶，沿著走廊跑回來。我稍微停下腳步，給他一個擁抱，低聲說：「謝謝。」

出了大門，我朝指揮站走去。半空中掛著布質圓頂，那是以太空艙降落傘加工製成，用來遮蔽陽光、營造日夜分明的假象。由於山谷沒有夜晚，抵達曉神星的頭幾個月，大家的生理時鐘紊亂不已，於是做了這個巨型遮罩來模擬夕陽與黑暗。

圓頂下有十四排長條形房屋，屋內陸續湧出人群，多數是迷彩綠士兵，少部分和我一樣穿著隔絕衣。這種裝備目前只有二十套，根據每個人的身材訂製。若能取得必要原料，3D列印生產隔絕衣用不了多少時間，一旦碰上現在這種狀況，就能派上很大用場，所以我不得不讓詹姆斯冒著生命危險，前往曉神星背光面。他那麼常離開耶利哥城，就是爲了去開採3D列印所需要的材料。

指揮站小屋內，布萊韋上校連珠炮似地發號施令，壓低的英國腔嗓音彷彿裝了消音器的步槍。

「兩架偵察機都發射。」

下士阿奎拉對著房間中央長桌的終端機快速打字之後，抬頭說：「無人機發射完畢，開始連線。」

「迦太基號還要多久進入視距範圍？」

「一小時。」年輕人回答。

「發射中繼氣球。」

「全部嗎，長官？」

「全部。我們需要從天上進行偵察，而且梅林斯博士可以在太空船進入範圍前就發送指令。」布萊韋停頓片刻，思考自己還有什麼對策。「派遣阿爾法戰術小隊，立刻進入叢林，到達目標集團行進路線之後，就守備位置等待進一步指示，未獲授權不得主動攻擊。」

另一個技術員透過無線電轉達命令。

布萊韋察覺我到了，轉身過來微微點頭，掃視我身後的部隊。

「少校，」她朝後頭一個男子下令。「執行封鎖。」

「遵命！」軍官的聲音清澈響亮，嚇了我一跳。

指揮站小屋只有一個房間，大約五百平方英呎，原本安安靜靜的一點聲音也沒有。

布萊韋嘆口氣。「拜託，都小聲點。」

大家轉身悄悄離開。遠方隆隆聲依舊不絕於耳，彷彿海上的戰場隨著浪潮拍打過來。

「無人機回傳影像。」阿奎拉報告。

螢幕牆畫面從市鎮周邊切換到上方的俯瞰影像，遮光圓頂在藍綠色草原上是個顯眼的大白點，布料隨地面震動而擺蕩，有如水漂石在池塘中泛起圈圈漣漪。市區外的白色通訊板陣列是我們與太空船之間唯一的通訊管道。

包圍耶利哥城的草原南端有條藍色大河，河面上白浪滔滔，風暴開始之後水量暴漲。但洪水並非我們的主要顧慮，草原的東、北、西三面都是樹海，生態環境類似地球的雨林。

即便與地球有諸多相似之處，曉神星在我眼裡依舊如此陌生。這裡的太陽是橘紅色的，因爲它是紅矮星，亮度與我們捨棄的舊太陽相比不到十分之一。氣溫之所以與地球接近，僅是因爲曉神星距離紅矮星較近，儘管如此，或許我永遠無法習慣不同顏色的陽光。

再來，曉神星與舊月球一樣處於潮汐鎖定狀態，也就是一面永遠對著太陽，另一面永遠沒有日照。日照面太過炎熱、形成廣闊沙漠，黑暗面則恰恰相反，都是冰原雪山，就像我最後一次看見的地球，是一大塊沒有生命的冰。唯有沙漠和冰河交界處是人類能夠生存的區域，這條山谷符合金髮姑娘原則（注），滿足了人類需求，而且圍繞著曉神星。谷內風景優美，宛如天堂——至少我們曾經這樣認爲。

可是，我們計算時漏掉了一個變數。星系中竟存在一顆特別的流浪行星，其軌道極不規則，人類初抵達進行掃描時，它剛好移動到星系外相當遙遠之處，所以完全躲過了偵測。如今它回來了，十分靠近曉神星，雖不至於相撞或大幅改變彼此的軌道，但重力牽引卻足以造成曉神星微微偏轉，因此搖晃了山谷，並擾亂生態。雖然這是自然現象，卻極有可能導致人類滅亡。

從螢幕判斷，無人機朝谷西叢林飛去，覆蓋耶利哥的圓頂漸漸自視野消失，接著就是一望無際的樹木。記得初次進入林地時，裡面的陰暗濕冷令我訝異不已，樹葉樹枝交織密結，闇黑得宛如無盡夜空。

「切換紅外線偵測。」布萊韋低聲下令。

畫面只剩藍色、黑色還有紅色。紅色是生命跡象，分散在螢幕各個角落。

「鏡頭拉遠。」她緩緩說。

視野範圍擴大了，卻還是布滿紅點。「繼續。」

終於能看見所有紅點：難以計數的暴龍群擠成一個巨大的菱形，迅速穿越叢林，直朝耶利哥城逼近。

注：金髮姑娘原則來自童話故事《三隻小熊》，泛指事物處在不多不少、恰到好處的程度，最能滿足需求或發揮引導作用。

2 詹姆斯

冰原上，亞瑟一副不耐煩的表情。「詹姆斯，回家吧。」

我不理他，只低頭看著平板確認位置。就是這裡，在我腳底下。

我回去車上取了鏟子出來，陣陣冷風撲面，雪花在地面如風滾草跳動的模樣，讓人聯想到廢棄小鎮。西邊一片皚皚山峰分隔了曉神星背光面與我們視爲家園的山谷，我擔心那片谷地受到無形的、未知的敵人威脅。答案就在雪原上，我感覺得到。

「你是怎麼跟他們說的？」亞瑟問。

「說什麼？」

「解釋你爲什麼跑到這裡來。」

「重要嗎？」我嘟囔著走回地圖標示的位置，開始鏟雪。

「讓我猜猜看？」亞瑟假裝沉思。「應該是說你過來找３Ｄ列印的材料？然後帶一些東西回去，避免大家起疑。」

「你的推理頭腦令人嘆爲觀止哪，有如一臺計算無限可能性的機器啊。」

亞瑟冷笑。「眞幽默，但我可不止如此，而且我已經提醒你該回家了，詹姆斯。」他盯著我，忽然正色起來。「你聽我的勸告比較好。」

「如果你肯幫忙，我早就回到家了。」

「我剛剛正在幫你。」

巧的是鏟子就在這時挖空，氣流自積雪掩埋之下的坑洞噴出。我加快動作掘出入口，下傾的隧道崎嶇不平，裡面一片漆黑，開口大小要我稍微壓低身子才鑽得進去。

隔著山脈，遠方傳來轟隆聲，恐怕沙漠那頭又起了風暴。

「快回家吧。」亞瑟繼續叨唸。「我提醒你了，曉神星的風暴十分凶險。」

「我不擔心風暴。」

「你還是擔心一下比較好。」

我跟著安全帽頭燈光束踏進隧道，回頭喊了聲：「過來。」

過了一會兒，我才聽見他的沉重腳步踩碎雪粉的聲音。

隧道直走到底，找到了一顆黑色金屬球，體積比籃球略大。我測量後確定比前兩個還要再大了些，但差距很細微。

旁邊的冰壁上刻了一個符號。

是哈利留的。對象是我？還是給他自己或隊員的提示？

他已經將奇怪球體完整挖出，所以我也能好好觀察。這顆和之前兩顆一樣，球體表面光滑無痕，只有一個小開口沒關閉，內部中空。三顆都是這種狀態。

「電網之眼」——第一次看見這個符號時，亞瑟如此稱呼它。當初我認爲它是地圖，這個想法至今不變。目前推測，找到的球體的地方就是地圖上的圓點，精確一點說，是外側弧線上的那些封閉圓圈。只找到兩個點的情況下無法證實假設，因爲電網之眼上沒有比例尺或參考點，隨意兩個坐標難以判斷是否對應到地圖。

但找到第三個位置就不同了。我用平板電腦調出曉神星地圖，與符號重疊起來。

三個點完全吻合。

也就是說，如果還有其他球體，只要我按圖索驥，就能全部找出來，速度會快得多，不需要靠無人機與金屬探測對凍土做地毯式搜索。

我將平板亮給亞瑟看。「果然是地圖。其他地方有什麼？同樣的東西？」

他轉了轉眼珠。「我想，你會發現自己在浪費時間。」

「有趣。」我繼續研究地圖，思考下個點該

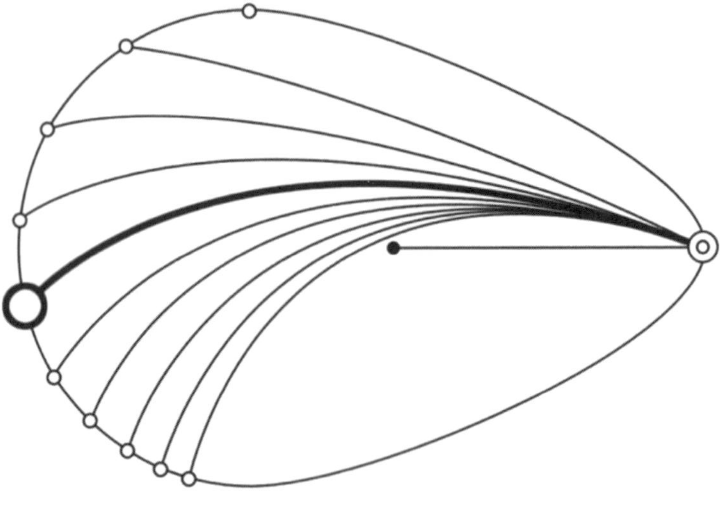

選哪裡。「整張圖上只有一個端點，那是起點還是終點？」

「爲什麼不能都是？」

「這不是答案。」

「你能得到的只有這句。」

我不禁感慨自己的處境眞是又冷又暗——身心都是，一部分自然是因爲曉神星這一側的永夜與寒冬。

「準備去中間那點。它比較特別，對吧？」

亞瑟搖搖頭，有種不屑的感覺。

「爲什麼用『眼』這個詞？」

他站著不講話，好像懶得理我。

「我覺得我知道——眼睛看得見一切。」我停頓一下，亞瑟還是不回應。

「不止如此，眼睛也能見證開始與終結。這就是你們的小祕密？」

他的視線朝我瞥過來，仍舊不出聲。

我追問：「它並不瞭解最初看見的景象，就像人類不記得出生時第一眼看見什麼，對於生命頭幾年所見既無法理解也無法回想。然而走到生命盡頭時，我們卻能睜開眼睛，清楚看見整個軌跡。」

亞瑟一下子面部僵硬、瞳孔無神。這種表情我已經很熟悉——他暫停肢體控制，所有運算能力集中於某種運算機制。見面至今已發生過好幾次了，顯然他又在重新評估態勢。我方才說的話碰觸到某個重要環節。

同樣忽然地，亞瑟又動了動，彷彿剛醒過來。「有趣。」

「什麼東西有趣？」

「你啊，詹姆斯。」

「你們認為我不可能猜得到。」

「機率小到與零幾乎沒有分別。」他搖搖頭。「但也無所謂，不要追查下去對你比較好。」

「怎麼說呢？」我湊近。「能讓你說出這種話只有一個理由，就是會對電網造成損害。」

「有這個可能，不過你該考慮看看，也許還有別的理由？萬一是會損害到你自己呢？」

「你曾經說過，你們根本不在乎地球人，唯一會考慮的只有如何保存能量，好完成不知道究竟是什麼的豐功偉業。」

「人是會變的。」

「你們又不是人。」

「以你的定義而言或許不是，但不代表電網不會改變。」

「難道現在電網關心起地球人了？」

「有這麼難以相信？」

「太難了。」

亞瑟注視我。「詹姆斯，你自己也改變了很多。最初你在監獄，被捲入可能喪命的暴動，但心裡毫無畏懼。」他遲疑片刻。「甚至可以說你樂於接受死亡，反正你一無所有，被家人怨恨、被世人誤解、遭到排斥囚禁。然而你贏回了一切，哥哥、妻子、三個小孩，還有一大群信任你、追隨你的人。你得到這麼多，於是再度害怕失去，所以你才會來到這個地方，背後的動機是恐懼，是你自己在腦袋編織的末日情節。你對抗長冬太久，精神面無法承認危機已經落幕。」

「事情還沒完結。出去。」

亞瑟又一動不動。

我從口袋掏出桂葛里做的能量槍，只要一發就足以破壞亞瑟的身軀。

「你不肯自己走，就由我動手拖回車子。結果都一樣。」

他這才轉身往洞口移動。

外頭的風雪增強是個徵兆：風暴來襲、朝著山脈對面的谷地席捲而去。

亞瑟抬頭凝望天空。

「詹姆斯，你絕對不會想被困在風暴中。」

「那我們就更該動作快。」

他小跑步穿過冰原，回到全地形越野車。我們進入山區，因爲地圖上的起點、接下來的目的地位在背光面的山脈邊緣。球體掉落在這種地方有可能被岩石壓碎，或者墜地時因碰撞裂開，化作殘骸的話，想要找到就很不容易。

深入山徑時，微弱光束自山頂後方射來，冰封荒蕪的土地逐漸有了生命，從灌木慢慢發展爲參天古木，它們努力向上伸展，連一絲稀薄陽光也不想錯過。但樹枝沒有長出葉片，而是垂掛藍綠色形似海綿或苔蘚的組織，我想到自己成長的美國南方，也有叫做松蘿或鬚草的類似植物。

地面黑如煤炭，而且濕潤鬆軟。遠處有窸窸窣窣和動物啼叫的聲音，但舉目所及只有樹木上的小昆蟲。獸鳴迴蕩，忽遠忽近。

平板嗶嗶叫了起來，我確認地圖，目標就在一百呎外。我停下車開始步行，亞瑟走在前面。遠眺便可見到又高又寬的山洞，筆直嵌入山壁，幾乎直達岩盤。我要找的東西，就藏在洞內。

亞瑟停下腳步張嘴想講話，但我拔槍朝前揮了揮。

「繼續走。」

他聳聳肩。「我以爲你想先進去。」

「不想，說不定有危險。」

「眞難得你說對了一次。」

「風暴眞的要來了。」苔蘚落在頭髮上時，亞瑟又說了一次。

我再揮揮能量槍，他便乖乖往洞裡走。

強風掠過林間，那些苔蘚模樣的東西飄落下來，彷彿遊行時潑灑的彩色紙屑。

進入洞中，幾英呎以後就伸手不見五指。我打開頭燈，觀察岩壁，發現都是厚實的岩塊，如叢林地面般又黑又濕。亞瑟又要等我動槍才肯走，洞穴拐了個彎，我一轉身就照見骸骨。

我下意識抓緊了能量槍，心臟同時跳個不停。

亞瑟緩緩回頭，五官蒙上陰影。

我退後一步，後背撞上冰涼的洞壁。左看右看，擔心裡面藏著食人猛獸，但什麼也沒有，只是寂靜無聲。

我再用頭燈照亮骸骨，仔細查看，多得瞧不見盡頭，這才意識到全都是人類。

「這些是誰？」我低聲詢問。

亞瑟卻扯開嗓門，像拿著喇叭在山洞製造回音。「你心知肚明。」

「這到底是什麼？」

「詹姆斯，這就是你旅途的終點。」

3 艾瑪

很長一段時間裡，指揮站內沒有人出聲，所有眼睛都盯著無人機遙測畫面。紅色光點如滔天巨浪淹過叢林，直逼耶利哥城而來

這種數量的暴龍群，我們不可能戰勝。

我們在降落前就觀察到曉神星暴龍了，因爲牠們與地球歷史上的暴龍神似，所以直接這樣稱呼。牠們是本地最凶猛的野獸，巨大的蜥蜴形身軀覆蓋了厚重鱗片，以兩條肌肉發達的後腿快速奔跑，差異在於地球暴龍只有兩條小小前臂，曉神星暴龍卻長了四條前臂，兩長兩短，長尾末端還帶著銳利棘刺。我們曾經目擊牠們以尾棘刺殺獵物，然後用前爪撕裂屍體。

至今已有七人死於曉神星暴龍攻擊，五個是軍人，加上兩個去谷西叢林狩獵的成年人。我們殺掉的暴龍數量雖是兩倍之多，但非常艱辛。牠們的皮膚十分堅韌，頭骨硬度極高，需要兩、三發子彈才能傷及腦部。若能命中眼睛、鼻孔、口腔，也能一槍斃命，問題在於暴龍的速度飛快，並不容易瞄準。

牠們以紅外線視覺和高度發達的嗅覺鎖定目標。我們確認這點之後，便設計了我身上這種隔

絕衣，穿著隔絕衣能夠完全不被暴龍察覺。對付數量小的暴龍，一隊配備隔絕衣的人就有勝算。可是現在可能有超過幾千頭暴龍朝耶利哥城直衝過來。

布萊韋打破沉默。

「前鋒抵達我們這邊還有多久？」

阿奎拉咬著嘴唇，盯緊電腦。「三十分鐘，會有一點誤差。」

不參與封鎖、行動未受限制的軍人都來到了指揮站集合，人數多到擠到外頭馬路上。大家輕輕推擠彼此，都想瞥一眼螢幕。

上校轉頭望向門邊一個高䠷軍官。瑞秋．哈里斯目前是耶利哥武裝部隊指揮鏈上的第三順位。

「上尉，執行奧米茄方案，攔截目標路徑，穿過林線就開始掃射。」

所謂奧米茄方案就是將所有兵力部署在市區周圍全力防禦。

上尉離開後，布萊韋朝我點點頭。我們穿過人群，走到房間後面的小角落，她繼續盯著螢幕，壓低嗓音講話。

「我們的火力一定攔不住這麼大一波。」

「有可能撤離嗎？」我問。

「全員的話沒辦法，而且往外逃也可能被追上。」布萊韋銳利的目光不透露任何情緒，彷彿剛剛唸的是午餐菜單。沒辦法打，也沒辦法逃，那究竟能怎麼辦？唯一能肯定的是，大家指望我做出最後決策。

耶利哥城完工、居民安頓至今已經半年。四個月前舉行了選舉，我竟然意外又錯愕地成了市長，到現在自己都不明白原因。詹姆斯認爲，一方面是我有國際太空站經驗，另一方面（以他的說法）則是我在長冬時期的表現有目共睹，無論受困城塞或離開地球前最艱困的日子裡，都發揮了高度領導力。換個角度來看，當上市長對我的心理健康也有好處，沒空閒一直惦記他的下落和安危。

登陸曉神星以來面對過重重難關，卻沒料到會遇上這麼大規模的災難。

在地球的最後一年，我遭遇過類似的危機，不過當時有整個團隊幫忙想辦法。佛勒、哈利、夏綠蒂和爾斯都曾經與我們在同一張桌子旁邊推敲琢磨，而如今，他們和迦太基號上所有人都不在了。

憑空消失。

迦太基城與耶利哥城像同個模子刻出來的孿生兄弟，然而那邊已是斷垣殘壁，荒煙蔓草。那也是暴龍大舉侵襲的結果嗎？

我們前往迦太基遺跡調查過許多次，希望找到一些蛛絲馬跡。雖然回收了幾個硬碟，卻都損壞到無法讀取的程度。目前最樂觀的猜測是迦太基眾人因爲某種理由，決定離開不再回來，建築物則因日曬雨淋而化作廢墟。

耶利哥號太空船抵達以後，我們自然而然決定不將居住地蓋在遺址附近。實際面考量是或許迦太基城內還有不明病原，再者孩童進入廢墟玩耍也很危險。此外還有心理因素：曉神星對所有人是個嶄新的起點，但每天看見迦太基城遺址，不免想念逝去的親人朋友，並且反覆意識到這顆星球仍潛藏危機、另一條船的精英也沒能熬過去。或許我們早該考慮住在這裡是否安全，但當時大家一心想要重頭開始、回歸正常生活，給孩子們一個美好的未來。

此時此刻，美好未來願景似乎瀕臨夢碎。

我也壓低聲音問：「上校，現在有什麼選擇？」

「我們能做到的是分散暴龍群，但最好先知道牠們為什麼狂奔。暴龍未必沒有天敵，不過我認為躲避風暴的可能性更大。總之，讓暴龍也想躲的東西，很可能比瘋狂的暴龍群還要難以應付。我建議透過無人機與迦太基號進行觀測，如果真的起了大風暴，必須請摩根博士盡快預測行進路線。」

「要是暴龍群直衝耶利哥，我們的生存率有多少？」

「市長，這很難說。」

「就妳個人認為？」

「很低。」

我咬著下唇，思考如何明知不可為而為之。「預做撤離準備，同時追查暴龍移動的原因和方向。」

「是。」

布萊韋立刻轉身下令，幾分鐘後阿奎拉高聲說：「報告，中繼氣球達到預定高度，與迦太基號建立通訊。」

「取得空拍圖。」布萊韋指示。

泉美、閔肇、桂葛里三人正好在此時趕到指揮站，一起看了迦太基號回傳的影像。從太空觀察曉神星背光面，除了靠近谷地的山峰、雪原上有幾條河川之外，幾乎全是白冰。但螢幕中間有個東西吸引大家目光：那一側地表上出現了巨大風暴，與地球的颶風頗爲類似，氣團中央的眼睛往外伸出螺旋狀觸手，位置正好在兩條大河交會處。

我第一個念頭就是詹姆斯。恐懼占據了思考，腦海浮現他像布娃娃般被狂風甩過苔原、撞在樹幹或峭壁上的悲慘畫面。那裡哪有地方能躲？

我立刻從桌上拿起無線電叫道：「耶利哥指揮部呼叫詹姆斯，聽得到嗎？」

等了片刻，沒有反應。「詹姆斯，聽到的話出個聲？」

還是沒反應。該不會風暴成形時，他就在附近？現在還在冰原嗎？再不離開眞的會有危險。

我回頭吩咐布萊韋：「從迦太基號做紅外線掃描。」

她點點頭，阿奎拉迅速操作。「執行紅外線遮罩。」他稍稍停頓。「下載差量圖像。」一秒後畫面更新，風暴氣旋逆時針轉動，沿河道上行，往山脈與谷地靠近。沒看見人類生命跡象，詹姆斯已經逃走了？還是深陷其中出不來？

情勢變得更加棘手，暴龍群即將衝出谷西叢林，風暴則會翻越谷東山脈。而且十分不合理，暴龍爲什麼是朝著風暴移動？牠們想躲的也許是其他事物，難道西方也起了風暴？

思考到一半，摩根博士跑進指揮站。「你們找——」

話沒說完，摩根愣在原地，張大眼睛瞪著螢幕。

查爾斯．摩根是美國的頂尖氣象學家，之前曾在國家海洋暨大氣總署率領團隊研究長冬，做出的預測最爲準確，希望現在他也能告訴我們，究竟發生了什麼事。

「博士?」布萊韋打斷他的沉思。

「只有這張?」他低聲問。

阿奎拉敲了幾個按鍵，螢幕顯示從差量圖片切換到斷斷續續的錄影，能夠看見大風暴隨水而上，侵襲比鄰谷地的山區。

摩根探身過來，撥了撥厚重眼鏡。「真沒料到……」

「會影響我們嗎?」

「一定。」

「程度多大?」

「風暴移動速度?最大風速是?」

過了幾秒，阿奎拉回答:「移動時速十公里，最大風速每小時一百公里。」

摩根搖頭。「很糟。」

布萊韋忍不住嘆口氣。「能麻煩博士說仔細點嗎?」

「說實話是不能，目前資料不足。」他攤手。「我們在地球生活了幾百萬年、觀測氣象上萬年，但來到曉神星才第一年，怎麼預估這裡的天候呢?連——」

我保持語調鎮定，直視摩根。「博士，先解釋你確定的部分，麻煩長話短說。」

他深深呼吸。「因爲怪異的流浪行星經過，曉神星受到重力牽引而微微偏斜，」摩根仰頭。「結果使得這座山谷朝恆星靠近了些——雖然就那麼一點點，卻引發非常嚴重的問題。可想而知，沙漠熱空氣會湧入叢林，山谷會變熱變潮濕，更麻煩的是河流也會受到影響。山谷是曉神星冷熱之間的過度地帶，來自沙漠的溫水在谷地冷卻，然後流入背光面。現在氣候驟變，流進冰原的河水溫度便提高了。」

摩根指著螢幕。「風暴逆流而上，增溫的河水正好成爲動力來源。一旦風暴侵入山區，就會夾帶河水倒灌，而且高山冰冠被捲走，會有更多暖空氣從山谷湧進背光面。這個循環無止無休，直到流浪行星遠離才會結束。」

「對我們、對耶利哥城的意義是？」我繼續問。

「我想首先是豪雨，然後谷東森林會下雪。河水暴漲，甚至可能洪水氾濫。或許因爲如此這裡才形成草原。所以我當初主張研究久一點再降落定居——」

「好了，摩根博士，已經討論過不少次，耶利哥號太空船上存糧無法支撐長期觀測——」

「不然就該住在山上才對。」

「摩根博士，現在不是爭論這個的時候。」

自從觀測到風暴，這個話題反覆浮上檯面好幾回。初抵達曉神星，我們討論過居住區是否應該設置在丘陵甚至高山，但主要問題卡在農耕難度會大幅提高。迦太基號應該也考慮過，還是選擇了平原。誰能料到氣候變異竟如此猛烈急遽？

「風暴是個大麻煩，但並非請你過來的主因。」布萊韋對摩根解釋。「想必博士已經察覺了，遠方那聲音是暴龍群朝這裡狂奔過來。」她朝阿奎拉比個手勢，下士調出無人機影像，顯示從耶利哥城一路到谷西叢林都是滿滿的紅色熱點。「既然暴龍群是朝向背光面的風暴跑過去，我想應該不是風暴造成牠們發狂吧？」

摩根看得愣住，好一會兒才回答：「的確不像。給我看看沙漠那邊的空拍。」

「畫面是七小時前。」布萊韋提醒。「上次耶利哥號太空船經過期間拍攝的。目前有兩架無人機朝沙漠移動，要……」她瞥了瞥阿奎拉，下士幫忙回答：「不到一分鐘就抵達。」

「讓我們看即時影像。」

鏡頭裡谷西叢林的樹冠消失，高大粗壯的樹木如牙籤般東倒西歪躺在地上。許多暴龍倒地不動，一部分被壓在傾塌的樹幹底下，但其餘似乎沒受傷，紅點仍在畫面閃爍。明明活著為什麼停了下來？因為害怕？

我不禁又懷疑起來，暴龍究竟要躲什麼？這種規模的逃亡前所未見，而且怎麼倒了那麼多？畫面上，叢林後面聳立著耶利哥西方高山，越過山頂則是曉神星迎光面大沙漠。勁風颳起沙礫，彷彿一堵高牆呑捲山脊。

「沙塵暴。」布萊韋平靜地說。「暴龍群會是在躲那個嗎？」

「不無可能。」摩根輕聲回應。「畢竟都有一波沙塵暴越過山脈、吹倒叢林了。」他湊到螢幕前面伸手比劃。「看這邊，把鏡頭對準地上的曉神星暴龍。」

聚焦放大之後，能看清楚倒地的暴龍一動不動，身體布滿裂痕，傷口極深，像是被利刃砍劈了千百回。

「恐怕這才是牠們逃跑的原因。」摩根說。「暴龍怕的不是沙塵暴，而是跟隨風暴和暖空氣從沙漠進入叢林的某種生物。」他繼續指著螢幕上的暴龍屍體，轉身望向我和布萊韋。「能把暴龍傷成這副德行的東西，我們完全沒有勝算。」

4 詹姆斯

狂風尖嘯著自洞口竄入黑暗，彷彿幽魂朝我哭號。

亞瑟微微轉身，朝著聲音來源說：「詹姆斯，風暴來了，快走吧。」

「下面藏著你不想讓我找到的東西。」

「又或者我不想眼睜睜看著你害死自己。」

我推了推山壁，朝屍堆走去。頭燈照出我此生所見最悲慘最怪誕的景象：一堆又一堆的骸骨，還看得出孩子們緊緊抱住大人。

他們的穿著我也認得，是大西洋聯盟制服，而且和耶利哥一樣染成了綠色。

風聲分分秒秒不斷增強。如果真的起了風暴，風勢正急遽擴大。

我在屍堆周圍繞行，小心翼翼不想褻瀆死者。頭燈光束掃進洞穴更深處，裡面的遺體保存得較完整，還留有灰色皮膚與脆化的頭髮和指甲，看上去簡直就像太平間。仔細想想，這座洞穴本身就是保存遺體的絕佳環境——陰暗冰冷，只有濕度不夠理想。

我就近找了一具遺骨查看。骨頭上爬滿了小昆蟲，肉是被牠們吃掉的，當然也和細菌有關，空氣中的水分製造出蟲子和細菌得以生存的條件。

我起身時，光線正好照到一件藍色連身工作服，與我當初在九號營倉庫穿的是同款式。死者面部灰白凹陷，即便沒了呼吸，我還是認得出老友。

「哈利……」我輕聲喊著他的名字，朝遺體走近，發現佛勒就在他旁邊，夏綠蒂抱著兩個孩子躺在幾呎之外。

迦太基號的人在這裡。我尋回了失落的殖民地成員。問題在於，怎麼會是這個地方？爲什麼正好位在電網之眼的起點——抑或終點？

哈利手中有東西反光閃耀，我彎腰輕輕扳開他僵硬的手指，碰觸到他失去體溫的冰涼肌膚時，忍不住一陣心驚。

他手裡抓著一個小硬碟。

我凝視良久，下意識知道哈利必定在裡頭留下了給我的訊息。他知道我能找到，而且將硬碟藏在洞穴深處，就不必擔心風暴、野獸或其他埋伏在這顆星球的威脅。我心裡很害怕，哈利究竟要告訴我什麼？

我將硬碟接上平板電腦，系統偵測到數百個檔案，有文件、圖表、醫療儀器數據與檢驗報告。列表最上方是名爲「Hello-World」的影片，我點擊開啓。

首先看見哈利那張幾乎占滿螢幕的臉。背景是山洞，看樣子就在這裡拍攝。微弱光線從下方照亮他的五官，他壓低了聲音，似乎不希望周圍的人聽見。

「歡迎收看本週的《墓穴奇譚》（注）。」他戲劇化地挑挑眉毛，接著露出苦笑。「你聽了大概笑不出來吧，不過這種渾然天成的笑話，一輩子能遇上幾回？話說回來，那個影集好像和你不同年代。」

他直視鏡頭。「這錄影是特別留給你的，詹姆斯。我猜應該會由你找到它，也希望說明我們遇上的情況，能夠幫上你們的忙。我馬上就會解釋爲什麼大家沒回去營地，而是流落到洞窟。」

哈利吞口口水，整理思緒。「這一切要從風暴開始說起。」

注：原文Tales from the Crypt，美國電視影集。最初在臺播映時取名《週日神祕檔案》，後來改名《魔界奇譚》。（此處翻譯名詞根據上下文而來）

5 艾瑪

指揮站內所有視線集中過來等我下令。我好想拿無線電再呼叫詹姆斯試試看，但保護耶利哥城才是眼前最重要的使命。

我以前也面對過同樣狀況，幾秒的猶豫就是生與死的距離。我待在國際太空站的最後一天，隊員的性命應該由我來守護，結果一眨眼間，大家都喪了命。那場景在我腦海重複上演不下百萬次，再遲疑就將重蹈覆轍。

布萊韋湊近，背對眾人向我低語：「既然暴龍群遭到其他生物追殺，代表無法改變牠們路徑，全部驅散是不可能的事。更何況背光面也起了風暴，牠們到山區之後，有很高的機率會折返，結果無論如何都會衝進居住區。」

「妳說沒辦法在暴龍群到達前撤離所有人，意思是撤離一部分還是辦得到？」

她點點頭。「大概一半，或許更多些，必須動作快。」

「著手進行吧，上校。能撤多少是多少，也爲留下來的人做好準備。」

布萊韋朝屋內官兵大聲下令。已經不必控制音量，因爲沒什麼好遮掩了，撤離行動本身就不可能安安靜靜。

發現暴龍群異常活動以後，我們就制訂了撤離計畫。斥候部隊鎖定東邊山腳的洞穴，判斷位置環境適合做爲避難所，但來不及完整勘察。事實上，他們只看了洞穴入口，並未深入探索。當初我曾提出要求，希望至少走進裡面仔細確認，最好畫下路線與結構，可是負責的隊長覺得不該白費力氣，進去也只會找到「更多洞」，還說就算當作目標的洞穴無法容納所有人，周圍十多個類似的山洞都能加以利用。斥候小隊將氣力用於開闢道路、連接居住地和山洞上，因爲到不了的避難所無論大小，皆毫無意義。邏輯而言確實如此，如今只能祈禱洞穴的空間足夠。

多數居民不管是走是跑，總之得靠自己兩條腿。越野車必須幫忙運送無法自力移動的人。計畫也考慮了遭到暴龍或其他猛獸襲擊的狀況，所以會在叢林安排駐軍。我擔心這些駐紮的士兵最後必須犧牲生命、阻擋暴龍，才能保住其他人。

詹姆斯也知道洞穴坐標，希望他明白狀況之後能過去會合。

「暴龍群還有多遠？」我問。

阿奎拉回答：「大約二十五分鐘後到達。」

「有什麼辦法拖延牠們？」我問布萊韋。

「已經根據牠們在叢林的行進路線布置戰術小隊。動物群體的特徵是由最強壯的領頭，如果除掉前鋒，或許有機會驅散牠們或改變路徑。我們也會從北側開槍，逼迫牠們往南邊移動，如妳所知，避難洞穴位在東北。」

「就這麼辦。」

布萊韋發號施令的同時，我瞪著地圖上的藍點。山洞是目前我們存活的最大指望。

「還有別的選擇嗎？」我問。

她搖搖頭。「我想不到，尤其沒有重型火炮在手。」

「只是要火的話，倒還有別的可用。」

布萊韋微微仰頭，面露疑惑。

「草原。放火。」

她張大眼睛、充滿訝異，不過我說明想法時，她就立刻收斂了情緒。「用鐮刀在市區周邊清出一圈空地，然後朝外放火。如果我們對曉神星暴龍的視覺理解方式沒錯，牠們會看見一整片紅色，而且在很遠的地方就先聞到焦味。」

「或許能藉此驅趕暴龍。」布萊韋語帶保留。「可是火到了林線不會自然熄滅，而是一路燒進叢林，還有可能因爲風向導致火勢反撲。遮光布幕是防火材質，但掛在上空能提供的防護有限。」

「先考慮怎麼逃出去。活得下來才有必要擔心住哪裡。」

「說得對。」

布萊韋下了一串命令之後回頭。「妳的車子待會兒——」

「我要留下來。」

她深呼吸一口氣，我知道這種反應。「我要留下來。」我立刻重複。「直到平民全部離開爲止。就別在這件事情上糾結了，下一步怎麼做？」

指揮站擴音器傳出男子低語。

「阿爾法隊呼叫指揮站，已經到達定位，等待開火授權。」布萊韋走到座位，按下麥克風開關。「指揮部呼叫阿爾法隊，開始自由射擊。」

螢幕上集結成菱形的紅點正穿過叢林，前方五個綠點則是我方士兵。希望躲在樹木高處的他們不會被暴龍碾過。

無人機的普通攝影畫面上，樹木隨著龍群移動不停搖晃。罩著耶利哥城的布篷跟著擺蕩，地面開始震動。

我不由得擔心起山姆、亞黎和卡森。希望麥迪遜或艾比過去幫忙照顧了，孩子們一定怕得要命，連我自己心裡都六神無主。

阿奎拉的報告聲劃破沉默。「長官，確認擊斃一隻暴龍，群體動向起了變化。」

畫面上紅色菱形瓦解，爲首的幾隻暴龍放慢了腳步，後面的來不及剎車，於是隊形先擠成倒三角、接著慢慢一分爲二。

布萊韋抓起桌上麥克風。「阿爾法隊，往北邊迎擊分散的暴龍群，將牠們往南邊驅趕——不惜代價。」

回應聽起來像是在鋼索上滑行。「阿爾法一號通知阿爾法全隊，下降後隨我往北移動。時間有限，不尋找制高點，直接地面開火並保持移動，需要時以車輛做爲掩體。」

就算他們能利用樹幹藏匿，但被暴龍群圍殺只是早晚問題。

布萊韋轉身找了一個軍官。

「埃米利奧，你帶貝塔隊進叢林，一樣不惜代價將暴龍朝南邊驅離。」

軍官點頭後鑽進外面的一片黑暗，他身後的全地形越野車已經準備就緒。城內孩童哭泣聲不絕於耳，大人也驚慌失措；圓頂遮罩外，暴龍群踏出的巨響越來越清晰。

我拿起手持無線電啓動。「詹姆斯，聽得到嗎？快回答。」

等了幾秒，我再試一次。「詹姆斯，暴龍群正朝著耶利哥衝過來，我們要撤離到山洞去了。聽到請回答。」

等待回應時，忽然發現桂葛里與閔肇不知何時來到我身旁，兩個人都盯著我看。

「怎麼了？」

「我們想調整太空船軌道。」閔肇開口。

「爲什麼？」

「因爲希爾球（注）的影響，沒辦法維持同步軌道——」

「我懂，但你們要把船換到什麼軌道上？」

「沿著晨昏線而行。」閔肇回答。「這樣就能觀測整個曉神星的山谷地帶，或許能找到更合適的避難地點。」

「不過這方法有個缺陷，」桂葛里補充。「太空船偶爾得離開軌道，曬曬太陽充電。」

「動手吧，順便幫忙拆四片通訊板下來保護好，草原可能會整個被暴龍群踩過去。」

注：Hill Sphere，天體透過重力吸引其他天體的範圍，例如衛星軌道會位於其行星的希爾球內。

「沒問題。」閔肇說。「另外還有個建議。」

我點點頭，他開始解釋：「可以把遮光布罩降下來，接近地面做爲屏障。」

「好主意，也快點開始吧。」

指揮站外傳來自動步槍的槍響。

6 詹姆斯

哈利透過影片說：「我想應該從頭說起，從這些球體開始。我認爲它們和風暴有關，但無法確認詳情。」

他舉起平板電腦，螢幕上是幾個月下來我已經刻在腦海的圖案——雹網之眼。

「我猜你應該是在迦太基城那邊發現我留下來的圖，又或者你自己用別的辦法找到。我先說說我是怎麼發現的吧。抵達曉神星之後不久，我做了遙控車派到背光面尋找稀有金屬，當時是想製造燃燒彈殺死或驅散那些長得像恐龍的大傢伙，這邊是直接叫他們曉神星暴龍啦。一開始暴龍並不構成問題，但牠們越來越靠近居住地。遙控車偵測到第一個球體時，我原本還以爲是隕石核，但挖開之後有多訝異，你可想而知，怎麼居然是個光滑、中空、外殼像黑曜石的球呢？怎麼看都是外星文明產物，但裡面是空的，沒有任何線索能推論製作者是誰、製作動機是什麼。我猜想曉神星上不止一個球體，就多做兩輛遙控車，也派無人機從天上找，於是發現了第二個、第三個，也從位置裡分析出規律。球體排列在弧線上，分布符合一道方程式。有了根據以後，我找到剩餘的球體，基本上一模一樣，差別就是距離起點越遠，體積越大。這是起點，還是終點？其中有個人詮釋空間。總之最大那顆依舊是空的，但它有個很特別的地方：表面上刻了這個符號。」

哈利又舉起平板，亮出電網之眼給我看。

「我很震驚，然後夏綠蒂認爲這或許是某種語言符碼或頻率，能夠啓動這些球體的功能之類。我們研究這個圖案好幾週，當然你也看得出來球體都留在原地沒動過。夏綠蒂很篤定移動它們絕非好主意，懷疑球體要在冰天雪地才不會損壞，或者動了會觸發防護機制或其他危險事故。」

他把平板放回自己腿上。「研究半天，沒有任何成果，無論球體還是圖形都沒能理解什麼。圖案給的線索有兩點不在一開始推算出來的弧線上，我們調查了靠外的那點，沒找到東西。去了整個圖案中間、直線的起點，找到的就是這個山洞。那時候我很興奮，以爲終於能解開全部謎團。」

哈利搖搖頭。「我徹頭徹尾搜索了好幾個星

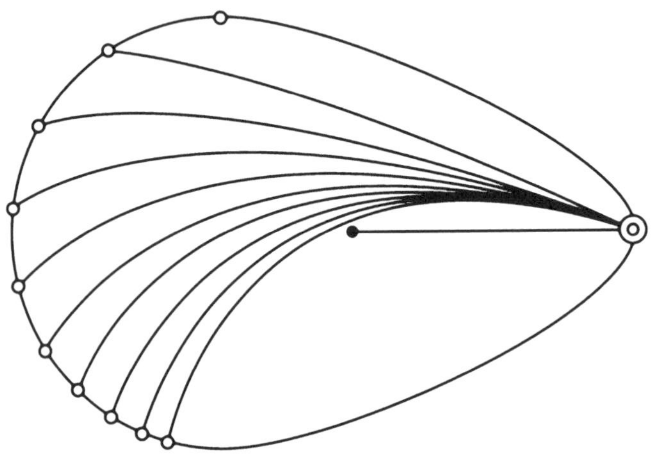

期，這裡眞的什麼也沒有，空無一物。或許本來有東西，沉眠在地底的古代財寶之類的，但已經被拿走了，又或者全部都是電網跟我們開的天大玩笑，我沒機會查清楚，因爲很快就遇上了別的問題。」

他深呼吸，試著振作精神。

「抵達這裡的時候，我們掃描過整個星系，沒發現會干擾曉神星軌道或氣候的因子，但事實證明，我們錯了。這星系有一顆流浪行星，軌道十分複雜，受到其他好幾個天體影響。長話短說就是它現在飛到曉神星旁邊，距離近得足以引起重力拉扯，於是山谷偏向恆星，熱能從沙漠流入，引發沙塵暴。背光面氣溫上升，加上溫熱的河水注入，結果同樣起了暴風雪，而且兩邊的風暴都還不是最大的麻煩，眞正問題出在暴龍失控。

「自從風暴出現，慢慢開始有小群暴龍從叢林衝進平原。起初我們認爲只是暫時現象，但後

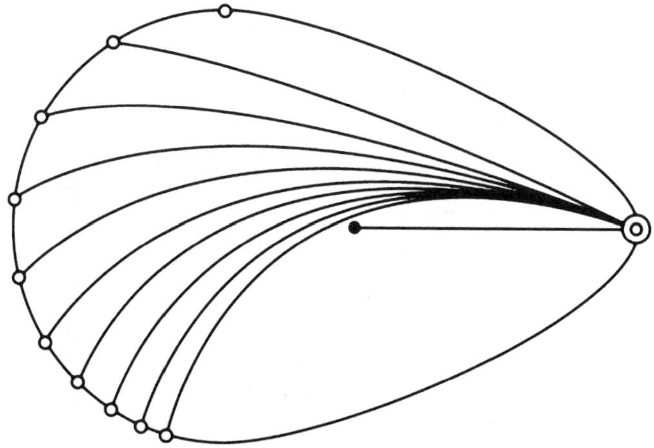

來颳起大型沙塵暴，更多暴龍離開叢林，成千上萬。我們除了逃走別無他法，只能拋下所有東西溜之大吉。爾斯將所有兵力送進叢林，好幾百人過去盡量拖住暴龍，從無線電裡聽到的狀況實在是……」

直到此時錄影裡才傳出其他聲音，有人在一段距離之外咳嗽。哈利轉頭，稍微提高聲音問：「羅倫斯？還好嗎？」

他點了平板起身，螢幕空白一秒以後，影片繼續播放。哈利又坐在山洞裡，然而表情變了，他的眼神空洞、精神萎靡，說起話的聲音毫無情緒、十分低沉。

「離開迦太基城之前，我做的最後一件事就是在通訊板上刻下圖案，希望萬一我們沒能回去，至少能讓你找到、展開研究。之前提過，我認爲這個圖形與現在曉神星的各種劇變有關聯。天體軌道、生態紊亂……或許是種警告。」

他停頓片刻。「軍隊後來再也沒消息，應該全軍覆滅了。我們沒特別去找，反正心裡有數。叢林裡那麼多動物，屍體也不可能保存多久。我們退到谷東森林山腳下的洞穴，邏輯上待在那邊等暴龍群離開、風暴結束是最佳選擇。洞窟又深又廣，又只有一個入口方便防守，爾斯相當滿意。只可惜，我們事前並不知道山洞裡面有什麼，於是就此鑄下大錯。」

7 艾瑪

指揮站一片混亂，布萊韋大聲下令，桂葛里衝出去卸下圓頂遮罩，閔肇對著終端機瘋狂打字控制迦太基號。泉美沒露面，應該忙著傷患搬運工作。

地面震動越來越強，槍聲未曾間斷。

長桌另一頭，阿奎拉轉過來望向長官。「五隻暴龍脫了隊，朝著我們這邊過來，到草原以後放慢了速度。」他從耳機接收報告後補充。「擊斃一隻了。另外四隻受傷分散。」

槍聲會引起其他暴龍注意，但我們還有什麼選擇？

「阿爾法隊，聽到請回答。」布萊韋朝無線電叫著。

螢幕上代表部隊的綠點不再移動。無人機只能偵測制服上的定位裝置，無法判斷生死。

布萊韋搖頭。「貝塔隊，聽到請回答。」

同樣沒回應，看來兩支小隊不是壯烈成仁，就是遭到包圍不敢出聲。只希望是後者。

外頭槍聲平息下來，於是能夠聽見其他聲音：叢林裡獸群嚎叫，市區內人聲鼎沸，車輛疾馳離去。望向指揮站門外，全地形越野車下方履帶捲過硬泥路，揚起漫天沙土，撤離行動轟轟烈烈進行著。

耶利哥城人口五千出頭，想全部撤出需要上百輛巴士。我們根本沒有巴士那種東西，只能靠履帶式輕型越野車拉動拖車。拖車平時用來運送物資及食材，現在裡頭塞的都是人——無法靠自己雙腿跋山涉水的人，以老幼為主，他們全都緊緊挨著，抱在一起。

布萊韋說得沒錯，時間不夠將所有人送到安全地點。僅僅二十五分鐘，怎麼可能送五千多人出城？

「剩下十分鐘。」阿奎拉提醒。

外頭傳來麥迪遜大喊我名字的聲音。我衝出指揮站，外頭空地上站了好幾千人，車隊最前端已經進入城東森林看不見了，隊伍西側每隔一段距離就有士兵站著，預防暴龍來襲。

我順著聲音找過去。外面十分悶熱，推擠半天終於看見麥迪遜抱著卡森，亞黎與山姆跟在她旁邊。妹妹自己兩個孩子歐文與艾德琳牽著手跟在後頭，像是幫忙保護媽媽。她丈夫大衛在人群前方協助居民登上車廂，詹姆斯的哥哥亞歷、嫂嫂艾比也一起幫忙，兩個孩子傑克和莎菈站在麥迪遜附近，板著面孔張開雙臂阻攔，避免路人衝撞到嬰兒。

「車上還有位置。」麥迪遜作勢要將卡森遞給我。「我可以回去幫妳收拾——」

我將卡森放回妹妹懷裡。「我晚點再過去會合。」

「什麼？」

「這裡需要我。」

麥迪遜朝遠處一瞥，暴龍狂奔的震動就從那方向傳來，她想說什麼很明顯了。

「媽咪！」亞黎哭著朝我伸出手。我蹲下拉她過來緊緊抱住，也一起摟住了山姆。兩個孩子睡眼惺忪又驚魂未定，山姆一如往常努力表現得勇敢。我往女兒額頭吻了一下，親山姆的時候，他的身子微微顫抖。

「要聽阿姨的話，媽媽很快就過去，你們不乖的話，她會告訴我喔。」我瞪大眼睛裝嚴肅，平時都是這樣訓話，現在擺這表情則是希望轉移孩子們注意力，如果他們擔心被處罰，或許就不會察覺身邊有更可怕的事情正在醞釀。

「曉神星暴龍……」山姆開口。

「馬上就會散開。」我趕緊堵住他的嘴。「你們先上車。」

兩個小孩跟著表哥表姊過去，我轉頭擁抱麥迪遜和她懷裡的卡森。「謝謝。」我低聲向妹妹說。

亞歷皺著眉頭，擠過人群來到我們身邊。「詹姆斯人呢？」

「正在趕路，很快就回來。」我不想說太多，也希望自己沒有說錯。

圓頂吱吱嘎嘎叫了起來，鋼筋開始彎曲，布罩朝外滑落。抬頭一看，桂葛里與兩個技師已經分別爬到支架結構柱頂端。我們想要製造黑夜時，遮光罩會朝著沙漠升起，現在則需要轉向西邊往下降。鋼筋發出尖銳摩擦聲，同時布幕不停抖動。

圓頂外，一小隊士兵正揮舞鐮刀砍斷藍綠色野草，開出一片環狀空地，我們希望藉此避免火海延燒到城內。另一組人將散落的草葉收集起來、運送到遠處，還有一組人持著步槍警戒，若有暴龍衝出叢林就會立刻射擊。

淅淅瀝瀝的雨滴打在布篷上，藍綠色野草隨著強風搖晃，葉片染上點點水光。想放火的時候卻下起雨，可眞是不妙。

我跑進指揮站，還沒跨過門檻就聽見摩根博士在說話。「不知道，沒有空拍圖眞的無法預測。」

到了裡面，布萊韋立刻望過來。「下雨了。」

「我知道，現在就點火。」

布萊韋發出命令，螢幕顯示暴龍群即將衝出叢林，只是速度稍微慢了些。牠們分成兩條路線，一邊會離耶利哥城遠遠的，另一邊則會擦過我們的北邊，也就是沒闖進居住區反而截斷出逃車隊——情況陷入最棘手的事態。

「到洞窟的車程多久？」我問。

阿奎拉聳了聳肩。「大約十五分鐘，最前端應該五分鐘左右會抵達。」

外面好大一聲撞擊響起。「遮罩拆卸完成。」阿奎拉解釋。

一分鐘之後，令人作嘔的濃濃煙味飄進指揮站。

布萊韋站到我身旁輕聲說：「撤離行動必須中斷，已經出發的人到得了，現在上車立刻走的也行，再晚的會在草原上被暴龍群攔截。」

我點頭，她說得沒錯。屆時在市鎮與東側森林之間的人，都會變成暴龍的點心。

「城裡的人怎麼安置？」

「得由市長決定。」

我再點點頭。「讓大家進屋，集中到離暴龍群行進路線最遠的建築裡，要他們靠牆壁蹲下，所有出入口都安排一組衛兵。」

布萊韋開始分配人力，我走出指揮站時，正好看到麥迪遜搭乘的拖車被越野車帶走。卡森在她懷裡，亞黎與山姆挨著阿姨。他們現在出發，應該來得及進入山洞避難。

8 詹姆斯

亞瑟走近。「關掉影片吧，詹姆斯。」

我拿出能量槍瞄準他。「退後。」

他高舉雙手。「這樣對待想幫你的人，合適嗎？」

「你就是怕我會找到像這樣的東西，才一直叫我走吧？」

他別過臉，一副厭煩表情。

「我怎麼看都覺得電網在害怕？」

「或許該害怕的是你，詹姆斯。」

「等著瞧。」

我一手握槍一手按播放，讓哈利的故事繼續下去。

「將近四千人撤離到洞窟，深入大概兩百英呎以後，我們留意到洞壁與地面沾黏了海綿狀物質。黑色的，幾乎和石頭融爲一體、分不出來。但是只要有人接近，那些海綿就會噴出極其細微的粉塵，感覺和花粉沒兩樣，只不過是灰色的。」他苦笑。「佛勒和我把那種生物命名爲『月壤綿』，因爲顏色和粉塵質地讓我們聯想到月球土壤。一開始我們認爲，月壤綿不會造成危害。」

說到這裡，哈利沉默了，眼眶冒出淚水。

「最先出現症狀的是孩童，咳嗽、發燒，等意識到狀況不對的時候，所有人都感染了。逃出來的時候我們帶了一些藥物，全都拿出來試過，無論抗生素、抗病毒、消炎都無效，後來連抗憂鬱劑與胰島素也用下去，一點反應也沒有。」他拿起硬碟——如今它已經插在我的平板上。「我們累積的病例資料在裡頭。」哈利放下硬碟，視線回到鏡頭。「進入洞窟以後八小時，就出現第一批死者。後來大家像骨牌般接二連三倒下，彷彿定時炸彈終於爆炸。我們的第一反應是把所有人帶回迦太基城做休眠，問題是，建築物多半已經被暴龍群撞垮，也完全聯絡不上軍隊。即使我們能找到無損的休眠設備，讓這麼多人都休眠也需要好幾天、甚至好幾週。暴龍還在外面遊蕩，現在出去根本是自投羅網。更糟糕的是，這個疾病在感染者死亡以後，還會透過遺體繼續傳播。」

哈利深呼吸，轉頭望向遠方。「我考慮過是不是要自己回去迦太基城留言給你，警告你們關於洞穴和月壤綿的問題，但要躲開曉神星暴龍是不可能的任務，我連身體能不能撐那麼久都沒把握。從目前的死亡案例推斷，我們所剩的時間不多，開發解藥完全是癡人說夢。」

他伸手捂住嘴巴，咳了起來。「唯一能指望的是遠離月壤綿，看看病情會不會緩和下來。搬石塊封住那座山洞、避免有人誤闖之後，我們離開了，沒辦法往西所以只能往東躲進這裡，至少我知道這裡沒有月壤綿。只可惜，避開月壤綿就能康復的想法，看來也是癡心妄想。」

哈利聳聳肩，嘴角掛上一抹苦澀笑意。「詹姆斯，千萬別靠近東邊山腳的洞穴，其他山洞裡恐怕也有月壞綿。這裡看不到可能是因爲太冷，又或者有什麼天敵。萬一耶利哥號太空船也有人感染，希望這些資料能幫助你們加快開發解藥。我不知道我們的遺體會不會有傳染力，但現在能給你的最佳建議就是——詹姆斯，回去之後，你先隔離自己，確定沒生病才出門。此外，無論發生什麼事，千萬別靠近那些洞窟。」

9 艾瑪

暴龍群的踩踏蓋過了其他聲音。指揮站內，我明明看得見布萊韋在動嘴，卻好像默劇般什麼也沒聽見。她和技術人員對話，我耳裡卻只有地面的隆隆作響。

布萊韋退後一步，做了個指尖抹過頸部的手勢。圓頂屋內的技術員關閉所有機器，然後跑到集合避難處。他們沒有隔絕體溫的衣服，會被曉神星暴龍發現，但我和布萊韋則不同。

她又朝我打暗號，一手伸出三根指頭，另一手比了O。

三十秒。

三十秒後，暴龍群會進入耶利哥城。

布萊韋戴上全臉面罩，只有眼睛部分是兩片塑膠板。外面看過去是全黑，但她本人從內往外的視覺清清楚楚。

她換上手套，我也開始著裝，面罩、手套，再接過布萊韋遞上的自動步槍。兩人很有默契，不發一語地快步走出指揮站。另外兩名有隔絕裝的士兵跟了過來，我們直接朝市鎮邊緣距離暴龍路徑最遠的那排屋子出發。

閔肇和桂葛里也加入。

閔肇只能靠名牌認出我。「牠們要來了——」

「知道。」我回答。「你們先進去。」

「有看見泉美嗎？」他趕緊問。

「沒有。還在醫務樓吧。」

他一聽就轉身，但被我拉住。「沒時間了，閔肇。你先進屋，待會兒我們再過去找她。」

兩人衝進建築物，我抬頭望向遮光罩，同一時間，不遠處傳來猙獰卻又異常尖銳的吼叫。第一次聽到這種聲音，感覺就像指甲刮過黑板那樣，令我渾身泛起雞皮疙瘩。

暴龍群看見火牆了。

牠們會乖乖散開嗎？希望如此，否則我們沒有退路。

布萊韋指示兩名隔絕衣士兵前往長屋兩端，然後轉身打手勢，要我躲進旁邊的房間。

我搖搖頭並舉起步槍，往她打算親自鎮守的門口撇了撇下巴。我看不見布萊韋的表情，但想必她一臉無奈。她指了指自己背後，就執起武器全神貫注。

我蹲下聆聽，試圖判斷暴龍群動向。吼聲比起先前更大、更靠近，地面不停震動，塵埃沙土自護壁板紛紛崩落。

時間彷彿慢了下來。心臟跳得無比用力，呼出的氣息凝結在面罩上，手掌的冒汗濕濕黏黏，步槍忽然變得萬分沉重。我握緊了武器，望向清空的街道、晃蕩的遮光罩，黑煙自布幕下方湧入市街。

一道強風拍散煙霧、拉扯布罩。沙塵暴吹到這裡來了嗎？

隨即城內爆出巨響——遮光罩布料被爲首的暴龍衝破了。牠們有些夥伴沒對準縫隙，撞凹了支架，金屬彎曲聲就像野獸受傷叫聲般淒厲。

更多黑煙竄入市區，方才瀰漫的焦草臭氣被烤肉味取而代之，暴龍群闖過火場，不可能毫髮無傷。

又一次巨響，距離更接近。帶頭的暴龍衝撞長屋，接二連三，建築承受不住力道，碎片從天花板漸漸砸落。

我開始擔心暴龍的外皮是否仍在燃燒，會不會將火勢帶到市區內。如果發生了火災，藏匿屋內的居民就必須動起來滅火，或是乾脆逃出去，無論如何都會暴露行蹤、成爲獵物。

我的思緒還沒完，布萊韋便轉身指著背後的隔間，要我躲進去。

見我搖頭，她竟放下步槍，走過來抓著我的肩膀，硬是推了進去，還整個人貼在我後面，像是要擋住什麼。

等我意識到原因，走廊對面房間已經轟然爆炸。

爆風夾帶瓦礫，狠狠打在布萊韋背上，我被她壓向地板，伸手也來不及撐住。本以爲布萊韋會立刻翻身跳起來，沒想到她卻趴著一動也不動。

我輕輕用手肘撐起身體，背後的布萊韋滾向一旁，躺在地上。

隔著手套無法測量她的脈搏，我伸手想探她心跳時，看見走道另一頭房間裡有暴龍倒下，不知昏迷了還是死了。

暴龍的鱗片被火烤得焦黑。牆壁上被撞開的洞緣還有火苗躍動，不過風一吹就熄滅。

毫無預警地，地上那隻暴龍突然睜開眼睛，揮舞前爪想撐起身體，頭部前後鞭甩如攻城錘敲打牆壁，整棟樓爲此晃動不已。

我的手懸在布萊韋胸口上面不敢妄動。她依舊沒反應。

曉神星暴龍先是一呆，接著卻慢慢將頭朝我轉過來，眼珠子上下打量，最後明確與我對上視線。

牠的鼻孔撐大、噴氣，一股熱風襲向了我。

10 詹姆斯

平板裡的哈利微笑著，他的面色蒼白、滿臉皺紋，像是變了個人。

「祝你好運，詹姆斯。如果有人能度過這一劫，想必就是你了。」

他低頭按了平板，切斷錄影。

我等了片刻，暗忖亞瑟是否會有所行動——攻擊我，破壞平板電腦，或者說些風涼話。要是他真的這麼不識相，我應該會一槍轟過去。

但他沒有反應，只是站在冰冷洞窟內，望著朝黑暗延伸的屍堆。

洞窟裡有他不希望我發現的祕密。

是剛才的影片，還是別的東西？

我迅速確認硬碟上其餘檔案。沒有影片了，全都是病歷。表格和化驗結果我當然也看得懂，但要靠泉美才能研究出治療方法。我必須趕回耶利哥城。

「走吧。」

亞瑟轉頭。「去哪？」

「這次聽你的建議，回家。」

「恐怕太遲了。」

「什麼意思？」

亞瑟沒回答。

一瞬間彷彿時間暫停。

洞口颳進了凜風，好似站在冷氣出風口前面。我收好電腦，戴上手套。

「『恐怕太遲了』是什麼意思？」我再問一遍。

「曉神星風暴回歸了，詹姆斯。想走的話，剛剛提醒你的時候就該走。」

「這不就要走了嗎？」

我拿起能量槍朝洞口比劃，亞瑟開始移動。頭燈照亮洞徑，我忍不住一直注意山壁，擔心會有所謂的月壤綿。但正如哈利所言，那個物種似乎不在寒冷處生長。

回到洞口，外頭更凍了，寒氣滲進面罩、外衣與手套，刺痛了皮膚甚至骨頭。

雪花隨勁風舞蹈，彷彿蒲公英漫天飛揚，樹枝上類似松蘿的植物被染白，我覺得自己彷彿縮小了，進入雪花球內的美麗世界。然而此時此刻的曉神星，卻是特別陌生。

強風將樹上積雪拍落，雪粉撲面，眼前一下子除了白色，什麼也看不見。

但我聽見亞瑟腳步聲逐漸遠離，於是舉起能量槍。

「別動！」

其實我根本無法瞄準，不過踏碎雪塊的聲音停了下來。

若亞瑟有意加害，現在是最好的機會。

他說話了，語調平靜又空洞。「詹姆斯，再不走的話，我們兩個都會凍死。」

風勢趨緩，再看見亞瑟的時候，他已經朝越野車走了一大段。

之前從背光面返回耶利哥城時，我會將亞瑟放進登錄艙並啓動炸藥機關，艙體做爲絕緣牢房，能有效控制他的行動。然而此時此刻，我心裡感覺得到自己又需要亞瑟的協助。艾瑪、亞黎、山姆、卡森或許已深陷危機。

「跟我走。」

他挑挑眉。「不關我了？」

「這次先不關。」

我上車，揮手示意他走前面。亞瑟雖然乖乖往林子移動，腳步卻明顯放慢。

「給我快點。」我叫著。

他不講話，稍微加快節奏。

我從背袋拿出無線電。「詹姆斯呼叫耶利哥，聽到請回答。」

除了越野車履帶碾碎積雪、亞瑟走路以及狂風在樹幹間呼號，整座森林一片死寂。風速越來越強，苔狀植物被吹落後，在半空盤旋。

「呼叫耶利哥，聽得到嗎？」

明明在通訊範圍內，爲什麼沒人回應？

我將引擎催到接近極限，朝亞瑟大吼：「快點！」

進入山峰陰影，大樹稀疏，剩下被雪覆蓋的灌木。周圍很昏暗，但翻過山脊就能看見山谷。到了能看見樹冠的高度，感覺背後風力強勁，回頭一看，才發現背光面冰原上真的有個超巨大風暴。地球上沒見過這樣的東西。那根本是一團旋轉流動的冰牆、橫掃大地的白色夢魘。隨後我立刻留意到風暴下面是大河，兩側是荒原。它正順著河道，往我這個方向捲過來，如果翻過山脈進入谷地，就會對居住區造成慘重災情。更緊急的則是，若我來不及逃到安全地點，也必須先找到山洞避難，等待風暴減弱。

於是我只好逼亞瑟再加速。穿過崎嶇山徑以後到了一座湖，這裡孕育兩條河川，一條流入山谷，一條流入背光面。湖畔道路狹窄曲折，今天湖面上還籠罩了厚厚一層霧，彷彿即將噴發的火山。

繞湖到一半，遠方雷鳴隆隆不曾間斷，反而越來越大聲。

到了湖的另一頭，我眺望山谷，東邊森林安安靜靜，谷西叢林樹冠卻晃動很劇烈，綠色藍色紫色交錯的樹葉像是陣陣漣漪擺蕩。怎麼回事？

再仔細一看，我訝異得說不出話。原來有一堵不斷攪動的巨大沙牆正往谷西叢林湧過去，在紅矮星照耀下泛著血紅色、褐色、金色種種光輝，有如一隻沙做的魔獸正大口吞噬所有樹木。

前有沙塵暴，後有冰風暴。

「究竟怎麼回事？」我靜靜問。

「跟你說過了。」

「再解釋一次。」

「曉神星風暴回歸。你也該回家了，詹姆斯。」

11 艾瑪

長屋裡靜默無聲。

曉神星暴龍隔著門口盯住我。我的手懸在布萊韋胸前，整個人僵住不動。

暴龍背上的火焰被風吹熄，焦肉臭味竄進鼻中，令我一陣反胃，但卻不敢乾嘔，不敢有一丁點動作。

外頭暴龍的踩踏越來越劇烈，震動好似雷鳴，穿透我身軀。

暴龍群似乎帶來狂風，風勢越來越猛，彷彿龍捲風颳過草原，沒固定好的東西被吹落後，紛紛滾過街道。

我凝視暴龍，心臟都快跳出來了。這時候一個叫聲劃破地鳴。「艾瑪！」是桂葛里，聲音聽起來隔著兩個房間。暴龍立刻往那方向轉頭。

「艾瑪！」桂葛里繼續大叫。「妳沒事吧？」

暴龍前爪不停刮擦，想從自己撞倒的外牆掙脫。

我當下做出抉擇，手從布萊韋那裡抽回來。如果她死了，我無力回天。如果她只是昏迷，人還活著，此刻最好的處置就是別動。

我往前探身，爬出房間。

「艾瑪！」桂葛里又大叫。

進入走廊，我抓起步槍扛在肩膀，準心朝向暴龍頭部，然後扯開嗓門，用盡全身力氣怒吼。

「喂！」

牠轉頭那瞬間，我扣下扳機。

後座力傳來，好像被驢子踹了一腳，肩膀抽痛的同時，子彈命中暴龍。牠哀嚎的音量之大差點震破我的鼓膜，再加上地鳴與狂風，彷如身處爆炸中心。

暴龍頭部頭部中彈噴血，可是牠並沒有斷氣。

反而很生氣。

暴龍張大嘴巴瘋狂怒吼，終於推開了破牆，後腿一撐，朝我跳了過來。

我再次扣下扳機。

12 詹姆斯

自耶利哥城朝谷西叢林展開的藍綠色大草原被濃密黑煙籠罩，我在強風偶然吹散的縫隙，瞥見下面已化作焦土。

城裡的人放了火，有些地方的火勢尚未撲滅。數量龐大的曉神星暴龍踏過焦土向前衝刺，鑽進耶利哥城的遮光罩，然後消失不見。遮光罩已經被扯破好幾個大洞，有些暴龍撞上支架，導致布幕搖晃不停。

我一手拿望遠鏡繼續觀察，另一手啓動無線電。「詹姆斯呼叫耶利哥，聽得到嗎？」

沒人回應。

此時一個念頭閃過腦海：喇叭發出聲音會不會造成他們的危險？如果大家還在城內，當然不能被暴龍找到。

我用望遠鏡四處觀察，想知道現在是什麼情況，但耶利哥被遮光罩與濃煙掩蔽，根本看不到內部。再把焦點對準城東森林，一輛全地形越野車拉著人員滿載的拖車正穿過林間空地。車上的大多是老幼，成年人背著行李，追在後頭狂奔。看來撤離行動已經開始一段時間。

他們偏偏眞的是朝著東邊山區移動，只因爲幾週前我們派人搜索合適避難處，也得到同樣結論。進入洞內不用多深就是月壤綿繁衍地帶，而探索隊沒進去檢查，所以根本不知情。

我得想辦法警告大家，就算暴露他們位置也沒辦法了。

「呼叫耶利哥，請問聽得到嗎？拜託不要躲進東邊山洞。重複一遍：**不要躲進東邊山洞！**」

我等了等，還是沒等到回訊。

五分鐘後我再聯絡一遍，同時留意到暴龍群數量開始減少，草原上黑煙逐漸散開。

站在懸崖邊眺望山谷的亞瑟轉頭過來。「詹姆斯，趁能回家的時候，趕快回去比較好。」

「你對現狀知道多少？都說出來。」

「無可奉告。」

「電網之眼早就預知了這個現象？」

他冷笑。「電網能看見一切。」

我實在受不了再故弄玄虛打啞謎。「走。」

「回家？可是看樣子，你們鄰居都跑去草地開派對了，最好等——」

「去山洞。」

亞瑟的眉毛一提。「山洞？」

「撤離用的山洞，裡面說不定長了月壤綿。」

「很糟糕的想法。」

「我得確保不會有人闖進去，動作快。」

他心不甘情不願地掉頭下山。

我一路聽見暴龍群造成的騷動越來越大，但到了山腳林線卻忽然變小聲，林木發揮了不可思議的隔音效果。

與方才的湖畔相比，樹林裡陰暗冰冷，與曉神星背光面相差無幾。周圍的蟲鳴鳥叫彷彿與森林渾然一體，所有生物正在躁動，而且都急著往南飛，爲什麼？

地球人到達前，曉神星山谷已經存在數十億年，想必有其獨特的生命節奏和循環規律。我更清晰感受到自己尚是個新面孔，在異鄉重建家園沒有想像中那麼簡單。

這條林間小徑還是幾個月前由我親手開闢的。途中我一直定時嘗試無線電呼叫，卻從未得到應答。

背後風力逐漸增強，冷鋒掠過林冠，鳥獸逃竄更匆忙，窸窣聲迴蕩樹海，同時暴龍群也更深入谷東森林。

「我們不該待在外面。」亞瑟在一片嘈雜中開口。「風暴穿過山脈，很快會到達谷地。」

「你有何高見？」

「找掩護。其實碰上風暴前說不定就先遇上暴龍，不管碰上哪個都是死。」

「到達山洞前不能停。」

「詹姆斯……」

「進去的人都會死，我不能眼睜睜放著不管。」

寒風從背後追來，夾帶冰雨刺穿林冠，枝葉與冷水迎頭灑下。

亞瑟搖搖頭，開始拔腿疾奔。看來不必繼續嘮叨了，我也身子前傾，加快車速。

氣溫急劇下降，掉下來的從冰水化作霜霰，最後直接開始下雪，雪勢快速增強。暴龍群吼叫聲跟著變大。

我低頭瞥了眼平板電腦。以目前的速度還要三十分鐘才能趕到山洞，非常勉強。

頭頂上一根樹枝被強風拍斷，墜落在越野車後面。

巨響中，我好像聽見誰叫喚自己，左顧右盼卻只有冰雪與樹木。一陣凜風襲來，猛烈得幾乎將我連人帶車整個捲走。我握緊手把，咬牙撐住。

只剩一小段路——

又聽見叫喚聲，但幾乎被傾瀉而下的霜霰蓋過。

我回神意識到聲音來自無線電，是艾瑪在喊我的名字。

我要從背包取出無線電時，恰好強風撲面，一個沒抓穩，我就被吹飛到大樹下的荊棘叢間。上頭劈里啪啦的聲響接連不斷，彷彿自動機槍對著雪茫茫的森林掃射。每樣東西都是白的，還來不及分清楚什麼是什麼，一截又一截被冰雹打斷的樹枝迎頭砸落，將我整個埋住。

我眼前一黑，暴龍群、狂風和無線電的聲音都飄得很遠很遠。

13 艾瑪

自動步槍發出巨響，槍托重重撞擊肩膀，彈殼叮叮咚咚噴向地板，好像吃角子老虎中了大獎。

子彈在曉神星暴龍頸部與口腔鑿出洞，牠邊哀嚎邊噴血，接著忽然安靜倒下。槍膛空了咔嚓作響，我鬆開扳機，才發覺自己呼吸太過急促，快要引發過度換氣症候群。

再來只能聽見暴龍群與狂風，兩種聲音都越來越大。

我手腳並用爬回去，布萊韋還躺在房間地板上。

她有呼吸了，只是很淺。活著就好。

「塔菈……」我輕聲叫喚，但她沒反應。「桂葛里？」我壓低聲音。

「在這兒。」

「大家還好嗎？」

「勉強。」

答案讓人有點擔心，可是現在無能爲力。

「留在原位找掩護。」

我爬回走廊，撿起兩把步槍，朝另一頭望去，瞧見士兵們自隔間探頭出來。他們大概察覺了危險，就先躲在安全位置，很正確的判斷。

竄回房間，我從布萊韋口袋找到彈匣，塡好空槍，捧起另一把瞄準門口，隨時準備射擊。

暴龍群在外面街道橫衝直撞。

重踏地鳴中，我聽見男人慘叫，緊接著是女子、另一個男人，然後好多人同時哀嚎，但沒幾秒鐘後全部沉默。

我用力吞了口口水，心臟跳個不停。很想衝出去救人，但沒用的，現在出去只會被暴龍群碾過，甚至將牠們的注意力引到這棟建築。

我現在所在的房間是標準家庭格局，雙人床靠著一面牆，對面還有兩張小床。只有一扇窗，窗前放著餐桌。我小心地將布萊韋拉過去，塞到雙人床底下，她轉頭過來張口說話，可是聲音太小，沒辦法聽懂。

「先休息。」我吩咐後把小床床墊搬過來立著，免得屋頂崩落的東西打到布萊韋。

我盡可能保持安靜，悄悄將餐桌轉個面當作掩護，躲在後面架起步槍預備。

一轉眼屋子彷彿要炸開——兩隻、還是三隻曉神星暴龍撲向牆壁，猛吼亂抓，另一棟樓方向也傳來咆哮。

我握緊步槍。

又兩次撞擊。暴龍的動作越來越密集，撇開衝撞建築物不提，單是這麼大數量的踩踏就有如劇烈地震。暴龍大軍現在才算是正式攻進耶利哥城。

從聲音判斷，撞進屋子左邊走道的暴龍推開了斷牆，破壞隔壁房間想要回到外頭。小床被震垮了，但後側外牆比較結實，牠用頭撞了幾下還是沒撞開。此路不通，暴龍便換個方向，試著突破左邊——就是我面前的這堵牆。牠撞了五、六次後，牆壁裂開一條縫，然後整塊坍方下來。

曉神星暴龍的兩隻爪子探進來，對著空氣扒呀扒的。

我舉起步槍。

14 詹姆斯

我醒來時，周圍前所未有的黑暗冰冷，感覺甚至超越地球長冬。寒氣滲入五臟六腑，從體內凍結全身。

一伸手觸摸到的是堅硬冰塊。我渾身劇痛，好像被人打到半死不活，然後扔進冰棺。

「亞瑟！」我聲音虛弱嘶啞。

「亞瑟！」這回音量大了點，可是只聽見聲音在黑暗空間裡迴蕩。

「亞——」

一隻手插破冰層，光線與寒風湧進，周圍地面傳來叢林裡暴龍重踏的巨響。

那隻手搭著我胸口，然後往上滑。

「亞瑟，這是——」

「安靜。」他低語。

我想坐起來，但肋骨太痛了，而且亞瑟的手掌壓下來。我索性一手扣住他，另一手握拳打碎冰層。

結果亞瑟緊緊立刻掐住我的脖子。他的力氣是我的十倍，即便如此，我仍然抱住他的手臂拚命掙扎扭動。亞瑟的指尖施出更強的力道。

我抓著亞瑟喘不過氣，兩腿不由自主踢了起來。他不肯鬆手。

視野慢慢變暗，後來好像一下子被什麼東西罩住，意識墜進無底深淵，再也爬不上來。

15

艾瑪

步槍連發，子彈刺穿暴龍前臂。

爪子立刻從縫隙抽回去，但緊接著暴龍整顆頭卡進來、將裂縫撐開，一顆又大又紅的眼珠瞪著我。

恐懼流竄全身，我趕快扣下扳機。

隔壁房間傳出巨響，另一隻暴龍撞了個大洞進來，結果兩隻猛獸朝彼此飛撲扭打，樓房地板隨之搖晃、牆壁裂痕噴出碎片。

右手邊剛放好的墊子倒下，布萊韋爬出大床，動作還有點遲鈍。她聽了聽動靜以後抬起頭，正好望向破牆，看見暴龍對打，趕快招手示意我逃進走廊。

我用手勢和唇語問她有什麼計畫，可是布萊韋沒理我，似乎恢復了力氣，爬出房間時已身手矯捷。

追進走廊，我這才看見長屋內部慘況：牆壁被巨獸撞塌，靠外側的房間沒了一大半。幾隻暴龍倒下，遭到同伴無情踐踏，被瓦礫刮出滿地鮮血。

布萊韋半跑半跳到了位在中央的工具間，裡面有大型水資源回收裝置、收納清潔衛生用品的架子。她蹲下時微微呻吟出聲，身體應該還在痛，然後伸手拉開地板掀門。

「管線爬行道——」我低呼。

「裡面安全。」布萊韋擠出聲音。「妳進去，我去叫其他人來。」

她不給我反對機會，一溜煙地跑走。

我將步槍丟入地下道爬進去。只有幾階而已，爬行道高度不過四呎左右，水管從這裡延伸到公用浴室。

地道頂端就是長屋地板，隨著暴龍腳步劇烈震動。其實牠們的主隊並非朝著這個方向移動，脫隊的暴龍才會零零散散闖進長屋。

又一隻撞上屋子，地板托樑發出吱嘎聲後彎折。二十呎外，一隻粗壯的暴龍腿戳破上層地板插了下來，立刻又縮了回去。

我匍匐朝後側爬行，遠離暴龍群路線。先前怎麼沒想到叫大家躲到地下？竟然讓他們留在房間裡？這個錯誤決策害死多少人？

沉溺負面思考也沒用，當下已經盡力，只能記取教訓，未來做出更睿智的判斷。木已成舟，自怨自艾幫不上任何人。

有其他人開始爬下階梯，是桂葛里，臉上有血，但還能朝我微笑，只是模樣有些虛弱。隨後閔肇與指揮站其他人都進來了，每一個都驚慌失措、精疲力盡，只不過還活著就好。

大家靠著地基往後縮身，眼睛都盯著上面地板。又有暴龍踩過，雖然不是主隊但數量不算少。後來斷斷續續好幾群，規模或大或小。

沒過多久，地板就被踩凹，牆壁與床的碎片、親人朋友鄰居留下來的小東西，不斷地從地道頂端的縫隙掉進來。

暴龍群腳步聲逐漸遠離，取而代之的是呼嘯狂風自牆壁與地板破洞灌入。

唰。忽然一大聲尖銳刮擦，嚇得我眉心緊蹙，愣個半秒鐘才反應過來：遮光罩被強風吹走了。曉神星暴龍群全力猛衝也只能在布幕上扯開幾個洞，此刻的風力竟能將城鎮規模的大篷子捲上天際，風速絕對在六十英里（約九十六點五公里）以上。

颯颯風聲之後是傾盆大雨襲擊殘垣敗壁，斷牆與瓦礫或飛或滾碰撞碎裂，長屋裡家具東倒西歪，一個疊一個壓在我們頭頂上。

耶利哥城就這麼被風暴毀了。現在我只希望人們能活下來。活著才能重建家園。

16 詹姆斯

我被物體破碎的巨響震醒，還以爲是閃電。周圍黑暗冰冷，但溫度比之前舒服一些。可是臉上有點濕，身體還很痠痛。

那聲音又來了，然後我感覺到有東西掉在附近地面。

眼睛逐漸適應黑暗，看見周圍依舊只有雪壁，上空透進微微光線。凍結在冰層內的樹枝，讓我聯想到皮膚下的靜脈。

這是單人大小的雪屋，可以避免熱量散失，大概也是我能活到現在的主因。

我的腦袋裡將事情經過串了起來。是亞瑟幫的忙。先前樹枝從天而降把我打暈，他便直接以周圍的積雪砌成雪屋保護我。非常聰明的作法，不僅能保暖，還利用厚雪掩蔽我的體溫，不被暴龍發現，同時又避免其他東西再砸到我。

又一條樹枝落在旁邊。現在聽不到狂風，但森林還是一片狼藉。

我昏迷了多久？說不定好幾個鐘頭，甚至一整晚。

仔細想想，亞瑟連續救了我兩次。之前清醒時他掐我喉嚨是故意要我昏倒，否則聲音與體溫都會吸引暴龍注意。若是他要殺我，我就不會再醒過來，換句話說，我失去意識以後，他就立刻鬆手了。

問題在於他爲什麼救我？又爲什麼似乎不希望我看到哈利留下的影片？即使大難不死，我還是沒辦法理解亞瑟的行爲邏輯。離開山洞的時候，我很明顯感覺到他要拖延時間，將我困在風暴與暴龍群路徑之間。然而事情眞的發生時，他卻出手援救。

目的到底是什麼？

亞瑟對我仍是個不解之謎，必須調查清楚。我認爲無論自己或人類的存續都與此有關。縱使來到了曉神星，我們的命運依舊與電網糾葛不清。

但當務之急是趕到東邊山洞。必須警告艾瑪他們別靠近月壞綿。

背包不在身旁，想必是昏迷期間被亞瑟帶走，可能是要關閉無線電，避免發出噪音，而且平板電腦也有溫度能引來暴龍群。

我伸手一探，哈利的硬碟還在口袋。如果有人感染月壞病，裡面的資料很可能是開發療法的關鍵。

「亞瑟。」我朝黑暗低聲呼喚。

雪屋外颳起一陣風，飛滾的斷枝瓦礫沙沙作響。

又一滴冰水打在臉上。「亞瑟！」我稍微提高音量。

腳步聲靠近，他的手咻一聲插進雪牆間，快要觸碰到我的時候停了下來。接著亞瑟縮手，彎腰用一隻眼睛觀察我。

「風暴情況如何？」我問。

「剛過去。暫時的。」

「暴龍？」

「也剛走，還有落隊的三三兩兩在周圍游移，加上其他受傷的動物。」

「得從這裡出去再說。」

他點點頭，著手挖開臨時小屋的冰塊和樹枝，劈里啪啦全往地上扔。

亞瑟挖完之後伸手，我忍著痛讓他拉起來。

但外頭景況看得我目瞪口呆。

一片濃霧瀰漫，只能從霧氣縫隙稍微看見風暴造成的浩劫。原本樹枝樹葉層層疊疊、幾乎不透光的林冠完全消失，頭頂上一片空白。只有最大最粗的神木屹立不搖，其餘樹木儘管也粗壯卻七零八落，大半截埋進積雪內。樹幹周圍和底下到處是曉神星暴龍的屍體，失去生氣的瞳孔凝視迎頭罩下的冷霧。我算了算，附近就看見十多隻其他動物，有些被暴龍踩死，有些被樹幹壓死。

樹枝崩落的聲音引起我注意。看了半天沒別的動靜，只有霧氣隨風流動。

當前最大的危險是暴龍，霧氣再濃也不會妨礙牠們的視覺，遠遠就能看見、聽見我。要是手頭上有能量槍之外的武器就好了，出門時完全沒料到會與暴龍交鋒。以前暴龍從未衝出叢林，暴龍之外較棘手的猛獸是一種三眼熊，但只有幼崽受到威脅時，牠們才會攻擊人類。

我看見背包放在塌掉的雪屋旁邊，上面蓋了樹枝。伸手探進去摸到無線電，發現撞凹了，在荒山野嶺也沒工具能修。平板也壞了，我只能拿個高蛋白條吞進肚子補充體力，直到現在才感覺到自己有多餓。

幽暗森林裡又傳來刮擦聲，這次沒看見樹枝，也沒留意到霧氣中有東西竄動。

亞瑟朝那方向注視一陣後轉頭，顯然不認爲有危險。

「越野車呢？」我壓低嗓音問。

「壞了。」

濃霧稍微散開，一縷陽光短暫照在兩人身上。我才看清楚亞瑟臉上沾了塵土、有好幾道刮傷，衣服破破爛爛的。出了什麼事？仿生人應該可以進入休眠，隱藏體溫，不至於被暴龍攻擊。他有找地方躲嗎？還是留在這裡保護我？

「你救了我。」

亞瑟的視線飄過來。「別說肉麻話壞了美好時光呀，詹姆斯。」

「我沒那麼想，只是邏輯推論，但推出的結論不合邏輯。」

「時候未到。」

「什麼時候到？」

「快了。」

「你不是想離開這顆星球，回去電網嗎？」

「沒錯。」

「那爲什麼不走？」

他從背包取出飲水與幾條蛋白棒。

「別浪費時間，快點出發。槍準備好——希望對暴龍也有效。」

語畢亞瑟就走入霧氣，動作很小心，不想發出聲音。我嚥下最後一口蛋白棒，包裝紙塞進口袋，跟了過去，但腦袋還在糾結不已。

亞瑟救了我。

亞瑟想離開曉神星。

哈利發現了危險，亞瑟不希望我知道。

這幾件事怎麼串在一塊兒的？

他忽然站住不動，舉起手掌示意我也別再前進。仿生人的聽力視力遠勝我，不知察覺到什麼。

我馬上也聽見了。樹枝折斷，樹葉晃動。

霧氣霎時退開，一隻曉神星暴龍朝著我們全速衝刺，張開的大嘴裡獠牙閃閃發亮。

17 艾瑪

陽光一絲絲灑過地板縫隙，爬行道裡潮濕陰冷，大家都靠著地基蹲下，旁邊已經因為暴雨積水，幸好我們身子底下有一大片厚橡膠板擋著。水道錯綜複雜，但上頭掉進太多瓦礫雜物，恐怕全都堵住了。有人提議在橡膠墊上鑽孔，最終仍因擔心暴龍聽見而作罷。

就算有陽光，積水依舊散發陣陣寒氣，像個地窖裡的游泳池。

狂風驟雨暫時停歇，偶有陣風拍打地面上的殘破建築。連著幾個小時，大夥兒就只是這樣聽著風雨。風暴穿過城鎮，沿著河流向南行進，不知道是會減弱消散，還是持續擴大。

躲在爬行道裡不可能睡得著，除了暴龍震地還有風雨吹落瓦礫，再來冰水就在旁邊越漲越高。漫漫長夜是一場忍耐力的試煉，除了蹲在牆邊等待，所有人無計可施。好幾次我忍不住打了瞌睡，還好在摔進積水前驚醒。大家都又累又慌。

光線微弱，但我找機會檢查了布萊韋背上的傷勢，幫她挑掉嵌在皮膚裡的碎渣。上校身上一堆瘀青與割傷，所幸都是皮肉之苦，反而是後腦腫起的一塊比較令人擔憂，最好能趕快讓泉美診治。之前泉美待在醫務樓沒過來，希望她和其他樓的人都能想到躲進地底這方法。

「該出去探探風頭了。」布萊韋悄悄說。

我點頭，兩人戴上面罩手套。布萊韋的裝備有些破損，不知還能不能瞞過在外頭遊蕩的暴龍。她蹲下來涉水而過，水面浮著塑膠和木頭，有如發生過船難。

桂葛里和閔肇想跟來，但上校出手制止。

畢竟只有我們與另外兩名士兵配備了隔絕裝、能逃過暴龍的紅外線視覺，布萊韋招手要兩個手下跟來。

如我所料，向上爬回工具間的地板門已被堵住，大概是被一堆家具和碎牆板壓住。布萊韋選了地板上較大的破洞，要兩個士兵四條手臂接起來當她的踏板，自己帶頭一馬當先跳上去。不過行動時她發出了悶哼聲，可見傷口拉扯還是持續作痛。

我第二個上去，然後匍匐在長屋裡觀察街道情況，那情景看得我心碎滿地。

建築物倒得倒垮得垮，屋頂的黑色太陽能板與白色塑膠磚以及屋內雜物已全混做一堆。我彷彿重返七號營再次面對小行星撞擊後的浩劫景象。新家園就這麼毀於一旦。

當務之急毫無疑問是先與居民會合。

籠罩廢墟的霧氣緩緩朝東飄移，遮光罩支架在太陽下閃耀，彷彿城鎮被剝皮抽筋之後剩下的骨骸。我從濃霧間隙看見大布罩落在草原，像一床白色棉被撕得亂七八糟，丟在黑色焦土上。

除了偶有東西滾落，市區寂靜無聲。霧氣遮掩了周圍叢林，仔細聽也聽不到那一頭有動靜。

整座山谷隨我和布萊韋隱匿蟄伏，等待混亂平息的時刻到來。

靜默中，她開口小聲問：「命令？」

風暴襲擊前，我犯的錯誤是指令過度明確，以爲躲在最遠的一側就最安全，卻忘記了地下爬行道是個更好的選擇。既成事實無法改變，但不能再犯同樣錯誤，所以我打算提出大方向，參考布萊韋的分析再決定進行方式。

「先確保生還者安全，爲風暴與暴龍群二度來襲做好準備，之後與洞穴那邊聯繫，並且趕過去。妳有什麼建議？」

「建議先把四條結構最完整的管線爬行道抽乾，在裡面存放物資，做爲萬一時的避難所。」

我點頭，布萊韋探身吩咐底下兩個士兵。「將指揮站成員帶出來，開始搜救行動。」

大家躡手躡腳回到殘破指揮站。圓頂屋已經倒塌，我又回想起自己曾經在七號營地底挖隧道，以爲能開出一條生路。其他人在長屋間穿梭，低聲呼喚尋找生還者，片刻後，我也找到目標物之一——還能用的無線電。

確認頻道後啓動。「耶利哥呼叫撤離隊，聽到請回答。」

等待回應時順便看了看搜救進度，很慶幸有士兵自另一棟樓的地板下面鑽了出來，他們一定也想到躲進爬行道可以保命。「耶利哥呼叫撤離隊，聽得到嗎？」

大霧稍微散開，我瞥見閔肇與桂葛里在醫務樓廢墟搜索。醫務樓比指揮站更大，但經過摧殘同樣淒慘。閔肇忍不住大叫，叫聲傳得很遠，桂葛里趕緊摟住夥伴肩膀，提醒他降低音量。桂葛里是過來人，他和詹姆斯挖開奧林帕斯大廈時，只見到已經喪命的莉娜。對他而言，如今恐怕像是夢魘再現，只不過這回主角換成閔肇。

「耶利哥呼叫撤離隊，聽得到嗎？聽到請回答。」

眞希望妹妹趕快回應。或者亞歷、大衛、艾比也好。我想確認孩子和親友是否安好，有多少人成功進入洞穴避難。做爲市長，我要爲每一個居民的性命負責。

布萊韋帶部下清點人數，將倖存者與死者分別安置。不知道哪一邊會比較多？

「耶利哥呼叫詹姆斯，聽得到嗎？」

詹姆斯也沒反應。

站在迷霧深鎖的荒城裡，我不禁茫然懷疑自己還能不能見到丈夫，還能不能見到其他家人。

18 詹姆斯

曉神星暴龍伸出爪子，朝前撲了過來。

我趕緊後退，雖然想從背包取出能量槍，可是手臂像果凍一樣使不出力氣。一腳還踏上一截斷裂的樹枝，整個人向後滑，雙臂在半空甩來甩去。幸虧身上是厚重的防寒衣物，但腦袋還是撞上了樹幹。

暴龍狂吼，我再次伸手要拿槍，可是來不及了。牠只距離我不到六呎，血盆大口一打開，我連後齒都能清楚看見。

猝然間，有什麼東西朝暴龍竄去，緊緊鎖住牠的頸部不放。是亞瑟。他一手扣住暴龍脖子、高舉的另一手抓著約莫兩英呎長的樹枝，精準無比、快如閃電地戳進猛獸右眼。

暴龍發出淒厲哀嚎，如鬥牛猛烈搖擺，想將亞瑟甩飛。但仿生人不僅死死抓牢，還拔出樹枝再朝另一眼刺過去。暴龍瞬即倒地，喉嚨咕嚕幾聲斷了氣。

亞瑟一個翻滾落地，立刻蹲下潛伏。暴龍叫聲此起彼落，彷彿整個叢林活了過來，緊接著就聽見灌木窸窸窣窣、樹枝斷裂樹幹倒塌，殘存不多的林冠不停晃動。方才的吼叫召來看不見的巨獸軍團。

「快找掩護。」亞瑟低聲吩咐我。

他自己蹲在地上，頭顱左右搖擺，像天線偵測訊號那般，接著視線驟然凝聚在右側。

一頭暴龍瞬間衝出，牙齒埋入亞瑟右臂，硬生生扯下。

19 艾瑪

耶利哥廢墟堆滿了屍體。

生者五十人一組，躲在崩壞的活動中心嚥下拾荒回收的餐點。南邊靠近河岸的農田經過暴龍踐踏與烈火焚燒，自然已面目全非。

食物來源又一次成了大問題。

詹姆斯和撤離隊依舊杳無音信。原本就指示撤離車隊在移動中關閉無線電，以免聲音吸引暴龍，但若到達了山洞就該開啓才對，卻直到現在一直沒有回應。

好消息是閔肇與桂葛里找到了泉美。她帶著病人躲到醫務樓附近另一棟長屋裡。

泉美照料傷患就忙不過來，遊走在各組間清點物資，進行檢傷分類。我也四處安撫情緒，很多居民與家人分開，而且又累又餓，充滿恐懼。

目前最需要提防的是暴龍群折返。牠們原本棲息在西側的叢林，相較之下東邊太冷，所以一旦覺得安全就會想回家，到時候又要衝向耶利哥。所以我們也得做好準備，隨時有可能要再躲進管線爬行道，但是現在的抽水進度也很慢。

布萊韋派了一支小隊去西邊調查，看看當初過去轉移暴龍注意力的人是否生還。她站在指揮站附近，無線電對著耳朵、音量調到最低，我只能斷斷續續聽見幾句，但有兩個字異常清晰。

「陣亡。」

他們終究沒能逃過一劫。

認識布萊韋至今，她的表情總像戴著面具，從未表露過情緒，然而此刻卻罕見地卸下防備，臉上閃過一抹哀戚。烏雲掠過市鎮廢墟，短暫遮蔽了天光，再看清楚時，布萊韋又回復了原本的剛毅模樣。

我探視完一批倖存者之後過去找她，布萊韋正陷入沉思。

「部下的事情請節哀。」

她凝視東方森林。「嗯。平民那邊還好嗎？」

「嚇壞了，想趕快逃走。」

「得先查看山洞情況，而且必須召回車輛，否則無法運送剩下的人口與糧食。」

我挑了挑眉。「意思是要在那邊待上一陣子？幾天，還是幾週？」

「我個人認爲無論要多久，最好撐到風暴結束。」布萊韋伸手朝城鎮比了比。「暴龍群還在活動，留在這裡等於任牠們宰割。」

「同意。不過糧食會是個大麻煩。」

「對，但相比之下如何撤離更加棘手。我會親自帶隊去山洞，確保交通路線。目前這邊三組有隔絕衣的人我得帶走。之前派去谷西叢林的特種部隊已經發現一半人員的下落，會有人去回收遺體和隔絕衣，希望尺寸有人能穿，然後留下來保護大家。」

「我和妳一起行動。」

「市長——」

「我有隔絕衣，昨晚也親手殺掉了暴龍，雖然身手和特種部隊差得太多，但自保還不成問題。既然上前線，我會完全接受妳指揮。」

「我不能讓妳涉險。」

「可是我留在這裡已經派不上用場，還不如過去找到親人孩子可以安心。何況對妳而言，能和暴龍作戰的人手一定是越多越好，我觀察過了，我身上這套隔絕衣，你們沒有人穿得下。這個情況下我還不去，怎麼對得起大家。」

布萊韋只好點了點頭，明白爭論下去只是浪費時間。

她過去原本的兵器庫位置開挖，找到了金屬儲物櫃。我幫忙將上面的瓦礫雜物搬開，她用力撬開金屬門時發出刺耳巨響。兩個人一聽都呆了，趕緊東張西望，擔心引來不速之客，幸好平原依舊寧靜安穩。

櫃子裡有個背包，她拉開拉鏈，取出金屬球，體積接近小顆的蘋果。

「知道這是什麼嗎？」布萊韋遞給我看。

「手榴彈。」

「總共有三枚，我違反自己下的軍令偷偷帶過來的。」

「幹得好。」

「一枚給妳，必要時才用。」

「我怎麼判斷什麼時候有必要？」

「必要的時候，妳一定會知道。」

20 詹姆斯

我摔在濕冷泥巴上，驚恐地看著曉神星暴龍扯下亞瑟的手臂。仿生人肩胛凹槽爆出電線與火花。

暴龍嚼了一下手臂就愣住了，顯然無法理解自己咬到什麼。

這短暫空檔就足夠了。雖然我雙手顫抖，但立刻取出能量槍瞄準暴龍。只有一發，這一發必須決勝負。如果沒打中，亞瑟和我都活不下來。

暴龍將機器手臂吐掉，我扣下扳機，能量光束直擊牠胸口。巨獸咆叫了一聲之後，身體僵硬倒地。

沒辦法判斷牠會昏迷多久，也最好別知道。

亞瑟也是同樣想法，無視斷了的手臂直接衝向我，跪地彎腰低聲說：「爬到我背上。」

我不禁低頭望向手中能量槍。帶亞瑟來到曉神星地表之後，爲了避免被他偷襲，我時時刻刻將武器放在隨手可得的地方，心想不這麼做沒辦法制衡他。現在不但沒了能量，更重要的其實是我根本不確定自己爲什麼需要武器。亞瑟剛才又救了我，第幾次了？到底爲什麼？

「詹姆斯，快點！牠的同伴要來了。」

我抓著槍，無可奈何地跳到亞瑟背上。他穿梭森林時動作輕盈，巧妙避開枝椏藤蔓與橫在地上的樹幹，儘管濃霧四面包圍卻不斷改變方向。路線看似毫無章法，實際上隔著霧氣，他也看得見暴龍在森林裡的動態。至於我，只能從樹葉窸窣和樹枝折斷的啪嚓聲知道有暴龍逐步逼近。

亞瑟忽然又掉頭，跑步速度再加快，縱身騰空飛越一條山溝。溝上倒了不少樹木，像是架在土屋上的橫樑。倒了對面，他把我甩下來放進溝裡。

「別動。」他吩咐。「我會把你藏好。」

溝底有一截連根拔起之後倒栽蔥的樹幹，原本樹根的地方留下巨大坑洞。亞瑟把我塞了進去，撥動周圍的沙土和積雪埋在我身上。他還扯下自己衣服一塊布，朝我的臉部蒙過來，我下意識地閉上眼睛。濕潤的土壤和冰粒打在身上，感覺像是被生生活埋。

我不敢睜眼，但聽見亞瑟跑開，在遠方高聲叫道：「誰要單挑獨臂俠啊？」

他想調虎離山，而且儘管失去手臂，卻仍沒有失去幽默感。

21 艾瑪

通往避難洞穴的一路上，斷裂的樹幹和樹枝散了滿地，蓋住了越野車匆忙逃離耶利哥留下的車轍。

我們沿途找到逃難隊伍落下的行李：毛線帽、食物、泰迪熊娃娃。就像童話故事的麵包屑一樣，這些東西指引了我們正確方向，抵達終點就會知道親愛的家人朋友是否安然無恙。

我的腦海不停浮現山姆、亞黎、卡森畏縮在幽暗洞窟內的模樣。孩子們一定不懂爲什麼媽媽拖了這麼久還不去找他們。當然也要他們活下來才算數，我懸著一顆心前進，深怕下一步就會看到屍體。

布萊韋和她的部下舉著步槍，小心翼翼在叢林間移動，任何風吹草動都高度戒備。每隔幾分鐘，隊伍就要蹲下潛伏，確認周邊是否有異狀。每次我都以爲會有暴龍衝出來，但截至目前爲止一頭都沒看見，希望牠們都逃進谷東森林深處，先別出來了。

暴龍不至於翻山逃進曉神星背光面，至少我們從未觀察到這種現象。背光面太寒冷，而且南邊有條大河，牠們過不去，曉神星暴龍的另一個弱點是不會游泳。總而言之，牠們還在森林裡蟄伏藏匿，一有機會就要重返靠近沙漠的谷西叢林。

本來以為布萊韋會帶隊清掉擋路的倒樹斷枝，否則之後就算有全地形越野車，也無法跨越一片狼藉。但現在他們完全不處理，直接爬過去。想想也對，如果能在山洞找到更多人手，處理起來才夠快。團結就是力量，眼前最重要的事就是到達洞穴。

遠處傳來暴龍吼叫，叫了兩次忽然停止。第三次叫聲似乎來自另一頭，隨後忽然有個啪嚓聲——不像樹木，金屬折斷才會這麼清脆。

布萊韋立刻停下腳步，轉頭望向聲音來源。

詭異的嘶嘶聲飄進耳裡。很微弱，但不自然，感覺不是動物而是雷射之類的東西。我們究竟遇上了什麼？

一個士兵朝那裡邁步，被布萊韋拉住手臂。她搖頭示警。接下來很長一段時間裡，森林陷入死寂，彷彿所有生命都在等著怪聲來源現出眞面目。

整座森林驟然嘈雜，四面八方都有動靜，是相當巨大的物體。最有可能的當然就屬曉神星暴龍，牠們穿越森林，飛蛾撲火般聚集過去。

布萊韋趕緊帶隊離開道路，躲進倒塌樹幹與濃密灌木叢之間，大家都蹲著提槍備戰。地面被暴龍踏得震動不斷，每隔幾秒鐘就會聽見一次獸吼。

混亂中我聽見叫喊，只是聲音模糊無法分辨。是詹姆斯嗎？機率很低。撤離的平民或士兵？暴龍攻進市街時逃出來的人？都不太可能，獨自在外早就被獸群踩死。

那個呼喊聲又出現了，語調感覺是在挑釁。很耳熟，只是我一下子想不起來。而且什麼人敢發神經在猛獸出沒的地方鬼吼鬼叫？不是發了瘋就是走投無路。

我朝布萊韋探身。大家都戴著面罩遮住面部，看不到彼此眼神與表情，幸好相處久了自由默契，她明白我想問什麼。

「幫不了。」她低聲告知。「暴龍數量太多了。」過幾秒布萊韋補充。「而且那個人的目的似乎是引開暴龍，而不是呼救。」

森林潮濕陰冷，我們躲在草木裡太久，直到失去時間感，才終於等到最後一頭暴龍走遠。之前在管線道裡枯等也是同樣的體驗。

最後布萊韋揮手要大家回到原本的路線上。我們繼續前進，雖然加快腳步但並未疏於防備。她大概擔心衝向那個聲音的暴龍有可能回頭，確實必須小心。

距離山洞應該不到五分鐘腳程了，很快就會知道親友們身上出了什麼事。

我抓緊步槍，左右張望，結果卻不小心踩碎一根小樹枝，啪嚓聲害整個隊伍停下來，一個士兵回頭望著這邊。隔著面罩看不到表情，但想必他一臉不屑。若換作同袍製造噪音，不知道他還會不會這樣激動。布萊韋招手要大家跟上，我們繼續穿越森林，一路上踩斷更多樹枝、樹幹，與樹葉擦身而過。

前方一名士兵停下來高舉手掌，所有人蹲下舉槍，排開隊形準備攻擊。

布萊韋爬到前鋒身旁。前鋒伸手指向左邊，森林地面上隆起一團物體，輪廓還微微抽動。我馬上口乾舌燥——是暴龍，倒下了卻還沒斷氣。我輕輕向前一步，仔細觀察後，發現這頭暴龍尚未成年，體型只有平均的三分之一，但不知道如何以外形判斷年齡多大。牠的背部到右腿有一道很深的傷口，已經結了痂，看起來有如地圖上美國西部的紅色峽谷。

誰也不敢輕舉妄動。

我們與暴龍距離不到十呎，幾乎已經面對面。布萊韋轉頭，伸出一根手指放在面罩前要大家安靜，然後再指向前方。她自己跨出一步，再一步，動作很慢很小心，沒發出任何聲響。一行人像闖空門的盜賊跟上，我實在無法將視線從受傷的暴龍身上挪開。

幼龍身後的樹枝彎曲，一顆巨大頭顱朝牠探去。是成年暴龍，絕對不會錯。

而且沒受傷。

巨龍的目光直接落在我們身上。大家僵在原地，不敢有分毫動作。

彷彿時間凝結。暴龍挺起身子睥睨我們之後仰仰頭，無法理解眼前物體到底是什麼。我不由自主呼吸急促、胸口起伏，隔絕衣裡面冒了一身冷汗。

成年暴龍鼻孔賁張，腦袋左搖右晃掃視，接著稍微抬頭望向我們後面，好像要比對兩個畫面有什麼不同。

牠向前一步，刻意避開幼龍——或許是牠的孩子。不得不佩服這支部隊訓練有素，即使巨獸近在咫尺，也沒人自亂陣腳。暴龍注視最接近的士兵，還探頭輕觸步槍槍管，之後鼻子縮了回去，大概被金屬的冰涼嚇了一跳。

巨龍再次仰頭，這回張大嘴巴往士兵落下。

他開了火，彈雨一波波轟過去，暴龍怒吼後退，左腿踩在小孩身上。另外三個士兵跟著開槍，暴龍搖晃後倒下，吼叫聲十分尖銳，身體瘋狂扭動。

但布萊韋的聲音比牠更響亮。「快走！」

一隻強而有力的手臂抓住我往前拖。大家顧不得有多吵，順著道路全力衝刺。除了前面的士兵和地面，我什麼也看不到。

一轉眼，拖著我的士兵消失了。瘋狂的暴龍半途殺出，巨大雙顎將他整個人咬走。

全隊展開迎擊。右側另一頭巨龍怒吼，布萊韋與她身旁的士兵立刻掃射。背後也傳來嚎叫，我轉身看見殿後的士兵奮力作戰，然而步槍子彈只能逼退暴龍，不足以將其擊斃，牠壓低身子衝撞過來，頭顱如鐵鎚狠狠敲在士兵腦袋瓜上，步槍應聲脫手飛出。

我解開槍枝保險裝置，緊扣扳機朝暴龍連射。太遲了，距離拉不開。

暴龍再次使出頭槌，我像個洋娃娃那樣被甩開，正好撞在一棵還沒倒的樹上。

頭暈腦脹，渾身劇痛。

不知不覺中，步槍已經離手。

我聽見暴龍咬向地上的士兵，他叫得非常淒慘。

於是我伸手從口袋撈出冰涼的金屬球，扯下拉環扔了過去。

22 詹姆斯

雖然躺在山溝裡，我仍然聽得見亞瑟怎樣引開暴龍。他大呼小叫引起注意，暴龍群自然而然全追過去。能聽見的就少說上百隻，實際上可能更多。

泥土與冰雪將我掩藏得很好，蓋在臉上的布條也有效防止沙土阻塞口鼻。暴龍群靠近時，我的呼吸不由自主加快，這是身體對恐懼的本能反應，攔也攔不住，所以那塊布成了保命關鍵。暴龍衝過來就像地震發作，牠們跳過山溝時還颳起呼嘯風聲。

我克制不住身體顫抖，無法確定究竟是冷、是怕，或者兩者皆有。只要任何一隻暴龍沒跳好踩進溝裡的話，巨爪會直接戳進我身體，將我開腸破肚。

暴龍群衝撞樹木發出巨響，亞瑟的叫聲被淹沒。牠們就像一場大雷雨，我只能躲在底下瑟瑟發抖。

躺在黑暗中，泥土壓著身體，時間彷彿停滯，地底濕氣鑽過皮膚，我像是被曉神星吞噬，一點一點消化掉。

過了幾分鐘——感覺上是幾分鐘，但就算是一小時也不意外——暴龍群遠離，周圍陷入寂靜。

突如其來一股力道朝覆蓋我的土壤壓下來，而且開始挖土，動作十分迅速。我第一反應是繼續躲，但立刻意識到無論上面是什麼東西，對方已經察覺下面有生物。我必須反抗，即使現在沒剩多少力氣，也不能坐以待斃。

於是我手臂一撐，身體衝破土雪，咬牙忍痛扯掉蓋臉布條，準備好與猛獸對峙。

結果是亞瑟蹲在面前，雙手沾滿泥巴。

「你不會打聲招呼嗎？」我沒好氣地說，伸手撥掉脖子與頭髮上的沙土。

「擔心你回答出聲會引起注意，但你還是出了聲。」

亞瑟朝我伸手，是要拉我站起來？

槍，他以唇語說。

「沒電了。」我低聲回答。「只有一發。」

「我知道，給我。」

想不出有什麼害處，我就將能量槍遞了過去。亞瑟用膝蓋固定槍管，僅剩的左手靈巧拆卸。

他找什麼呢？

接著他從自己斷臂的右肩挑出了幾條電線，盡可能拉長，端詳一陣後用牙齒刮開外皮，然後將線纏在槍身電池周圍就不再動作。

我這才看懂，亞瑟是要幫能量槍充電。「你怎麼逃掉的？」我又低聲問。

「改變路線，根據暴龍反應，估計牠們的視野範圍。跑得夠遠以後就爬到樹上，等牠們自己衝過去。」

「單手？」

「還有兩條腿。你自己設計的，這具身體的性能比奧斯卡好。」

「奧利佛是軍用原型機。」

「那感謝自己吧，沒強化說不定你已經死了。」

亞瑟解開電線，出乎意料竟然將槍還給我。「或許會用到。」他只這麼解釋。「你能走路了嗎？」

「試試看。」

剛被一堆樹枝灌木砸得渾身發疼，然後還連續活埋兩次，不利身心健康。果然勉強站立也是兩腿直打哆嗦、陣陣抽痛。

「我背你。」亞瑟說。

「去居民避難的山洞。」我小聲但堅持地說。

「去就去。」他邊回答邊彎腰。

林間傳來自動步槍掃射聲，而且越來越多，至少三到四人開火，不知是互鬥還是攻擊暴龍。再來竟是爆炸蓋過一切，無法確定是炸彈或手榴彈。

怎麼想都是耶利哥城的居民。或許是艾瑪，或許是亞歷。

「快走吧。」

亞瑟抬頭。「朝槍聲過去嗎？不是好主意——」

「你不去，我就自己去。」

我將槍塞進口袋，往溝邊跨出一步，整個身子向前倒下，趴在地上用爬的。

亞瑟繞到前面，背對著我蹲下。「上來吧。」

槍戰還在繼續，遠處又有兩次爆炸，火光強到足以穿透茂密樹叢，林冠也因爆風搖晃。

亞瑟背著我小步前進，看上去是要保持安靜，但我覺得毫無意義——不是正朝著戰場走嗎？

「快點。」我催促。

他是加快了腳步，但也很明顯沒盡全力，似乎很排斥讓我捲入戰鬥、以保護我安全爲第一優先。我還是想不通，亞瑟身上這團迷霧越來越濃了。

過不久，我嗅到焦肉臭味。亞瑟驟然停步，停得太過急促，我差點兒被晃落。他蹲低身子，讓我的雙腳踩到地面。

「距離十五呎。」亞瑟低聲告知。

「幾頭？」

「四頭，死了。」

「人類？」

「三個。」

「也死了嗎？」

「死了兩個，另一個垂危。」

會不會是艾瑪？我想下去，但被亞瑟扣住手臂。「還有三頭暴龍在一百英呎外，與目前方向呈二十五度角。」

「牠們——」

「正在分食死掉的同伴，很快就會吃完。」

「所以我們更要快。」

我鑽過茂盛草木，身體被枝葉上的雪水沾濕，腳底下的泥土軟爛。前面倒了個人，被抓得亂七八糟，顯然已經斷氣。旁邊地面炸出大坑，更遠一點有頭暴龍只剩下半截身子。

我單手持槍，走到殉職士兵身邊，留意到他穿著紅外線隔絕衣。只有艾瑪、布萊韋以及少部分士兵才有這個裝備。

我輕輕解開面罩，底下是個年輕男性，已經幾天沒刮鬍子。之前見過他，隸屬特種部隊，可惜我沒問名字。

我再觀察四周，察覺這是通往避難山洞的道路。「活著的人在哪裡？」我悄悄問亞瑟。

他蹲低行走，帶我順著道路，繞過另一具暴龍屍體。前方樹幹下穿著隔離衣的人倒地，一動也不動。

23

艾瑪

手榴彈掉在暴龍後頭。我以爲會立刻爆炸，結果不是。時間又彷彿凝結。

巨龍咆哮，爪子朝士兵抓下。牠遭受彈雨猛轟，哀嚎後退，滿口鮮血。

我想撐起身體，爬向脫手落地的步槍，可是四肢實在太痠痛，只能靠在斷樹動彈不得。

手榴彈終於爆開，震耳欲聾之後徹底靜默。

爆風削裂暴龍，血肉朝我飛濺過來，塵土如雨灑下。衝擊波將我朝著樹幹推擠，感覺差點被壓死。爆風平息下來，我朝前趴倒，更多沙石落在背上。

一股尖銳嗡鳴在耳朵徘徊不散，感覺好暈好想吐。

我擠出力氣，勉強轉頭望向道路。

濃霧與硝煙中，瞄準器光束來回游移。耳鳴逐漸消褪，我開始聽得見其他聲音：槍響，獸吼，牠們的叫聲帶著憤怒痛苦，但好像有上百隻衝過來。

我試著起身，不過還是太痛太想吐，只能靠手肘膝蓋慢慢往步槍爬過去。抱到步槍之後，我往側面翻滾，開始搜尋目標。道路對面有三頭暴龍朝著我軍襲擊，士兵瘋狂掃射一陣，先退進霧氣才再次開火。

我開啓半自動模式，瞄準最接近的暴龍頭部，扣下扳機時又有手榴彈爆炸。爆風將我拍飛，像個桶子般滾下山丘。步槍又脫了手。

這回的耳鳴更嚴重，完全聽不見周圍動靜。心跳飛快加速，感覺肺葉吸不到空氣。除了揮之不去的嗡嗡聲與自己的急促喘息，什麼也聽不見。

眼前又一陣閃光，伴隨高熱與衝擊。我盯著前方，無法動作。

一堆東西迎頭砸落。

意識朦朧，腦袋昏沉。

最後視線也模糊了。

24 詹姆斯

我要朝倒地士兵走過去時，卻被亞瑟攔了下來。「那個死了。」他指著路邊一小叢灌木。「活著的在那邊。」

森林安安靜靜的，焦土黑煙縷縷，讓人聯想到墓地幽魂。

我如履薄冰，深怕踩斷樹枝發出聲響。

灌木後面有另一個穿著隔絕衣的人倒在泥巴上。男性，背部被深深撕開，面罩脫落，露出一頭金色短髮。

我蹲在他旁邊輕聲呼喚。「嘿……」

男子轉頭，充血疲憊的雙目望了過來。

「我帶你離開。」

亞瑟揪著我的手想要拉走。「詹姆斯，牠們過來了。」

我與他拉扯想要掙脫。

右邊傳來一連串樹枝折斷的聲音。暴龍正在逼近。

「詹姆斯，」亞瑟語氣帶著惱怒。「再不走——」

「我不會丟下夥伴。」我轉頭朝地上傷兵低聲問。「你有辦法自己走嗎？」

「不確定。」

亞瑟走向旁邊，許多斷掉的樹枝堆在那裡。他抓了幾根又丟掉，發出很大的噪音。我不禁瞪過去，心想他這又是在做什麼？

「牠們已經看見你了，有沒有聲音都會朝這裡走。」

最後亞瑟削了一根特別長特別尖的樹枝當作標槍拋擲，霧氣瀰漫的森林傳來暴龍痛苦哀嚎，緊接著好幾次吼叫，大概是同胞替牠打抱不平。

「快走。」亞瑟指向南方，但洞穴應該在東邊。

「避難山洞——」

「太遠。」亞瑟又拿了一根樹枝射出去，這一回大概沒扎深，暴龍的反應小很多。

我攙著士兵的手臂扶起，他的喉頭發出呻吟，看得出雙腿癱軟無力。或許背部的重傷造成脊椎受創。

「亞瑟，你背他。」

亞瑟白了我一眼，但立刻將士兵扛在肩上，快步穿越樹林，而我緊追在後。

我一路不停被枝葉刮傷、雪水迎頭灑下，速度快不起來，只能低著頭盡力奔跑。前面阻礙重重，又是斷樹又是矮林，但亞瑟都能靈敏越過。

暴龍群大吼不休，我冒險回頭，看見兩隻恐怕有二十呎高的曉神星暴龍，於是停下腳步拔出能量槍，深呼吸之後瞄準擊發。

能量波打中比較靠近的暴龍右胸，牠身子一轉趴在地上；另一隻暴龍受到驚嚇，掉頭觀察同伴，速度也就慢下來。

我不敢逗留，轉身拔腿狂奔想追上亞瑟。原本以為跟丟了，聽不到腳步聲或摩擦枝葉的窸窣，只有寒風呼呼價響。但再仔細一聽，其實不是颮風而是流水，穿過一排矮樹後走出了谷東森林，面前是南方大河。

亞瑟扛著士兵站在河岸，十呎之下的河面因為風暴暴漲，又深又急，水流速度是平常的兩倍。

「跳！」他的叫聲與滔滔洪水混在一起。

「不行吧！」

他二話不說將士兵往河裡丟。

背後一連串樹枝折斷啪嚓作響，暴龍群追過來了。

那士兵的腿動不了，真的能在湍急波浪中存活嗎？

我自己沒有隔絕衣也沒了武器，留在岸邊又能怎麼辦？

於是只能望著亞瑟猛搖頭，接連三步躍進了大河。

25 艾瑪

我好想閉上眼睛沉沉睡去，但心裡知道在這裡睡著，恐怕再也醒不過來，永遠見不到孩子與丈夫。

一個翻滾之後，我立起手肘要撐起身子，不過立刻垮了下去。渾身無力，頭昏腦脹。

只能手腳並用，一點一點往前爬。

回到道路上，烏雲和煙霧散開，躺在泥土上動也不動的，除了暴龍還有許多士兵，彷彿壞掉的玩偶們。

我繼續爬行，一吋一吋移動。

忽然前臂被扣住，對方將我翻面抬起來，穿過濃霧。我感覺這人自己也沒多少力氣，腳步搖搖晃晃。看不到臉，但認得嗓音。

「別出聲。」布萊韋提醒後，跌跌撞撞繼續走。

我伸手箍住她的頸子，讓她的手臂不會那麼吃力。

大概一分鐘之後，布萊韋也不支倒地，我滾了出去，在地上撞得疼痛也就罷了，主要是暈眩更加嚴重。

霧氣變濃。

布萊韋壓低的聲音像是隔著雲海飄來。「抱歉。」

我爬起來想回去幫她，卻忽然察覺身邊還有別人。三個身影站在周圍。一個彎腰將我抱起，似乎游刃有餘。

我認得他，也認得另外兩位。都是協助撤離的士兵，應該是聽見炮火聲所以過來查看。

「等等。」我低呼。「還有人在那邊，幫幫她。」

我被抱走時聽見布萊韋呻吟，轉頭看到兩個士兵已經扶起她。

沒過多久，洞口出現在眼前。

感覺裡頭氣溫低了十度，越野車和拖車停到裡面三十呎處。洞穴在後面開始分叉，抱著我的士兵打開頭燈照明。

我想下去自己走，不能讓孩子們看見現在這模樣，會嚇壞他們。情況越糟糕，越要設法建立孩童的安全感。

「停一下。」我喘息著，聲音沙啞。士兵放慢步伐，卻沒有眞的止步。「放我下來好嗎？給我點時間。」

士兵這才停住腳步，輕輕放我落地。

花了一會兒，我至少能自己站穩了。

這時候布萊韋搭著下士的肩膀走進洞窟，另一個士兵殿後戒備。她已經摘下面罩，鼻青臉腫，眼神卻依然剛強。

「謝謝。」我開口。

「客氣什麼。」她立刻朝帶我進來的士兵下令。「中士，還有三個人跟我們一道過來，帶隊出去看看能不能救到人。」

中士點頭，深入洞穴召集同袍。

「詹姆斯也還在外面。」我提醒布萊韋。

她眉頭緊蹙，思索一陣後回答：「艾瑪，我們這一趟差點活不成。他沒事的話，應該已經找到安全地點，正在等待風暴平息。」

我咬著嘴唇，暗忖自己還能怎麼做。

布萊韋輕拍我手臂。「等暴龍離開谷東森林，我們立刻搜索。」

「不知道要幾天，甚至幾個月。他只有一個人在外面。」

「能在這種情況存活的，也就只有他了。」

「話說回來，這邊怎麼辦？暴龍還在森林，我們回不去耶利哥城，那邊的人也過不來，洞穴裡的存糧支撐不了太久。」

布萊韋凝重地點頭。「只希望能撐到牠們離開。」

「除非有辦法驅離。」我想了想。「靠火？」

她搖頭。「太多樹已經被撞倒，吸收了雨雪與泥土的水分，就算放火也燒不了多大，反而可能把暴龍引過來。」

又受困了。但我不會放棄。看得出布萊韋也並未死心。「先休息，之後再討論，一定有辦法的。」

她點點頭。「好。」

轉頭深入洞穴，我依舊雙腳無力，走得不太穩當。一個士兵跟在旁邊，隨時準備攙扶，不過我一步一步逐漸回復力氣，就像後頭布萊韋也已經要部下報告當前情勢。

隨著洞徑蜿蜒曲折而入，漸漸聽不到她的聲音。士兵的頭燈光束貫穿黑暗，一次照亮一塊岩壁，壁面呈灰黑色，濕氣凝結成水珠。

走了一分多鐘，我留意到有種怪東西在山洞內隨處可見，是我從未見過的灰色海綿狀生物，乍看類似活珊瑚，但我猜測應該屬於眞菌，或者曉神星上對應的生物類別。

前方右邊有條小路，跟著士兵彎過去以後，我大大鬆了口氣。撤離過來的人四個或五個一組，以睡袋床單席地而坐。我們經過時光線刺眼，大家都別開了臉，但角落有個女性伸手遮光，站了起來。是我妹妹麥迪遜，她繞過其他難民衝過來緊緊擁抱我。

聽見我呻吟出聲，她立刻放手。「妳受傷了？」

我顧不得痛楚，將她拉回懷中。「沒事。孩子們呢？」

「在裡面。」

她牽著我穿過人群，走向角落。山姆和亞黎靠在一塊兒，卡森則在大嫂艾比懷裡，三個人都睡著了。

我的心跳好快，淚水盈眶。孩子們都沒事最重要。

對面先是一個男孩咳嗽，後來另一個大人也咳了起來。

我坐下來發現洞窟地板不只硬，還冰冷潮濕，但我哪裡也不想去，在孩子身邊躺下後，立刻累得昏了過去。

26 詹姆斯

我筆直墜入大河，整個人浸到水裡，寒意如電流竄過全身。一時間我眼冒金星，彷彿漂流在黑暗冰冷的太空。

好不容易身體浮上水面，被激流帶著轉個不停，臉才探出去吸了一口氣，又被旋拖到水下。載浮載沉、明暗更迭，我努力揮舞手和腿想穩住身形。

亞瑟沿著河岸狂奔，視線始終鎖定我，同時以剩下的那隻手撥開擋路的樹枝和灌木。戰鬥用仿生人軀體是防水設計，還針對防穿孔做了強化，但右肩窩開了大洞時統統不管用，要是他掉進水裡絕對會短路，所以只能留在岸上。

可是岸邊不僅亞瑟而已，我跳水的地方衝出一頭暴龍，望著下面河岸發出怒吼。牠是冷血動物不願意下水，就這點而言亞瑟很聰明，不把士兵抛進水中，我大概不肯跳，而下水恐怕是方才唯一的一條活路。

傷兵在我前面一些之處，面朝下漂流著。我用力踢水，水流也推了一把，腳踩不到地很難施力，不過我還是成功將人翻過來，用左手臂抱住他的身體。

士兵睜開眼睛，吐了水咳兩下。激流嘩啦作響，聽不太到他的聲音。

我另一手打水想靠岸，兩腿用力擺動保持漂浮，要是能踩到河底就好。

亞瑟伸長了手向前比，意思是叫我待在水中別出來。沒錯，這麼做才能穿越東側密林，問題是我的手臂快沒力氣了，雙腿沉得好像鉛塊。不知道是不是多負擔一個人重量，還是因爲衣服全濕了，又或者單純是水流太湍急，我覺得自己快要沉下去，沒辦法停留在水面。必須上岸，就算只是休息片刻也好。

繼續沿著河岸跑步的亞瑟又指了指下游，我只能搖頭示意。

沒辦法，眞的太虛弱。

我繼續朝岸邊游，可是移動緩慢，腳始終踩不到東西。

亞瑟瞥了一眼後，鑽進樹林內。

我的頭掉進水裡，喝進一口冰水，彷彿從胸腔內部開始結凍。靠著單手和兩腿，我努力往上，衝出水面吐個乾淨，但視野模糊得什麼都看不見。

我試著換成仰式，卻因此鬆了手一、兩秒。

我轉身加速追上，抓緊士兵再嘗試仰躺，卻還是做不到，整個人被波濤打得七葷八素。但一定得保持漂浮，否則即刻會沒命。

27
艾瑪

我驚醒過來，因爲周圍所有人都在咳嗽，聲音在洞穴不斷迴蕩，好像停不下來。角落點了一盞LED燈，光線不太亮，但看得見親人都躺在旁邊。亞黎與山姆還沒醒，麥迪遜盤腿坐著，直視前方，眼睛眨也不眨。

大部分難民還在睡，空氣中彷彿有層灰霾。外頭的霧氣飄到這麼深的地方？但除此之外無法解釋。

我撐起身體，手臂還會抖。

「嗨。」麥迪遜低聲打招呼。

「謝謝妳幫忙照顧孩子們。」

「應該的。外頭情況如何？」

「很危險。」

因爲身子虛弱，沒力氣講太多，何況也眞的沒什麼好說。暴龍加上風暴，離開洞穴幾乎就是死路一條。

「我睡了多久？」我問。

麥迪遜咳了咳，聳聳肩。「不知道，手錶放家裡忘記帶來。家。聽見這個字感覺心上被扎了一刀。家園毀了，但我實在沒有堅強到這時候說出口。過了一會兒，她從自己的背包取出一盒野戰口糧，雞湯麵口味，我最喜歡的。靜靜果腹同時還是持續聽見咳嗽，不僅懷疑原因到底出在寒冷，還是洞穴內通風不良。然而就著暗淡光線，我看見連食物上都出現灰色斑點。

「山壁那些東西噴出來的。」麥迪遜小聲解釋。「一靠近就有反應。」

我將灰粉挑掉趕快吃完，存亡關頭不能浪費食物。

然而吞下最後一口之後，我感覺喉頭被某種東西覆蓋，於是也開始咳嗽，又咳不出來，像一團清不掉的痰。

麥迪遜遞了水瓶過來。「咳也沒用，似乎只能慢慢習慣。」

「謝謝。」喝了水之後我說。「那我四處看看狀況。」

起身又是全身一陣陣疼，但我沒倒回去。艾比在隔壁抱著卡森，七個月大的兒子睡得香甜，看得我心頭暖暖的。

「他還好吧？」我悄悄問。

「很乖呢，感覺好像挺喜歡這裡。」

但我能感覺到艾比壓抑的焦躁不安，她只是怕我擔心。我親了親小寶貝額頭，掐了掐他的小手，然後循原路往外走。到了T字交叉口，右邊透出微弱光線，正好足夠指引我前進。

過去後聽見一名男子說話聲。「楊沒那麼壯，木樁不會是出自他的手。」

女子回答：「總不可能是辛克雷博士吧？又不是超級盃四分衛，科學家更沒力氣才對。」

男子回答：「就算超級盃四分衛也沒辦法像那樣——」

我繞過轉角，被黑色短髮的士兵看見。

「市長。」他立刻示意另外一男一女別講話。女子穿著紅外線隔絕衣，背上破了洞，似乎用膠水與絲線勉強補好，應該是從死在路上的士兵回收而來。

「市長，布萊韋上校在指揮站。」黑短髮士兵繼續說。「我帶妳過去。」

離開時，士兵們邊咳嗽邊點頭行禮。

我們繼續前進，隨著地勢向上，溫度逐漸暖和，山壁上的海綿狀生物也減少消失，空氣不再朦朧，看得清裸露潮濕的岩石。走到接近洞口的指揮站時，感覺呼吸順暢了些。

布萊韋坐在一輛拖車裡盯著平板電腦，站在旁邊的官兵見到我就點頭問好。

「我睡了多久？」等她抬頭我問。

「反正不夠久。」

「你們出去救人了嗎？」

布萊韋視線飄向另一輛拖車，毯子蓋著什麼東西。從形狀判斷，恐怕是遺體。

「兩人陣亡。」

「當初帶了三個隊員？」

「嗯，另一個下落不明。」

也就是生死未卜。「會不會逃到別的地方了?」

「希望如此。」她又低頭看電腦。「也可能被暴龍咬走。」

說到這兒，布萊韋將平板轉給我看，照片裡的暴龍倒在雪地，嘴裡插著一根長木條，顯然是被貫穿腦部當場格殺，不過木條另一端並沒有穿出頭顱。

「我們認為有人臨時做了標槍，擊斃暴龍。詹姆斯有可能做到這種事嗎?」

「單純說可能性的話，假如他自製了發射器，或把木樁固定在地面，或許有機會?」

「不過我們判斷是直接射擊。」布萊韋指著被暴龍屍體壓垮的積雪。「從牠倒地的姿勢來看，木樁是帶著強大力道從正面插入。」

「代表他還在外頭。」

「暫時可以這樣假設。」布萊韋低聲回答，目光回到平板上。「但也有可能是耶利哥的其他人，或者第三方勢力。」

「怎麼會有第三方?」

「好問題。」她嘴上這麼說，卻沒有看我，我明白她有些顧忌。

「還是得去找他。」

布萊韋搖搖頭。「搜索隊已經將道路與周邊都探過，還有很多暴龍遊蕩。狀況合適的時候，我會第一時間派人去找。」

「留詹姆斯一個人在外頭，他會死的。」

布萊韋又將平板轉過來給我看。

「如果這是他幹的，我認爲他的性命比這裡所有人都更有保障。」

雙腿還是好痠痛，我在她隔壁坐下休息。「現在怎麼辦？只能等？」

「目前別無他法。」

「洞穴比較裡面的地方，每個人都開始咳嗽。」

「空氣裡那種灰色粉末造成的，一定是過敏原。」

「事前好像完全沒提到？」

「要稍微深入才會遇上，當初的調查隊來不及詳細探勘，所以沒發現。已經安排大家輪流到洞口透氣，我想等到離開山洞，就會自然痊癒。」

28 詹姆斯

撲通一聲水花噴濺，我抬頭看到大片木塊漂來，應該是被風暴劈開的樹幹。亞瑟又出現在岸邊，伸手指著浮木。

我擠出所剩不多的力氣拚命游，抓到浮木以後，繼續踢水往士兵前進。他在水流中翻滾，面部時上時下。

我趕緊將士兵撈上來，他也在我一手攙扶下，立刻抓住木塊。接著我們兩個抬起腿，靠浮木順水而下。

亞瑟站在河岸一邊觀察一邊穿過灌木叢。

幾分鐘後，樹木逐漸稀疏，剩下黑色沙土。前面本該是草原，但經過大火不知道還剩下多少，再往北就是耶利哥。

我踢水準備上岸，但亞瑟又指著下游。他的判斷正確，谷西叢林才是避開暴龍的最佳路徑。

耶利哥附近草原的確燒光了，但西邊一段距離外藍綠色野草依舊茂盛、未受波及，想必是風暴和雨水撲滅火勢的緣故。

經過草原再度進入密林。曉神星的太陽不會移動，無法藉此判斷經過了多少時間，但上半身浮在水面上的部分還沒風乾。

我伸手搖搖士兵，他一轉頭那眼神看得我也好疲倦。人活下來就好，我們兩個都是，保住性命最重要。

他動嘴說了什麼，我猜是「謝謝」，就點頭回應。兩個人繼續隨波逐流，看著兩岸景色變換。

不久又看到了樹木倒塌斷裂，被踩得零零落落，河水越來越暖。

亞瑟消失片刻，回來時帶了一條細長樹枝往我伸來，我抓牢之後就被他拖上陸地。

我抖個不停，士兵抖得更厲害，不只因爲氣溫變化，還因爲他失血過多。

「你叫什麼名字？」我調整呼吸問。

他閉上眼睛，聲音微弱得快要聽不見。「下士萊恩．楊。」

「好，下士，我們會治療你。」

亞瑟仰頭一派不耐煩的模樣。

「幫我搬。」我吩咐。

我們將士兵搬到密林深處輕輕放下。

檢查傷勢後，發現士兵背部撕裂傷及脊骨，所幸脊髓看來無大礙，只是可能有瘀血，下背部已經腫起來了。

這情況需要眞正專業的醫師，也就是泉美，而我則需要釐清狀況。

「耶利哥是什麼情形？」我一邊問一邊檢查他身上別的傷口和瘀青。「我看到放火燒草，然後暴龍衝進去了。」

「布萊韋上校派遣阿爾法與貝塔兩小隊進叢林嘗試分散暴龍群。」下士吞嚥口水。「可惜效果不大。市長決定放火，把遮光罩往下拉，然後全城撤離。」

聽完我像是肚子被重重打了一拳。事態竟往最壞的方向發展。「是撤離到東邊山腳下的洞窟嗎？」

下士點頭，臉朝旁邊一側便昏去。我終究沒能趕上，呆坐在旁邊錯愕了一陣。後來不得已再輕輕搖了下士肩膀，要他睜開眼睛。「所有人都進去山洞了嗎？」

他搖頭。「來不及。」

「還有人在城裡？」

他點頭。「嗯。」

「現在還沒離開？」

「對。」下士喘息不已，呼吸越來越不穩定。

「艾瑪也還在那裡嗎？」

「誰？」

「梅休斯市長。她還在城裡嗎？」

「不。路上。」

「什麼意思？」我湊過去，否則快聽不見他的呢喃。下士快昏迷了。

「衣服，路。」

衣服。路。艾瑪有一套可以隔絕紅外線的裝備，所以她出了城。剛才總共三個穿著隔絕衣的人，兩個死了，我只看見其一，也就是說，倒在樹下的那個是她。

我往後跌坐在地上，別過臉不知說什麼好，腦袋一片空白。

亞瑟開口講話，聲音很遙遠，像隔著一片玻璃。

「……和你們一起在通往山洞的路上作戰？」

我沒聽清楚下士的回答，只注意到三個字：手榴彈。

「她丟了手榴彈？」亞瑟問。

「對。」

她死了。我的妻子死了。

我的視覺漸漸模糊。亞瑟說了什麼，我充耳未聞。心底最深最深、自己從未知曉的角落，翻湧出巨大哀傷，四面八方只剩無盡虛無。

29 艾瑪

走回洞穴內部我們一家人的角落，亞黎和山姆都醒了。周圍的咳嗽聲越來越大，幾乎每個人都坐起身。

「媽咪。」亞黎看見我就伸手。

我緊緊抱住女兒，感覺懷裡的她多麼嬌嫩脆弱。亞黎將頭靠在我肩上，我伸手把山姆也拉過來。即便沒有血緣，他已經是親人，我也努力希望他能感受到溫情。山姆的雙親死於小行星撞擊地球，之後由我們收養，日子一天天過去，他對詹姆斯、我、亞黎和卡森越來越能敞開心扉。一鬆手，亞黎就朝我胸口咳嗽。我摸摸女兒額頭，發現她冒汗發燒了。

「媽咪，我生病了。」她嘟噥。

山姆跟著咳嗽，一如往常表現得很堅強。

環視一周，我意識到這裡每個人都咳得眼睛泛淚。

「寶貝乖，這裡空氣不好的關係。」

「我想回家。」她邊說邊咳。

「很快就回去喔。」

「什麼時候？」

「一下下就好，乖。我出去一下馬上回來。」

山洞裡還有很多小石窟，好似中央走道兩側隔了小房間。全部巡視一遍之後，我確定有症狀的不僅僅自家孩子，而是難民全員。

於是只好請布萊韋派人幫忙，重新安置症狀最重的難民。靠近洞口處山壁上海綿較少，空氣中也不會瀰漫孢子。不過洞窟前段沒有分叉，所有人必須靠牆壁擠在主通道，裹著毯子外套還是繼續咳個不停。

然而到了空氣乾淨的地方，已經感染的人並沒有好轉。我只能期待時間解決問題。難民裡有醫師，但專長是麻醉，還是必須靠泉美。

我將布萊韋帶到指揮站角落說悄悄話。「看起來是過敏反應，得找泉美分析才有辦法治療，否則這個症狀或許比外頭環境還要危險。」我回頭望向通道裡的難民，大家還是咳個沒完沒了。

「要是沒辦法帶泉美過來，或許要考慮先逃離山洞。」

布萊韋盯著洞口外的谷東森林。下雪了，風也越來越大。

「我派人去接她。步行比較理想，沒有噪音，不容易引起暴龍注意，問題就在於太慢，而且根據經驗，還是無法保證安全。」她邊解釋邊點頭，似乎打定主意。「還是出一輛越野車吧，派三個重裝人員隨行護送。」

30 詹姆斯

亞瑟朝我大叫：「詹姆斯，詹姆斯，快醒醒！」

我睜開眼睛，空氣裡有層薄霧，光線自破碎樹冠射下。我躺在叢林裡，地面濕軟，好像被耕耘機翻過土。但我心裡明白翻土的是暴龍，牠們衝破叢林時踩爛了這裡的泥巴。

渾身無比痠疼，但眞正的痛在心裡。腦海浮現與她的最後一面：我出發前往背光面尋找金屬球體前，她站在家門送別，吻了我一下。

現在，她死了。

我失去地球。

又失去艾瑪。

我對曉神星根本沒有做好防備，所以沒能保護好她。

或許亞瑟之前說得沒錯。我應該將心力放在應對風暴，而不是挖掘那些埋在地底的球。我該回家去，如果我早點回去，或許艾瑪就會活下來。

「詹姆斯。」亞瑟低吼。「起來。」

我想動，可是身體不聽話。

「詹姆斯。」

「閉嘴……」我嘀咕。

他彎下腰，臉湊到我面前。「快點起來。」

「她都死了。」

「你無法肯定。」

「如果沒死，就是進了那個山洞，結果也是死。」

「所以你不是更應該趕快站起來？」

亞瑟等了等，後來直接靠獨臂拉我坐著。「你家的孩子們需要你，你的同胞也需要你。」

「你又在乎了？到底關你什麼事？」

「時候到了你自會明白。」

我想撥開亞瑟的手，但他牢牢扣住我肩膀。「放開！」

「除非你起來爲人類奮鬥。」

「我努力過了，結果呢？沒完沒了，地球、曉神星，哪裡都一樣，換再多星球都是地獄。」

「會好起來的。」

「憑什麼？」

「相信我。」

我忍不住笑出聲。「相信你？」

「詹姆斯，我在數千顆星球度過數千次生命，爲同胞堅持了漫長歲月。」

我閉上眼睛，倦意襲來。沒力氣跟他爭辯，甚至沒力氣再站起來。

「我明白你累了，詹姆斯。我也知道你渾身痠痛，又濕又餓。但我確定你會起來爲同胞繼續努力，無論代價多大。因爲那就是你，而你同時是他們唯一的希望。我無從得知艾瑪的狀況、你孩子們的狀況，他們或許受困在耶利哥裡很驚恐，又或者逃進山洞染病了出不來。無論如何，你的孩子和你的同胞都只能指望你，沒有別人會去救援，也沒有別人有能力幫助他們。此時此地就只剩下你，能夠爲他們堅持到最後一刻。」亞瑟稍稍停頓，注視我的眼睛。「你會站起來的。那是眞正的你。只要還有奮鬥的理由，你就會一直奮鬥下去。雖然是遲早的事，問題在於你必須現在就開始，快要沒時間了。」

我嘆口氣，心底知道他說得沒錯——但也因此更厭煩。而且很快就察覺蹊蹺之處。「是你需要我行動吧？電網需要我行動。」

「現在不適合討論這個。」

「你留下來不是爲了我。你根本不在乎我的死活。只是因爲某個你不肯說的原因，必須保住我。」我故意沉默，但亞瑟沒有回應。「在太空船上你提到過，宇宙存在超乎你們估計的力量。原本認爲質量與能量就是宇宙的基礎，後來發現事情不是這麼單純，有另外兩股更加強大的力量相互平衡。是什麼？」

「時機不對，詹姆斯。先忘了吧。」

「是什麼力量彼此制衡？與現在的狀況有關係，對不對？所以我才對你們有用。」

「別把自己估得那麼高。」

「看樣子我說中了。」

「好吧，那你繼續探究哲學，我在這裡等著，好了告訴我。你慢慢來。反正是你家孩子發燒咳嗽，不知道他們發現問題了沒有？」

「說夠了沒？」我怒火中燒、心跳加速，起身穿過霧氣。

下士靠著幾呎外一棵大樹閉眼休息，呼吸很急促。

我蹲下檢查他的背部。衣服到地面都有血痂，傷口止血了，但他也已經失血過多，而且恐怕內臟受創，必須趕快交給泉美治療。

「下士，聽得見嗎？」

見他沒有反應，我輕輕搖了搖。他這才微微睜開，眼睛充血泛淚。

「泉美撤離到山洞了嗎？」

他一臉迷惘地望著我。

「下士，保持專注，我在問你問題。」

他似乎振作了些。

「泉美在城裡？還是在山洞？」

「誰？」

「泉美——田中醫師。她去了山洞嗎？」

「沒有，她留在城內。」

「還有誰留著?」

下士搖搖頭。「很多……人。」

「爲什麼?」

「時間……不夠。」

我蹲坐在地上，心想這算是好消息，因爲留在耶利哥城反而不會接觸到洞穴孢子。萬一無法研發出解藥，至少還有人口能繼續重建。只要泉美沒感染就還有機會，尤其是我手上有迦太基成員的資料。想到這點，我趕快探手進口袋，確定硬碟沒弄丟。原本就是太空任務專用，氣密設計應該泡過水也不會壞，重點就是要能交到泉美手上。

萊恩．楊呑嚥嚥口水，擠出聲音。「我們調查通往山洞的道路，遭到暴龍攻擊，之後其他人就會過去。」

「耶利哥所有人都要撤到山洞?」

他點頭。「之前是這樣安排。」

「得快點了。」亞瑟淡淡說。難得我們有共識。

亞瑟把我拉遠，壓低聲音提醒:「我不建議搬動他。」

「他被丟到水裡都活下來了。」

「那是不得已，總比被暴龍生吃好。現在移動他不妥，而且……他會拖累我們的速度。」

「那你覺得該怎麼辦?」

「建議你找一件紅外線隔絕衣。」

「什麼？」我指著萊恩．楊。「就算要把他丟在這裡，我也不會搶走他的隔絕衣。」

「反正你穿不下，而且沒錯，他也需要裝備。進來谷東森林的暴龍隨時可能折返，回到這裡時肚子正好餓了。」

「那我上哪兒生出隔絕衣？」說完自己就想到答案。「布萊韋上校派進叢林的特種部隊。」

「沒錯。朝耶利哥移動途中找一件。」

被告知計畫時，下士只是一臉疲憊地點點頭，眼睛都沒打開過。看上去他不在乎被一個人丟在這兒，或許該說他連恐懼的力氣都沒了。

亞瑟和我在無言中穿越谷西叢林，南方大河滾滾洪流逐漸遠去，氣溫比以往感受的更低，一路前進，傾倒的草木越來越多。

他推開長著紫色葉子的樹枝之後忽然僵住。

微微轉頭，亞瑟以唇語說：安靜。

他朝右邊繞過去，十分留意腳下，沒踩到可能啪嚓作響的斷枝。跟著走了兩步，我看見一頭曉神星暴龍趴在地上，眼珠子盯著我。體型巨大，已經成年。

牠的胸口還在動，是睡著了嗎？明明瞪著我卻不起身，而且呼吸由淺變快。我拚命努力按捺才沒有拔腿狂奔。

亞瑟抓住我的手拉過去，要我加快腳步。

三十呎外，另一頭暴龍側躺在地上，眼睛同樣張開，身上有許多鮮紅傷口，深可見骨，身軀同樣微微起伏，仍有呼吸，尚未死去。

亞瑟撇了下頭催促我。一分鐘後，我們遠離兩頭重傷猛獸，我拉住他的手臂。「那是什麼東西造成的？」

「暴龍的天敵。」

我不禁暗忖，能將曉神星暴龍傷成這副德行，要是人類碰上又能有多安全？

31

艾瑪

體內的高溫像無法撲滅的烈焰，不分長幼軍民，大家都罹患和我一樣的疾病。沒有人倖免。

無論那是孢子還是什麼東西，總之正在摧殘我們。

病痛並非唯一的問題。

從洞口能看到大雪紛飛，被不斷增強的狂風吹得滿天亂舞。

山脈彼端另一波風暴蠢蠢欲動，匯聚足夠力量後，就會翻過山頂、降臨谷地。

雲層中雷聲隆隆，開始有閃電劈向地面，谷東森林內鳥獸四散，躲避嚴寒與風暴。

某個角度來說算是好消息吧。

洞口風聲呼呼作響，時強時弱，風勢緩和時才能聽見碎冰聲。不久後，越野車拉著拖車穿過風雪，車廂裡厚毯子底下塞滿人。之前我聽布萊韋說只打算接泉美，不知道是不是將傷患也先運送到山洞，然而如此一來，就必須設法保障新來者不受到感染。其實光是前來山洞的路途就危機四伏，或許正因爲下了大雪，所以暴龍也不容易偵測到體溫，牠們也可能自顧不暇。

士兵從旁邊快步跑進颳雪的幽暗森林，我也跟過去確認狀況。他們協助難民從拖車移動到洞口，越野車駕駛跳下來摘了面罩，是布萊韋派出去的士兵。

一個從拖車出來的人也摘下面罩，是泉美。

「病患有多少？」她大步走向洞口。

「全部。」

後面居然來了更多全地形越野車。「你們帶了人過來？」我問。

「大家堅持要跟來。市區全毀，不僅沒食物，能遮風擋雨的地方也少得可憐，全部人都決定先過來會合。」

「叫他們先別動。用無線電通知，停在外頭反而更安全。」

32 詹姆斯

風變涼了，從破碎林冠偷過來的橘紅色陽光，受到烏雲遮蔽而越來越暗。風暴從曉神星背光面，也就是山谷東側逼近。

我與亞瑟穿過叢林時，裡頭的動物躁動不安，似乎都在戒備來襲的風暴，急著找地方躲藏，或者乾脆逃難。

亞瑟又停下腳步舉起手。他壓低身子，潛伏到樹葉寬大的植物後面，招手要我跟過去。

我到那邊看見他警戒的目標：又一頭倒下的曉神星暴龍。與之前相同，牠睜開眼睛，但眼神呆滯，身上也被撕扯得很淒慘，不過仍有呼吸。

我試著從環境研判究竟怎麼一回事。

「你注意看傷口。」亞瑟悄悄提醒。

我專心觀察，發現傷口上有東西在動，貌似滑過擋風玻璃的水滴。這又是什麼情況？暴龍分泌黏性物質覆蓋傷口？

亞瑟猛然轉頭指向地面，有隻與我的食指差不多長度的昆蟲出現，半透明的身子只有腳沾了泥巴。牠的尾部是一根尖刺，單從外形會聯想到蠍子——不過以地球生物學來說，蠍子屬於蛛形綱而非昆蟲綱，至於眼前的東西，應該介於二者之間。

「那是什麼？」我低聲問。

「原本生息於西部山脈的物種，平時不會遠離沙漠。姑且稱之爲西山蠍如何。」

所以我沒見過也說得通，平時大家都不靠近西部山脈，畢竟山下叢林、也就是目前爲止往西一帶，都是暴龍地盤。

西山蠍朝著倒地暴龍跳過去，與同類一起攀附在傷口上。由於身軀透明，從遠處觀察蠍群就像一團凝膠，我剛才因此誤會。

「一般來說牠們不會進入叢林。」亞瑟繼續解釋。「是被沙塵暴捲過來的。」

「你爲什麼知道？」

「你忘了我是電網成員嗎？詹姆斯。」

又是曖昧不清的回答，我只能嘆口氣。「牠們吃暴龍？」

「對，而且暴龍打不贏牠們。」

「西山蠍的尾針毒液含有大量麻醉成分，螫一下就足夠癱瘓暴龍。」他注視一陣後又說。

「怎麼會？」

「而且牠們喜歡吃活的。」

「毒液對人類有效嗎？」

「有效。西山蠍會待到暴龍群離開。」

「什麼意思？」

「暴龍群到了東邊，又會被那裡的暴風雪逼得往回跑。蠍子就在這裡等食物自己送上門。」

亞瑟說完之後，帶我繞過倒地暴龍，繼續往東朝耶利哥前進。後來行走時我都不由自主留意地上是否有蠍子，還眞的找到幾隻，但牠們對我毫無興趣，都往倒下的暴龍集中過去。

亞瑟似乎看出我心思。「西山蠍透過費洛蒙彼此溝通，尾針除了毒液也會往空氣釋放化學物質、召喚同族，若有必要時會團體作戰、共享獵物。」

之後兩人無言走了一段路，風勢不斷增強。亞瑟似乎很清楚目的地，至少沒過多久就找到人類遺體，雖然已經不成人形、連性別都無法分辨。那是個穿著隔絕衣的士兵，已被暴龍踩得稀巴爛，自動步槍插在旁邊泥巴裡。我拉出來拍乾淨，發現彈匣空了，可見死者直至最後一刻都奮力戰鬥。

我扛起步槍，亞瑟解開死者腰帶遞過來，上面有把軍用短刀和閃光彈。

跟著亞瑟前進，又找到三個殉職軍人，隔絕衣都被扯破，所以沒法拿來用，只回收了三個沒打完的步槍彈匣。

「這邊。」亞瑟低聲吩咐，指著一棵倒掉的大樹。

有隻暴龍死在靠近樹根的地方。一個士兵被樹幹壓垮，但遺體完整。推測是暴龍撞倒大樹才間接害死這個人。

挖出遺體後，確認體格與我相仿，算是運氣不錯。剝下亡者衣服給自己穿時，心裡總覺得過意不去，然而當下局勢別無選擇。

可惜無線電被壓壞了。

亞瑟還在他腰帶上找到手榴彈，並且取走步槍、檢查彈匣後夾在腋下。察覺被我瞪了，他停下來解釋。

「我瞄得比你準多了，你很快就會慶幸是我手上有槍。」

換作幾天前，我完全不可能讓亞瑟持有武器，現在我卻只是點點頭，雙方關係短時間內起了很大的變化。

我們在沉默中繼續趕路，兩個人都拿著武器，提防暴龍攻擊。有了隔絕衣和自動步槍，心裡變得踏實一些，好像之前赤身裸體，現在總算整裝完備。

風颳得更急，樹葉灌木被吹得沙沙作響。天空傳來悶雷，遠處一股隆隆聲感覺正在接近。

「快。」亞瑟語氣緊急，並且跑了起來。

我顧不得枝葉刮擦加速追趕。冰雨迎頭灑下，稀里嘩啦更顯嘈雜，雨水密集加上勁風拍打，很快淹沒了土地和樹木。

似乎聽見前面有烈風席捲草木的呼嘯，下一秒我忽然與什麼物體相撞，觸感堅硬得像樹幹，不過卻是一隻手臂摟住我，往後撲倒在地。

聲音越來越大、越來越近。我反應過來是亞瑟回頭推倒我，將我按在地面。

我的心跳加速，像個大鼓在胸口咚咚地敲打。

旁邊地面炸開，黏稠黑泥噴到臉上。霎時我看見長了珍珠白利爪的巨大獸足，牠插進土壤再拔出消失只是一眨眼的事。曉神星暴龍就這樣頭也不回地跑掉。

「你得爬到樹上。」亞瑟低聲說。

我腦海卻浮現大樹被暴龍撞倒、壓死士兵的畫面。

另一隻暴龍竄過，又濺了大把的泥巴。

遠處傳出槍聲。

耶利哥。還有人在作戰。

我奮力向前爬，想要掙脫亞瑟箝制，但被他牢牢定住。

「詹姆斯，你別做傻事。」

「我非去不可，你愛來不來隨便，不要攔著我。」

亞瑟搖搖頭之後鬆了手。

我拎起步槍繼續穿越叢林。雨水中開始夾帶冰雹，如彈珠射向樹冠，也幸虧還有枝葉緩衝，才沒有直接砸在我身上。雪霰打出的噠噠聲像無線電的背景噪音，遠處槍響則彷彿井底的炸鞭炮模模糊糊。

右手邊二十呎外又一隻暴龍疾奔過去，完全沒有放慢速度注意我，這完全要歸功隔絕衣。

我衝出叢林，瞧見耶利哥第一眼，就留意到遮光罩不見了，還有周圍草地全部燒光，焦土被暴龍踩爛。

看到長屋的慘況，我的心重重一沉。建築全部崩塌傾頹，還插上一堆樹枝，破洞中倒著死掉之後一動不動的暴龍。這景象彷彿重回經過小行星浩劫被徹底夷平的七號營。

市區另一頭，兩輛越野車掛著拖車待命，士兵以車體遮擋體溫，朝著谷東森林湧出的暴龍掃射。子彈能讓牠們轉彎，但後頭源源不絕。

霙霰拍打中，我往黑土一踩陷進半條腿，根本是一團爛泥沼。連亞瑟在這裡的動作也快不起來。

城市周邊至少還有兩百人。他們朝坍垮的長屋集中起來，躲進維修管線用的地下道。

谷東森林忽然衝出大群暴龍，好幾十——不對，是好幾百隻蜂擁而來。耶利哥夾在我和暴龍群中間，牠們的速度比我快太多了。

亞瑟停下來站穩腳步，我回頭正好看見他拋下步槍，自口袋掏出手榴彈，擲向森林林線。彷彿籃球場上哨聲響起時的三分球，手榴彈在空中停留的剎那化作永恆。沒有人類能投得這麼遠——連十分之一的距離都不可能。仿生人的力量與精準連我自己也嘆爲觀止。

手榴彈精準落在林線上爆炸，烤焦兩隻暴龍，震撼整座森林。

車輛後面的軍人紛紛轉頭，一臉震驚。

我身後的亞瑟提起步槍，往他們背後的暴龍掃射。子彈自士兵身旁掠過，但亞瑟不會瞄錯目標。

同時車隊那邊走出一個人——桂葛里——高聲喊叫，我沒聽清楚，只見他忽然舉起步槍，往亞瑟開火，周圍士兵跟著支援，朝我們進行無差別攻擊。

33

艾瑪

風暴帶著降雪來到谷東森林，軍隊連忙將空箱和石塊堆在洞口，避免內部熱量散失。暴龍開始移動，從森林朝耶利哥回去。

麻煩的是，有很大一隊居民跟著泉美離開城鎮。他們認為山洞這邊比較安全。這種想法說對也不是、說不對也不是。我們討論了是否該將他們送回耶利哥，不過難民團、包括隨行的軍人都大表不滿，只差沒一口回絕。不能怪他們，又是風暴又是猛獸，換作是我也不想再出去冒險。目前只能將最後過來的人安置在靠近洞口的空間，避免與洞內的海綿及病人接觸。

我們透過無線電聯絡還在市區的人，要求暫停撤離行動。這項命令對他們而言簡直難以置信，並引發恐慌，因為又有一群暴龍正朝著耶利哥狂奔而去。再次面對暴龍，條件更嚴苛，上次還有建築物能抵擋片刻，現在房子破的破垮的垮。

殘敗廢墟還禁得起暴龍衝撞嗎？躲在裡面的人熬不熬得過去？

眞希望自己能幫得上忙。

泉美在接近洞口的地方設置了野戰醫院。部分病人躺入拖車，其他的只能忍受地面寒氣。醫療團隊穿著全套防護，外袍、手套、面罩缺一不可。要是連泉美也染疫，那麻煩眞的就大了，希望她沒靠近海綿與孢子就足夠避開毒素、傳染，或其他致病原因。我們到現在仍然不確定染病機制，甚至不知道自己吸入的是化學物質還是生物，是病毒、細菌、眞菌，抑或是超乎地球生物知識的東西。

目前看來成人受到影響較爲嚴重，可能是肺活量大代表吸入病原更多，另一個則可能是免疫系統成熟所以反應較快。

我很擔心洞窟通道兩側休息的病人，尤其其中一個是自己的妹妹。麥迪遜睡在拖車裡，雙眼充血泛淚、面白似雪。我搭著她的手掌親了一下，皮膚濕黏，燒已經退了，但我因此更煩惱。根據目前觀察，退燒是病況惡化的前兆。

她的手抽回去，遮住嘴巴咳嗽。

等她咳完，我想將妹妹的手拉回來，但麥迪遜搖了搖頭。「保持距離，別害妳也——」

「也生病?來不及囉。」

「還是預防一下好。」

我蹲下來望著她的眼睛。「放心，會好起來的。」

她擠出笑容，眼角泛起細紋。我從沒看過麥迪遜這麼憔悴。「我懂，生老病死嘛。」她用力吞了下口水，有點兒喘地說。「妳去陪陪山姆亞黎和卡森，他們都嚇壞了吧。」

「我先在這兒——」

警報器突然嗶嗶叫，整個山洞都能聽見。泉美快步奔跑，兩個護理師尾隨。

我順著通道望去，另一輛拖車上有個病人開始抽搐。

34 詹姆斯

彈雨擊碎周圍黑土，我趕緊趴下，但步槍脫手飛了出去。亞瑟跟著俯伏，朝我大聲問：「要不要癱瘓他們——」

「不准！」

雖然知道有可能中彈，我還是高舉雙手大叫：「桂葛里！」

冰雹打在隔絕衣和地面，我連自己的叫聲也聽不清楚。

暴龍群前鋒已經來到身邊，所幸沒注意到我。谷東森林那頭隆隆聲越發猛烈，主隊很快就到。

槍響沒停，但子彈不是打在我身旁，耶利哥守軍的目標放在散開來逼近市區的暴龍。

「你先別動！」我朝亞瑟叫著。

「壞主意。」

我跳向前摘下面罩。這麼做就有一部分體溫會被暴龍偵測到，但我逼不得已，必須讓桂葛里看見面孔。

接著我擠出全部力氣衝過燒焦的草原。暴龍群從林線後方現身，即將攻進耶利哥。以車輛爲掩護的軍隊不得不棄車逃向長屋。桂葛里總算看見了我，瞇著眼睛滿臉訝異。

我跑得太急了，心臟簡直要爆炸。

如果不能比暴龍群先到達耶利哥，我就死定了。

遭到暴龍群踐踏的話，就算是亞瑟也會被踩成廢鐵。

我回頭一看，亞瑟已經不在原地，到了接近林線的地方。他準備逃進樹林，我第一次因爲他沒聽命令而開心。

暴龍的帶頭先鋒高聲嚎叫，改變方向朝我衝過來。我頓時恐慌發作，渾身僵硬，這才想到既然桂葛里都看見了，我怎麼沒趕快把面罩再戴上？

他站在一棟長屋廢墟頂端，周圍士兵們準備爬進管線地下道。桂葛里轉身和大家說了幾句，那些軍人忽然回來拿起步槍，往我這邊集中攻擊。

但目標並不是我，而是朝我撲過來的暴龍。只可惜支援火力既不夠大也不夠快，巨龍與我只有一百呎距離。

我側閃換個角度，暴龍卻迅速跟上，張開大嘴。

本能反應很難克服，就算心裡拚命告訴自己別害怕，腿還是重得像鉛塊，而且一步比一步遲鈍。

我舉起步槍想瞄準暴龍，可是跑這麼快加上手在顫抖，根本做不到。只剩五十呎了。

不知是桂葛里還是士兵的子彈擦過暴龍脅下，牠身子一縮、厲聲慘叫，嘴開得更大了，距離近到我能看見最裡面的牙齒與伸長的舌頭。

又一次槍響——來自後方。暴龍頭顱翻轉，面朝前倒地，泥巴濺了我滿身，和地雷引爆沒兩樣。

是亞瑟。他的子彈貫穿巨獸眼窩——這種精密度也只有機器能辦到。

好機會。我縱身一躍，撲向桂葛里爬入的地道。

到達地板門時，暴龍群正要衝進城市。

來不及爬梯子了，我直接跳進去，落地時雙腳震得劇痛，腳踝一拐，往旁邊滑倒。桂葛里就在旁邊，低頭瞪著我。

士兵趕緊關門並將我拖走。

「我沒事。」雖然說這話時我還一直氣喘吁吁順不過氣。腎上腺素分泌太多了，好像打了過量興奮劑，情緒無法平復。

士兵讓我靠在地基牆壁，桂葛里腳步蹣跚過來探視，閔肇跟在後頭。

「我先看到亞瑟。」桂葛里解釋。「看不到臉，不知道隔絕衣裡面是你，還以爲是——」

「是敵人，我懂。」

他打量我。「亞瑟還在外面。」

「他救了我。」

「什麼？」

「在谷東森林救過我，剛剛又幫了我一次。」

桂葛里別過臉。「不能相信他。」

「我知道。」

之後三個人坐著不講話，上頭暴龍群狂奔，地面砰砰作響。長屋地板有三個拳頭大小的破洞透進一點橘色陽光，我觀察陰暗地道，看見底下是防水層，微微朝著排水口傾斜，而且有人在橡膠墊上多戳了幾個洞，希望排水更迅速。不過墊子還是很潮濕，幾處積著小水窪，之前應該淹過水，可能還有瓦礫之類的東西掉進來。

一隻暴龍從頭頂經過，地板晃動嘎嘎作響，接著踐踏越來越緊湊，大量暴龍群闖入早已殘敗的市區。托樑承受牠們龐大的重量，不斷發出吱吱軋軋的摩擦聲。

暴龍群狂奔持續幾分鐘，忽然其中一隻摔了跤，又或者遭到同伴踩踏，頭直接在長屋地板砸出長寬約兩呎的大洞，下顎都卡了進來，橘色光線照亮那口森森白牙。

躲在下面的二十多人紛紛迴避，我也不例外。大家呆呆盯著看，但那下顎動也不動，應該是死了。怎麼回事？

上面砰砰聲還沒停，不久之後又聽見有暴龍摔倒，跟前一隻才距離幾英呎。這回地板托樑撐不住整塊坍落，兩隻暴龍面部朝下，墜入地下爬行道。

我渾身僵硬得與石像沒兩樣。所有人都是。步槍放在地下道另一頭靠近入口處，就在暴龍屍體旁邊。

暴龍都還活著，胸口緩緩起伏，問題是我在牠們身上沒找到外傷。

所以一定是被西山蠍螫了。

冰晶打在暴龍身體上，融化為無數水珠滾進地下道，累積速度超過軟墊與管線所能排解，感覺這裡成了一艘進水的船。

但我們只能等。一分鐘一分鐘地等。

暴龍繼續橫衝直撞，到底有多少隻？差不多該結束了吧？

起大風的同時，雪和雨交雜的霙雨轉為降雪。

地下道內至少累積了一吋高的水，裡面更深。

總算等到暴龍腳步聲逐漸稀疏遠離，不過每隔幾分鐘都還會聽到一、兩次吼叫，應該是脫隊成員現在才要去會合，我們必須等牠們全部離開才能露面。

何況想回到地上，也得穿過兩隻癱瘓的巨龍。

我正思考著怎樣處理才好，竟有另一隻暴龍行經時狠狠踹了牠們。被踢的兩隻暴龍身子蠕動，還是沒起身。

「餓嗎？」桂葛里悄悄問。

我這才意識到自己餓壞了，根本想不起來上一餐是何時何地，身體全靠腎上腺素支撐。

「嗯。」我回答。

他遞了一盒野戰口糧過來，我沒加熱直接吃掉。處境夠惡劣了，萬一熟食氣味再引來什麼東西可就不妙。

「我們抽乾幾條下水道，塞了物資進去。」桂葛里說。「不過偏偏不是這一條。」

「能避難就好。」我回答。「很快就可以上去了。」希望自己說得沒錯。「撤到洞窟的人有消息嗎？」

「嗯，他們趁第二波暴龍遷徙前，派人帶泉美過去，進山洞的人全都生了怪病。」恐懼成真，事態朝著最惡劣的方向發展。但我還抱著最後一絲希望，或許耶利哥碰上的狀況不同，不是造成哈利和迦太基全體死亡的同一種疾病。

「症狀是？」

「咳嗽、發燒，除此之外知道不多，他們急著趕過去。」閔肇在旁邊低頭不講話。我明白他很希望陪在泉美身邊，可是他選擇留下來幫助受困的人。

「很多人跟著泉美和軍隊過去山洞。」桂葛里靜靜說下去。「他們以爲那邊比較安全。撤離隊建議他們留下，他們不聽。來接泉美的就三個小兵，哪攔得住那麼大一群人。」

我很想把自己的發現告訴桂葛里和閔肇，但此刻此地並不恰當，必須盡量保持冷靜。此外，我跋山涉水、橫越荒原，也該休息片刻。

桂葛里指著前面那隻曉神星暴龍，頸部被開了很長一條傷口，西山蠍已經集合用餐。

「半透明的蠍子，麻醉毒性超強。」我低聲說明。「千萬別去碰。」

才幾分鐘卻覺得像是幾小時。暴龍群主隊和零散的腳步聲都遠離了，外頭一片死寂。下水道成了即將沉沒、又沒有逃生口的船，唯一的出路被暴龍與毒蠍堵住，只能看看那些體積雖小卻凶惡無比的怪物吃飽了會不會往外爬，讓條路給我們走。

天不從人願的是，暴龍被啃光了肉只剩骨頭，之後蠍子卻不是往地面爬，而是鑽進水中，朝我們游了過來。

35

艾瑪

死亡數達到一百人。

數十人處在生死邊緣。

一輛拖車上，名叫傑夫的男子開始抽搐。泉美立刻展開急救，但他和之前的病患一樣很快就斷氣。四個士兵揪著床單撤起傑夫，消失在通道深處，目的地是安置遺體的另一輛拖車。

泉美扯下面罩往地面一甩。

「不行，泉美！快戴上！」我叫著。

她閉著眼睛不停顫抖，淚水自眼角滑落。

其餘醫護退到一旁，開始動手整理病床，準備收容下一個病人。

「泉美……」我低聲安慰。

「無所謂。」她回答。「反正大概也感染了。」

「不一定吧。」

她朝我背後一比，士兵正在堆石頭封閉洞口，否則大家都會凍死。「就算現在沒事，感染也只是遲早的問題。」

逐漸縮小的洞口外面風大雪大，已經是暴風雪等級，森林與山壁都被霜白淹沒。

「山洞裡空氣流動就只有這麼多。」泉美說。

「不然妳先走，帶幾個——」

「走去哪裡？耶利哥沒有能做事的建築物了。」

我心生一計。「迦太基？」

她搖頭。「恐怕又被暴龍衝撞一次了吧，而且外頭有風暴。再來，我們如何肯定這個……病原體，或致病因子，不存在於迦太基呢？當初就是考慮生物威脅性才另覓居住地點，不是嗎？」

「先把面罩戴起來吧？」我催促。「然後派個人去迦太基調查，如果全毀了……那就留在這裡。但如果那邊沒事，就乾脆過去，總不可能比這個山洞更危險，至少有機會讓妳避免感染。」

泉美怔怔地望著封閉洞口的士兵，好一段時間之後才點點頭，戴回面罩。後面又有病人抽搐了，她轉身過去幫忙。

我走到指揮站，布萊韋坐在折疊椅上瞪著地面，黑眼圈很深。

「上校，我們派個人去迦太基看看那邊能不能做爲避難所，必須找個不受污染的地方給泉美做事。」

「好的，市長。」

「有聯絡上耶利哥嗎？」

「沒有，毫無音訊。我想是暴龍群經過的緣故。」

「盡快提醒他們別再過來了。如果迦太基的環境允許，他們就過去那裡吧。」

「明白了，我直接派人帶消息去耶利哥。」她回答時，精神顯得渙散。

36

詹姆斯

半透明的毒蠍如同群鼠下船，從暴龍屍體上跳進水中。速度雖慢，但看來牠們能游泳，或許是靠腿部打水，可能也利用了墜水時引起的波浪振動。

蠍子集結爲泛著乳白色光澤的殺人艦隊，一秒一秒逼近，我和其他十多人縮在地道角落，無能爲力。

步槍放在另一頭，而且中間還隔著兩隻倒地的暴龍。

開始有人慌張起來，想躲在同伴身後，免得成爲毒針下第一批犧牲者。然而這時有個士兵涉水前進，他保持蹲姿，拉扯斷掉的地板托樑，折下一截木條。我以爲他是要攪動水流、驅趕毒蠍，結果猜錯了，他的作法更積極。

士兵用木條劃過水面，撈起最前面的蠍子，接著直接朝地基牆壁拍成碎片。死掉的毒蠍再滑入水中。

他如法炮製消滅第二隻，兩個同袍有樣學樣也找了木條，一個同樣負責撈蠍子打死，另一個則攪水將蠍群引導到兩人前方。

看來可行。

於是我也掰下一根木條上去幫忙，站在陣線中間將蠍群往左邊引導，左邊那位士兵再撥到旁邊。

但忽然一陣啪啪啪的爆裂聲，轉頭發現更多蠍子從長屋地板破洞往下鑽來，陽光照耀下彷彿漏水。我驚覺狀況不妙，毒蠍接觸木棍時本能以尾針攻擊，同時釋放費洛蒙吸引同類。地面上的蠍子來下水道助陣分食了。

暴增的蠍群湧向我和地基牆邊的幾個士兵。

縮在角落的難民開始恐慌，忍不住拍打水面想將蠍子往回推，波浪朝著我、士兵與死掉的暴龍捲過來。不知道毒蠍能不能刺破紅外線隔絕衣。最好別知道。

旁邊的士兵忽然抽筋般跌進水中，木棍也脫了手。恐怕是混亂中被蠍子螫到身體，或是順著木棍爬到手掌。他張大眼睛，驚恐的眼神無言求救。但他這麼一倒更是水花四濺，現在到處都是毒蠍。

我趕快拉他起來。毒蠍或許還在他身上，但我別無選擇，放著不管他會溺斃。我趕快掃一眼，沒在士兵身上看見蠍子。可能他倒下時甩出去了。希望如此。

我左顧右盼邊留意蠍群邊撤退。光線昏暗加上積水，要看清楚半透明物體幾乎不可能，只能靠牠們身體沾到的泥巴和血跡做判斷，然而這些污垢很容易被水沖刷掉。

我先將癱瘓的士兵推向閔肇和桂葛里，他們接到後，拉至地基牆角邊。

有個尖銳物體戳了我腰際，我大驚轉身，擔心是不是被蠍子螫了。幸好只是漂流的木棍被另一個士兵的背部拱過來。

可是一隻蠍子當著我的面浮出水面，順著木棍竄向士兵，尾針已經翹到頭頂，蓄勢待發。毒蠍的速度太快，我來不及反應，士兵像一根大樹直直往水裡摔落。

我趕快伸手揪住他衣領拉過來，毒蠍已經不知道去了哪裡。

更多蠍子從長屋地板的破洞爬下來。

又一個士兵癱瘓，這次由同袍穿過積水帶走。

回頭望向桂葛里，他的表情呼應我的感受——我們大難臨頭了。

37 艾瑪

洞窟陰暗潮濕，我坐著讓妹妹枕在自己大腿上，兩行清淚潸然而下。雙手還在顫抖，但我爲她闔上雙眼。我好想放聲痛哭、發洩情緒，心裡卻又一片空白。眼淚像壞掉的水龍頭不斷滾落，胸口隨每次咳嗽起伏，咳出的依舊是瀰漫洞內的冰冷空氣。

「媽咪……」

我聽見了，卻沒力氣抬起頭。

「媽咪。」

士兵們散開，一個人過來伸手拍拍我肩膀。

是布萊韋。「艾瑪——」

我轉身望過去。

「得送她走了。」

我茫然地點頭。

兩個士兵抓住麥迪遜，她像個軟趴趴沒有生命的玩偶，被扛到越野車後方，加入已經堆在那裡的眾多死者，都是某個人的丈夫、妻子、母親、兄弟……姊妹。

好不眞實。像一場噩夢。

我完全沒力氣動了。

「艾瑪——」

「艾瑪。」布萊韋更大聲叫我。「亞黎她很不舒服。」

我的大腦還沒眞的理解內容，肢體已自己動了起來，單手扶上冷冰冰的洞壁，雙腿堅持著一步一步往前踩。我起身之後走進洞穴深處，艾比依舊抱著卡森瑟縮在角落，亞歷坐在旁邊閉上眼睛咳嗽，我的女兒靠著伯母不只咳嗽還哭了，大兒子山姆站在旁邊，環抱胸口、神情嚴肅，彷彿提防著死神來襲。

這一幕看得我心碎片片。亞黎病重，卡森身體不適、開始抽噎，山姆故作堅強，不讓我們擔心。過去種種苦難都遠不及此刻，國際太空站爆炸、異物貝塔摧毀火神號、穀神星戰役、受困城塞地堡——相較之下，眼前所見更令我萬分恐懼。

即將喪命於此的，個個都是至親。

38 詹姆斯

遭到毒蠍包圍，我的大腦進入超頻模式。

「橡膠墊！」我朝桂葛里等人大叫。「把地上橡膠墊撕一片起來，隔開牠們！」

一個士兵聽了立刻拔出戰鬥刀，順著牆壁往水裡劃，掐起厚重塑膠墊一端，將割開的部分遞給同伴。

沒過幾秒鐘，大家撐起橡膠墊，像浴簾那樣擋住水流與毒蠍。隔離出來的小空間頭頂上沒有破洞，我們就這樣擠在裡面。

士兵拉起墊子一側，按在地板托樑上，用刀刃當作釘子插上去固定。其餘士兵依樣畫葫蘆，所有刀子都用上但還不夠，要有四個人幫忙壓住。

另一面嘎嚓作響，毒蠍漂到墊子爬了上去，尾針戳不到東西。

「詹姆斯！」桂葛里大叫，伸手指著前面。

我立刻看到他為什麼驚恐——橡膠墊上有好幾個孔，可能是方才拉扯造成，也可能是上次避難的人為了排水而戳出來的。

一隻蠍子鑽過開孔。旁邊的士兵小心翼翼地拿木棒撥到牆壁拍碎。外頭的雨勢增強，積水從長屋地板往下流淌，湧向橡膠墊另一側。墊子破洞處噴出水流，每隔幾秒鐘就有一隻蠍子流進來，當然每次也都被我們打碎。

目前的水流量還在可以防禦的程度，但我們依舊受困於此，水只會越來越大，士兵的手臂與戰鬥刀都有壓不緊的縫隙，一旦淹過墊子高度就束手無策。另一種可能性是水壓太大，讓整面墊子垮下來。

而且已經有四人癱瘓，我壓根兒不知道蠍子毒素對人體有何影響。毒性會自然消褪嗎？要等多久？還是等同於死亡？

我對那三男一女做了簡單檢查，生命跡象穩定，只是完全無法動作，連轉動眼珠也不行，然而呼吸並未中斷，胸口持續起伏。

桂葛里踩著水，走到我身旁。

「蠍子都在水面上，水夠深的時候可以直接把墊子蓋在身上，從下面游出去。」

「風險很大，出水面的時候可能會被螫。」我指著麻痺的士兵。「而且也得帶走他們，否則他們會溺死。」

桂葛里攤手。「看樣子走不了了。」

「還未必。有沒有能用的無線電？」

「長距離無線電都在外面，而且大概被踩壞了。我有手持無線電，但是市區用的，訊號到不了山洞。」

啊。」

「倒不是要聯絡那邊。」

「你要向躲在別條水道的人求救嗎？」

「也不是。我想找亞瑟。」

桂葛里板起臉，搖搖頭。「你竟然想靠他來救我們出去？」

「值得一試。我說了，他救過我的命。」

「他想殺我們。應該說他都幾乎殺光我們了。」

「此一時彼一時，現在雙方沒有交戰，亞瑟是我們逃出生天最有可能的選擇。」

「所以你要告訴仇家自己困在下水道出不去？詹姆斯，你果然是天才，眞是天衣無縫的計畫

「這兩天他救了我很多次。現在的亞瑟不太一樣。」

桂葛里瞪著我。「說到底，你爲什麼放他出來？什麼事值得你冒這個險？」

「『電網之眼』。謎題揭曉了，桂葛里。我找到圖形中央藏的是什麼。」

他瞇起眼睛，似懂非懂。

「那裡有個山洞，哈利在裡頭。」

「他還——」

「已經死了。迦太基的其他人也沒能活下來。」

「怎麼死的？什麼時候的事？」

「那顆軌道怪異的流浪行星不是第一次接近，所以劇烈風暴、暴龍群發瘋這些現象，也都不

美，否則恐怕也一樣來不及研究出有效療法。」

是第一次。迦太基移民和我們一樣去了谷東山脈的洞穴避難，但大家都不知道洞裡生長了一種類似海綿的東西，它們釋放的物質帶有毒性、會導致重病。他們感染之後沒能來得及開發解藥，因此全部罹難。不過最後那段時間裡，他們做了很多測試，累積病歷，我全都帶來了，必須交給泉美，否則恐怕也一樣來不及研究出有效療法。」

「哈利爲什麼不直接留訊息警告我們？他可以寫在外頭我們看得到的地方吧？」

「沒機會。他們發現自己感染的時候，暴龍已占據谷東森林，哈利不可能平安回到迦太基留言。病情發作起來十分嚴重，他們連埋葬死者的力氣也沒有。哈利帶著所有人前往電網之眼中心的位置，那個洞窟裡面沒有海綿。他以爲這樣有機會保住一些人，可惜沒成功。另外還有一個理由，哈利認爲那個洞窟是電網之眼的解密關鍵，甚至與風暴、病原體都有關聯，這些現象只是同一個事件的不同階段。」

「什麼事件？」

「我暫時也還沒搞懂。但我認爲亞瑟知道眞相，所以他會幫忙。基於他不肯說的某個祕密原因，亞瑟必須保住我們。」

「眞令人安心哪。」桂葛里咕噥。

士兵在我們背後又打死一隻毒蠍。

「沒時間了，桂葛里，必須趕快叫亞瑟幫忙救我們出去。蠍子螫不了他，只要他把上面東西搬開、挖個洞，就能讓大家逃命。」我從口袋掏出小型硬碟。「把資料交給泉美刻不容緩，治不好病什麼都不重要了。」

桂葛里慢慢點了頭，不發一語但將無線電交給我。

我擔心上頭還有暴龍遊蕩，將機器靠在嘴邊小聲發訊。「亞瑟，聽得到嗎？這裡需要支援。」

39 艾瑪

妹妹的死已經讓我肝腸寸斷。

接著連侄子傑克也走了，令我幾乎崩潰。

啜泣的亞歷和艾比站在拖車前面輕撫兒子遺體。傑克閉著眼睛，神情平靜。

我想說點什麼安慰他們，但不知道這種時候該說什麼好。即使時間能沖淡所有苦痛，卻害怕時間已經不夠了。

我抱起亞黎，靠著冰冷岩壁坐下。女兒在懷中輕得奇怪，彷彿重量都被吸走了，與我一樣只剩下空殼。她咳嗽時渾身扭動，熱氣吹在我胸口。

「寶貝別怕。」我低聲哄她。

一直有病人發作抽搐，被送到靠近洞口的越野車那裡，泉美他們根本走不開。

亞黎轉頭朝洞口望去，我抱緊她故意轉個方向。急救會是什麼結果已經很明顯了，但我不想讓年紀這麼小的孩子目睹一切，更不希望她在還天真爛漫的年紀就落得同樣下場。一個鐘頭前，她的堂哥才剛撒手人寰。

我繼續哄著：「乖，沒事喔。」

反覆對女兒撒謊，或許也是想催眠自己，裝作聽不見身後種種。

通道又陷入死寂，隨後是扯下橡膠的啪嚓聲，泉美開了口：「送去其他人那兒吧。」接著叫了我。「艾瑪，帶她過來吧。」

一轉身，亞黎使盡剩餘力氣，挨著我嗚嗚咽咽。「媽咪，不要——」

「寶貝妳別怕。」

「媽咪，我不要啦！」

「泉美醫生會讓妳舒服一點喔。」

「我想回家。」

「會回家的，我保證。」

雖然才剛有人死在上面，我還是得將女兒放上病床。但亞黎抓得很緊，或許是怕冷、或許是恐懼，又或許兩者皆有，她顫抖得非常厲害，怎麼也不肯鬆手。

我蹲下來直視她的眼睛。「不要怕，媽咪就在旁邊。」

泉美摘下面罩，湊到亞黎旁邊擠出笑容。我以眼神示警，她這麼做冒了很大的感染風險，但泉美裝作沒看見。「嗨，亞黎，妳不舒服對不對？阿姨這邊有東西可以讓妳吸氣比較輕鬆喔。」

她拿出一瓶吸入劑。

亞黎猛搖頭。「不要……」

「不會痛的。」泉美安撫。「妳看看。」她將藥瓶對準嘴深呼吸。「是不是很簡單？」

泉美消毒口含器之後，遞給亞黎。「妳拿著，如果覺得吸不到空氣，就含住它吸氣。眞的有用，試試看。」

女兒戰戰兢兢地接過，才過一秒就開始咳嗽。

泉美立刻抓著她的小手，將藥瓶接到她嘴上。「正好，妳吸氣看看。」

在她的協助下，亞黎用藥瓶吸一口氣。藥效迅速立刻止喘，女兒的胸口不再劇烈起伏，眼神放鬆，近乎飄飄然。

泉美拉我到旁邊小聲解釋。「我是希望保持呼吸正常，讓她的身體能繼續抵抗病原。」

並非故意，但我視線不由得落在洞口石堆旁，傑克與其他死者躺在那裡。

「要是身體抵抗不了呢？」

「最好能離開山洞，也許呼吸新鮮空氣能緩和病情。我一直在做化驗，但……這個東西……和地球已知的所有病原體都不同。我其實懷疑是一種古菌類(注)引起人體激素紊亂。」

我點點頭，裝作自己聽得懂。事實上太寒冷太疲憊，連發問的力氣也沒了，只想在僅剩的時光牢牢抱緊孩子。

所以我抱著亞黎，坐在拖車病床上爲她保暖、唱些她愛聽的歌。現在如果能有一本故事書唸給女兒聽，該有多好。

注：古菌一詞起源於「古細菌」概念，但隨生物學發展至今「古菌」已經和「細菌」、「真核生物」分別構成生物分類的三域（『域』為高於『界』的階元）。

40

詹姆斯

「亞瑟，聽得到嗎？」

我拿著無線電注意聆聽，一直沒回應。他該不會是與暴龍作戰期間讓傳輸功能損壞了吧，還是暫時關閉了？

毒蠍還在抓刮橡膠墊，大約每隔一分鐘就有一隻鑽過墊子上的洞，由士兵挑到地基牆上壓碎。

有人用無線電嘗試聯繫留在城市的另外三個小組，前兩組沒反應，另一組也受困了。

桂葛里朝我使眼神默默詢問：怎麼辦？

能用的手段一個比一個危險。

頭頂上，樓層地板傳來刮擦聲，似乎是暴龍爬過。隔著橡膠墊，又有物體落入水中的嘩啦聲，我猜是毒蠍。

忽然一陣劈里啪啦作響，木屑飛濺、光線迎頭灑落。

我蹲下來高舉手臂，擋著面部偷瞧，發現是亞瑟敲出了一個洞，正探頭盯著底下。「剛剛是你打電話給我？」

「你不會回話嗎？」

「劇本有懸疑才會有張力，那你們就會更期待。」

「快把我們弄出去。」

亞瑟把洞擴大，我們將癱瘓士兵先推上去，然後趕緊爬到地面。

一樓地板上沒有蠍子。剛剛的沙沙聲應該是亞瑟把毒蠍都趕到墊子另一側、踢進地道，所以暫時不用擔心被螫。

從草原逃進地道時，我趁機看了耶利哥的街道狀態，當時就滿目瘡痍，現在已經完全認不出來了。房屋四分五裂，瓦礫遍布泥濘道路，曾經引以為傲的新市鎮像是船隻撞上礁石，再被沖回海岸。廢墟中躺著許多不會動的暴龍，身體被毒蠍形成的半透明薄膜覆蓋，很快會被啃得只剩骨頭。

士兵出來之後主動分散搜救，低聲呼喊同袍，也帶出一些人。我粗略估算，軍民合計十多人遭到麻痺但尚未斷氣，確定死亡者至少十人，一部分是來不及躲藏就被暴龍找到，其餘則命喪地道，死因是被撞破地板的暴龍壓死，或者遭到蠍螫後溺死。

「亞瑟，去把楊下士帶回來。」

「他應該死了——」

「還是帶回來。」我瞪著他。「只有你去最安全，快點。」

亞瑟沒再多說什麼轉身出發。我知道桂葛里正在密切觀察，對我放任亞瑟自由出入，仍然很不安心。

雪勢稍微緩和，但天空依舊陰暗，似乎風暴尚未結束，只是中場休息。

軍隊很有效率，迅速挑了一處破屋設置臨時據點，挖了深壕並架設弧形護牆，人們躲在後面，不必擔心被毒蠍攻破。

士兵清點人數，閔肇、桂葛里和我，開始研究手邊有什麼設備。市區裡能找到的全地形越野車和長程無線電全都被撞壞踩壞，所以我們一時之間難以與山洞取得聯繫。

說起山洞，我不禁意識到艾瑪不在身邊。即使能夠苟延殘喘，少了她又有什麼意義？孩子，家園，一切的一切如果少了她都太過空虛，那樣的未來我連想都不敢。

但必須專注在當下。我們最迫切的需求是什麼？

棲身之處——要能抵禦風暴、暴龍、毒蠍。

首先可以排除洞穴，裡面很可能有月壤綿。剩下哪些選擇？迦太基？情況與這裡差不多，或許更慘。

抬頭望向滿天烏雲，我集中精神試圖釐清方向。一秒之後眞的找到了——用肉眼找到——劃過天空的那道希望之光。

桂葛里與閔肇蹲在不遠處，討論如何處理一堆壞掉的電子裝置，我掃了一眼發現是3D列印機元件。

「有找到通訊板嗎？」我問。

桂葛里搖頭。「放在戶外的應該都壞了。」他提起自己的背包拉開拉鏈，亮出裡頭四塊小板子。「艾瑪要我們留下四片，以防萬一。」

聽見她的名字，彷彿心窩被戳了一刀。我點點頭，眼眶很酸澀，得用力專心才能不哽咽。

「現在就組裝，朝經過頭頂的太空船發訊號。」

「要說什麼？」閔肇問。

「讓船降落。」

桂葛里搖頭。「降落？會撞成廢鐵，在那之前還會被大氣層烤焦。」

「壞掉的太空船還是強過荒郊野外。運氣好的話，休眠裝置或許還能用，那就可以安置病患，爭取時間開發解藥。現在只剩這條路了。」

「登陸坐標？」閔肇開始在終端機打字，應該已經執行降落程序了。

「找個靠近迦太基的地方，也許能在那邊找到可用資源。」

我再次望向天空，太空船閃閃發亮。不知道是哪一艘？當年耶利哥號與迦太基號搭載人類逃離毀滅的地球，今日又將成爲我們最後的避風港。

41

艾瑪

亞黎在臨時病床上昏昏醒醒。山姆靠在旁邊，一手抓著妹妹，另一手擋住自己的咳嗽。他也開始發作了。

洞口鑽進一個傳令兵，站哨士兵趕緊拿石塊再封住縫隙。傳令兵很快向布萊韋做完報告，軍官團進行討論，不久之後她來到我面前，一臉倦容，臉上多了好多皺紋。

「迦太基有三棟建築的結構還算完整。」

我心不在焉地點點頭。

幾秒後，布萊韋忍不住叫我。「艾瑪？」

「暴龍？」我試著專注，可是體內彷彿被煮沸。

「斥候看到的有四隻，分散在森林，應該是走散的、可能受了傷，可以應付。」

「那下令吧。」

十五分鐘後，我加入離開谷東森林的車隊，在車上抱緊卡森，亞黎與山姆坐在左右，一家四口蓋著厚毯子還是覺得好冷好冷。士兵持步槍站在車廂邊緣，留意是否有暴龍出沒。

履帶壓碎逐漸融化的積雪和散落一地的大小樹枝，加上運送的病患受到顛簸呻吟哭泣，車隊發出了很大的聲音。幸好尚未引來猛獸注意，至少目前沒有跡象。

穿越這片冰凍荒蕪，我想起在地球的最後一段歲月。難民們曾經也攜家帶眷，從七號營中央司令部地堡出發，遷徙至九號營，尋求存續的希望。當時面對的是人類滅絕，現在恐怕也一樣。我們往後都得過這種日子嗎，千辛萬苦才能搏一個生存？若孩子們得在這種環境成長，留在曉神星有何未來可言？

42 詹姆斯

經過確認，谷地上空的是耶利哥號太空船。頗有象徵意義——載我們抵達曉神星的是它，危急存亡之時的最後希望，也是它。

耶利哥號的設計沒有考慮穿透大氣層和登陸，所以船體有很高的比例會燒毀，剩下的又有一部分會承受不住落地撞擊支離破碎。但耶利哥號很大，我的期望是太空船殘骸加上迦太基廢墟能組合出避難所，至少讓我們勉強撐一段日子。

進入大氣層後，耶利哥號劃出火痕，彷彿天空被劈開一條裂縫。遙控設定的落點距離迦太基廢墟一英里，靠近谷東森林邊緣，計畫是利用樹木做爲減速緩衝。

亞瑟帶楊下士回來了。人昏迷不醒，但還活著。

「這下子保固沒囉。」亞瑟在旁邊咕噥。

桂葛里白他一眼。

「你的意思是不該讓船下來？」我問。

「不是。除此之外別無選擇。」亞瑟冷笑。「我們計算過。」

「誰的計算?」閔肇問。

「電網。」

我聽了也警覺起來，朝他靠近一步。「什麼意思?」

「電網對耶利哥號做了改裝——在船外，你們不會注意到。」

「什麼改裝?」

「讓它摔下來也砸不爛。強化外殼、加幾支推進器幫忙減速。」

「推進器?」閔肇又問。

亞瑟指著通訊板。「你們沒辦法控制。推進器有距離偵測，需要的時候會自行啓動來減緩下降速度。不過呢，還是會摔得很慘烈。」他的頭撇向林線。「有東西來囉。」

士兵一聽，紛紛舉槍。

「唔，是越野車。」亞瑟解釋。「應該是山洞逃過來的。」

他一說完，全地形車便衝出林線，直奔我們這方向，駕駛穿著紅外線隔絕衣，不過破損嚴重髒兮兮的，大概和我一樣是從艾瑪那支隊伍的死者身上回收。他將車子停在市街邊緣，下來摘了面罩，張大眼睛盯著鎮上一片狼藉，似乎頗爲震驚。

接著他留意到地面上的半透明蠍子，於是彎腰觀察，我趕快高聲叫道:「大兵，你別靠近，被那玩意兒螫了會麻痺!」

他點點頭，大步走向我們。「博士，你平安無事眞是太好了!我們都很擔心你出意外。」

「山洞的情況如何?」我問。

「相當糟。已經死了大約三百人，所有難民都感染。」

「田中醫師在那裡？」

「是的，她做了很多化驗，不過似乎沒進展。」

「明白了。我們得回山洞，這裡有她需要的資料。」

大兵搖頭。「梅休斯博士下令我們撤離。」

我瞠目結舌地望著他，腦袋一下子沒法反應過來，擔心是自己妄想，不知道該說什麼好。

「撤到哪裡？」閔肇問。

「她還活著？」我終於擠出聲音。「梅休斯博士還活著？」

大兵看看閔肇又看看我，猶豫著要先回答誰。「嗯……她還活著，感染了，但出發的時候人還在，會跟著第一梯次車隊過來。」

不可思議。她還活著。還活著。還有機會救她。

「所以準備撤離到哪裡？」閔肇的語氣急躁起來。

「迦太基。」

我過去扣著大兵肩膀低呼：「快用無線電叫他們掉頭！」

他盯著我一頭霧水。

「太空船會墜落在車隊路徑上！」

他一聽，嚇得兩眼圓睜，馬上從背包取出無線電呼叫車隊。我來不及聽完對話內容，直接衝向越野車，亞瑟追在我身後。

43 艾瑪

風暴越來越大，雷聲越來越強，從沒聽過如此連綿不絕的隆隆巨響。

我努力睜開眼睛，還是很難看清四周，再不找個能遮風擋雪的地方太危險。車隊駕駛們應該也察覺了狀況不妙，開始加速，幾乎催到極限，每次一轉彎，車上眾人就撞成一團。現在應該接近谷東森林邊緣了，風雪稍微緩和，樹葉上霜雪融化，水珠迎頭灑落。

接著我卻從樹冠縫隙間瞧見火球掠過天際，像燒紅的火鉗射向車隊。

所以隆隆聲並非雷鳴，而是小行星。

或者……太空船？耶利哥號要落地？

「停車！」我大叫。

腎上腺素湧入血液，發燒疲憊一下子全不見了。

我們這輛車放慢速度，也聽見駕駛飛快在無線電頻道對話。他猛然將車頭調轉一百八十度，黑泥被履帶濺得又高又遠。整支車隊緊急後撤，引擎咆哮，車廂裡的人也嚇得尖叫，高聲詢問究竟怎麼回事，但駕駛無暇回應。

天上火光越來越亮，轟隆聲迎頭罩下。我抱緊了卡森，坐起來再次對著駕駛大叫。

「停車！」

亞黎與山姆驚醒後，牢牢抓住床邊欄杆不敢放手。

駕駛回頭瞟了我一眼，但是沒減速。

「我們得下車找掩護！」

他又轉頭。

「這是命令！」

這輛車停了下來，別輛車仍在森林狂飆，履帶捲起一波波黑泥。

我抱著卡森趕快爬到車外。嬰兒受了驚嚇大哭起來，但聲音完全被頭頂傳來的轟鳴蓋過。不知道是太空船還是別的東西，總之沒幾秒就要衝撞地面了。

我的心跳得好快，掃視周圍希望能……找到可以做為掩護的地形了！我朝著傾倒的大樹跑過去，樹冠正好朝向撞擊點，樹根往半空伸展，有如巨大的扇子。原本根部位置留下一個大洞，形成天然掩體。

「跟我來！」我朝著車上十幾人大叫。

亞黎和山姆追著我跳進坑洞。濕答答的黑色泥巴自樹根滴落，坑底爬滿昆蟲蠕蟲。我顧不了太多，直接朝最深處鑽去，挨在樹根蜷曲出來的球體後方，其他人圍在旁邊、壓低身子。

44

詹姆斯

把車催到極速，我自己都快抓不住。全地形越野車在森林中跳躍，地上樹枝樹幹就像停車場裡的減速條，輾過時車身騰空，彷彿要起飛。

忽然一隻超人力氣的手臂抓住我的背部，往後扯到地面——亞瑟用身體遮住了我。

幾秒後聽見撞擊巨響。除了一聲巨大的「砰」，還有金屬折曲、發出尖嘯，彷彿機器受到酷刑摧殘，開口求饒。

熱浪襲來。

上百萬片碎木如箭雨齊射。亞瑟背後被擊中一發，沒吭半聲。

煙塵湧入森林，除了木頭石頭砸落，什麼也看不見。

聲音平息後，亞瑟才放開我。他站起來拔掉身上的木塊。

我也爬起來觀察四周，聽得見不遠處有人喊叫。

「你看見什麼？」我問。

「六十個生還，十二個死亡，死因幾乎都是被炸碎的東西砸到。」

我扯開嗓門，用最大音量朝著霧氣瀰漫的森林高呼：「艾瑪！」

沒反應。

車子沒被吹翻，算是難得的好消息。上去以後我試著開往撞擊點，但即便是全地形車也過不去，樹木枝幹堆得實在太高。

我下車邊爬邊吼，終於在紛亂中聽見她的聲音。

「詹姆斯！」

奮力翻過斷木殘枝，沙土石塊在後頭彷彿砌出一堵牆，我開始往下鑽。

找到她的時候，我已經渾身泥巴。艾瑪抱著卡森，口裡還喊著我名字。亞黎和山姆挨在母親身旁，一群人躲在樹木傾倒留下的坑洞內。

一看見我，艾瑪立刻伸長了手。「等等，詹姆斯，你別靠近！」

我還是將她拉過來，緊緊擁抱妻子與小兒子。

想吻她臉頰時，艾瑪又避開。「我感染了，別——」

「我知道，我會處理。」

艾瑪搖頭。「來不及了。」

「來得及，我保證。」

45

艾瑪

根據亞瑟的說法，電網趁人類在船上休眠的漫長歲月裡，幾乎將耶利哥號整個翻新。我個人是相信的，若它是停在地球軌道的同一條太空船，沒道理能承受這次落地衝擊。

耶利哥號埋進地下很大一截，底部艙房完全損毀，但中段、上段都還能使用。

最重要的是：存放休眠袋的主艙體完整保存下來。

我們從迦太基居住區找到床墊，以被單為簾分出隔間，船艙充作醫院。此情此景彷彿回到中央司令部地堡，差別在於眼前有好幾千病人咳嗽哭泣，又或者動也不動、口裡含糊呢喃，渾身發燙、不停冒汗。進過山洞的人全撤過來了，大家等待著解藥問世……否則結局只能以悲劇收場。

探索隊從耶利哥及迦太基廢墟回收休眠袋，不少已經破損，但加總之後數量仍超過需求。

耶利哥倖存者也搬遷過來，除了受保護的空間更多，也距離太空船較近。目前非常強調隔離，他們徹底避開回收小組，希望至少一部分人不會感染月壤病。

泉美在醫療艙馬不停蹄地實驗，全神貫注研究詹姆斯取回的資料。關於那些檔案，他對我三緘其口，連從何處取回也不願解釋清楚。然而我推敲得出來，只有兩個可能性，一是電網，二是搭乘迦太基號過來的人。然而這背後代表什麼呢？

一如預期，新鮮空氣可以緩和病情，到了這裡之後，呼吸輕鬆了許多，而且看得見光線這點就讓大家的情緒振奮不少。困在洞穴不僅得面對詹姆斯稱之為「月壞綿」的怪異物種，也讓人回想起失去日照的長冬有多麼昏暗，好像大家又擠在七號營或埋在城塞等著餓死，即便太陽戰爭結束卻迎來地球的永夜。

出了山洞的感覺截然不同。或許最後找不到辦法治療怪病，但至少死在陽光底下，能了卻一樁遺憾。

領導團隊在耶利哥號太空船狹窄的艦橋集合，說不定這是最後一次。我還記得初次進來看見曉神星那瞬間，心中滿滿的希望和喜悅。如今船落了地，我反而尋不回當時的感動。

桂葛里與閔肇透過視訊連線出現在螢幕上，背景是迦太基廢墟。布萊韋站在我背後的角落，面容憔悴，眼窩凹陷。泉美坐在導航工作站，模樣也彷彿老了二十歲。亞瑟面無表情地看著我們，好像研究人員盯著一籠猴子。

「從顯而易見的部分開始吧。」詹姆斯說。「必須動手把人送進休眠袋了。現在平均每小時會死……多少人，泉美？」

「大約一百，但是速度越來越快。」她稍微停頓。「只是目前不知道這個疾病會不會干擾休眠機制，成功與否無法保證。」

「但找不到更好的辦法。」我低聲回答，腦海冒出亞黎、山姆與卡森進入休眠袋的模樣。

「沒錯。」泉美繼續說。「只是還有個問題，能動起來照顧病患的人數已經不夠了。將好幾千人裝進休眠袋是個大工程。何況現在能動的人未必能支撐多久。」

大家的視線忽然集中到我身上。畢竟我的身分是市長，形式上確實該由我做最後決斷。

我朝布萊韋點頭。「就盡快執行休眠計畫吧，上校。從病情最重、年齡最小的開始。」

「我們可以過去幫忙。」閔肇開口。

泉美眉頭深鎖。「不行，你們得留在迦太基才不會感染——」

「其實我們不確定這個疾病會不會人傳人。」閔肇靠到鏡頭前面，螢幕上整個人變大。「現在能確定的是近距離接觸月壤綿會感染。」

泉美舉起手。「最重要的就是『不知道』這三個字。不知道，代表你們過來就有風險，而這個風險我們無法承受，因爲當下要考慮的是人類整體的存續。」

這句話好比法官的法槌，敲進眾人心底。

沉默一陣後，布萊韋先清清喉嚨朝我說：「市長，恕我失禮，種族存續和我的職務不太相關，我想先去執行休眠行動。」

「好的，謝謝上校。」

等布萊韋離開艦橋，閔肇問：「剛才那是什麼意思？」

「尚未感染的人，要負責重建居住區。」泉美回答。

閔肇的臉一皺。「開玩笑的吧？這裡只有四十個男人加上兩個女人。妳只是怕我感染才這樣說對不對，泉美？」

「對。」她揚聲回答。「確實如此，因爲我日以繼夜研究這個疾病，但感覺恐怕找不到解藥，時間不夠了。現在只有兩條路，如果無法治療，就只能靠留在迦太基的人從頭來過。」

「不是這樣的。」閔肇說。「就算能重來又有什麼用？我們心愛的人都在船上啊。或許我不能代表所有人，但要是眞的沒機會了，那我寧願過去陪妳，跟妳一起走。少了妳，我一個人留在這裡做什麼？」

泉美低下頭。我看見黑色髮絲遮掩下，一滴淚自她的臉頰滑落。

又一次漫長沉默，這回詹姆斯先開口：「複製技術可行嗎？」

他拋了球出來，但沒人敢接。

「泉美？」詹姆斯側過去想與她視線交會，但泉美不回話。

「你的想法是？」我覺得多點資訊比較能激盪出火花。

「爲留在迦太基的人複製親人朋友，由他們撫養。這麼做也是爲了將人口數拉回可以繁衍的門檻，但需要靠 3D 列印製作複製用的機器就是了。」

「恐怕一個月才生得出一臺吧。」桂葛里說話了。

「時間是最大的問題。」泉美低聲說。「假如給我一年，或許能完成複製人計畫。只剩下幾天，行不通的。」

詹姆斯轉頭望向亞瑟。「有沒有建議？」

他眉毛一挑，故作訝異。「本紀元最輕描淡寫的一句話！」

「認眞點。」

「我已經幫過你們了。」亞瑟用僅剩的一隻手朝整條船比了比。「自己看看，沒有我們改裝，這玩意兒早就支離破碎。」

「要不是你們，也不會變成現在這狀況。」詹姆斯反駁。「你們早就知道風暴的事情，我敢打賭你們也掌握了迦太基移民碰上危機，結果什麼都沒說，眼睜睜看著我們重蹈覆轍。」

亞瑟翻個白眼。「好，都怪我都怪我，誰叫我只有一隻手——」

「你們希望事態發展到這一步。一切按照計畫進行，對不對？如果不是事先預料到要迫降，你們又爲什麼特地改造船體？」

「詹姆斯，我們是電網啊。」

「少跟我來『我們是電網』這套鬼話。你們應該有月壞病的解藥吧？我甚至懷疑月壞病根本是你們開發的。」

「和我們無關，我們也沒有解藥。」

「別隱瞞。」

「月壞病無藥可救。」

「你怎麼知道？」

「怎麼說呢，和你一樣聰明的人，已經研究這疾病很久很久了。」

「什麼意思？」

「你能理解的話，就能知道眼前的困境如何處理。不是解藥，但可以處理。」

詹姆斯忍不住朝工作站桌子搥了一拳。「你給我滾出去！」

亞瑟聳聳肩，走出艦橋。

「一定得設法找出解藥。」詹姆斯嘆氣。

泉美起身。「我回去繼續研究。」

她邁出一步，但身子搖搖晃晃。趁她還沒摔跤前，我趕緊過去扶著，她的體重朝我萎縮的那條腿一壓，讓我渾身都痛了起來，等詹姆斯也來接住泉美，我才好了些。

「我沒事。」她輕聲說。「放開吧，血糖太低而已。」

「妳得休息。」詹姆斯說完，將她抱到艦橋隔壁的小房間。

螢幕上，閔肇與桂葛里都站了起來。「我們現在過去。」

「你們聽到泉美說的了吧？」我朝鏡頭裡兩人背影叫著。

閔肇轉頭。「還是得有人過去幫忙啊，艾瑪。難道要我們袖手旁觀，眼睜睜看著你們一個個倒下嗎？」

46 詹姆斯

我把亞瑟帶到外面，森林上空依舊烏雲密布。接下來的對話不能讓人聽見，我有預感，即使得到答案，心裡也不會比較好受。

「說實話吧。」

亞瑟聳肩。「想知道什麼，你要說清楚。」

「月壞病的解決方案是什麼？」

「所有線索都給你了，詹姆斯。你有那顆腦袋，怎麼不會善用呢。自己想想不就知道了？」

我轉身走進樹林，思索目前得到的訊息。

電網要地球人踏上曉神星，否則當初根本不會容許我們平安啟程。基於這個目的，航程中它們無數次保護太空船。就技術水準來看，電網一定可以使耶利哥號和迦太基號同時間抵達，然而它們沒這樣做，反倒讓迦太基號先到。這是計畫的一環。電網也知道曉神星有定期的大風暴，並且利用自然現象害迦太基移民都患病，之後我就會展開調查。它們甚至提前強化了耶利哥號船體，確保太空船穿越大氣層和迫降後，還能給人類使用。

「一切的一切，從曉神星、耶利哥號降落到月壤病，全部都是電網的安排，你們設計好的。」

「設計不是正確的描述。」

「總之，你們希望事情變成這樣，所有活動都是爲了成就此時此刻，對不對？」

「我能說什麼呢，詹姆斯？很遺憾，宇宙方程式的變數並沒有你想像中那麼多。」

「想說什麼，你要說清楚。」

聽我學他講話，亞瑟只是笑了笑。

「電網到底要我們做什麼？」我問。「爲什麼你們需要人類？」

「好問題。」

「航行中，你提到電網以前認爲宇宙化越到極簡只剩下物質與能量，所以不惜代價收集每一個恆星的能量。後來你們知道自己錯了，新的發現是……你怎麼說的？宇宙有另一個面向，兩股無窮力量彼此制衡，我們都只是戰場上的塵埃。」

「這就是問題的解答。」

「那兩股力量是什麼？」

「不能說。」

「爲什麼不能？」

「因爲順序不對。你很快就會明白了，詹姆斯。」

「到底有沒有辦法救大家？救艾瑪和我的孩子？」

「問題不在於你做不做得到，而是在於你願不願意付出代價。」

忽然啪嚓一聲，附近的樹枝被踩斷。希望不是被人聽見了，但更希望不是暴龍接近。

森林中霧氣被風吹散，不遠處站著一個身影。

艾瑪。

她的神情迷惘，看看亞瑟又看看我，過了好一會兒才開口：「時候到了。」

47 艾瑪

進了醫療艙，山姆瞥了瞥休眠袋。

詹姆斯蹲下來看著孩子的眼睛。「一會兒就好，就像睡午覺，眨個眼睛就醒了。」

山姆點了頭，表情很複雜，心裡知道出了大事。與別的孩子相比，他的運氣很好，不必等太久就能先休眠。安排時以家庭做爲單位，主要希望年長的兒童先完成休眠，弟弟妹妹看了就不會那麼緊張。

艾比抱著卡森，我抱著亞黎。她的身軀如此小卻又如此沉重，但我牢牢抱緊，暗忖或許沒有下次機會。她的身體非常燙，意識斷斷續續的。

我吻了吻她臉頰，嘴唇嚐到淚水的鹹味。

亞黎睜開眼睛，正好看見山姆進去，休眠袋收縮，緊緊服貼男孩皮膚。

「媽咪不要。」她哼唧著。我要把她遞給詹姆斯和亞歷，但她的小手緊抓不放。

「沒事。」我在女兒耳邊輕聲安撫。她扭來扭去不肯鬆手。「我就在旁邊啊，不要擔心。」

泉美輕觸她頸部的注藥器。亞黎的眼睛閉上，身子完全軟掉。

謝謝，我用唇語告訴泉美。她點點頭。

泉美的體力消耗太快了。我想並不單純因爲她也罹患月壞病，還有壓力及疲勞。泉美知道自己是大家活下去的唯一希望，但眼看大限將至，卻還是無能爲力。

詹姆斯抱起卡森，吻了他的額頭遞給我。我也親了親小兒子發燙的細嫩肌膚，然後輕輕放進休眠袋。明明想要挺住情緒，卻還是崩潰了，看著袋子收縮時，我忍不住啜泣起來，淚水嘩啦嘩啦流下來。詹姆斯將我摟進懷中。

背後傳來妹婿大衛的聲音。「來吧，歐文，到你了。」

他彎腰抱了抱外甥。歐文也表現得很勇敢，但我深刻感受到自己妹妹已不在世上的事實。那股痛楚就像想要站起來才發現腳已被砍斷，靈魂狠狠摔在地上，再也爬不起來。

我過去抱著歐文與艾德琳，好想說母親很愛很愛他們，正在天上看著，會爲兄妹倆感到驕傲。我眞的很想，但話到了喉嚨卻卡住出不來。最後只是緊緊擁抱兩人，然後大衛將他們從我懷中拉走，送進休眠袋裡頭。

接下來輪到亞歷和艾比的女兒莎菈。若傑克還活著，也會在現場等待休眠。又一個死者，彷彿提醒大家這怪病的致死率有多高，已經奪走了多少性命。

詹姆斯搭了下哥哥肩膀，幫忙爲侄女啓動休眠。

之後我們趕快離開。時間是最寶貴的資源，我們多占用醫療艙一秒鐘，就代表有個病人得多撐一秒才有機會休眠。很多人的壽命眞的可以用秒爲單位計算。人類沒有時間了。

桂葛里、閔肇與其他本來留在迦太基的人都來了，主要負責搬運和整理休眠袋，並送走臨時醫院的死者。艾比、亞歷、大衛、詹姆斯和我在醫院內幫忙，分發點滴與消炎藥、協助病患如廁等等。太空船只有一間廁所，而且是針對太空環境設計，到了地面反而不方便，所以我們在船外搭建衛浴設施，正好也鼓勵病人到戶外透氣，這種時候什麼都得湊合將就。之後幾小時我盡量探視病人，拍拍他們手背，解釋指揮團隊已經盡力而為。

詹姆斯在走道盡頭的地方拿水瓶靠到年長婦人嘴邊。他朝我微笑，雖然一臉疲憊，還是讓我心底暖了起來。但詹姆斯隨即別過頭咳嗽，前額滿是汗珠。

他到隔壁床繼續照護病人。我走過去拉住他。「你感染了。」

「沒事，裡面空氣悶而已。」

他想抽回手臂，但我抓住不放。「詹姆斯——」

「沒事的，趕快照顧病人吧。」

之後一小時兩人各做各的，但最後我還是忍不住問：「你確定自己現在該在這裡幫忙嗎？」

「不然？」

「不然亞瑟爲什麼說沒有解藥，卻又有處理的辦法？你們兩個在森林裡討論什麼？」

「老實說，我還沒想通他講的話究竟什麼意思。」詹姆斯先看了看一床病人，我們都回到走道上時，他才繼續說。「我在這邊幫忙也是想稍微放空，重新思考現在面對的狀況。」

「有什麼進展嗎？」

「我認爲每個事件，從風暴到月壞病到太空船降落，全部都指向同一點。」

「哪一點？」

「串起一切的是電網之眼，當初在迦太基找到圖案，其實是曉神星地圖。我在每條弧線末端的積雪下面都挖出了一個空心球體。」

我停在走道望向他。「所以你去背光面，就是爲了解開這個謎。」

「嗯。」

「裡面有東西嗎？」

「妳說空心球嗎？沒有，但觀察到一個現象：越上面的弧線，找到的球體越小。」

「代表什麼？原本是一個裝一個嗎？」

詹姆斯忽然轉頭，露出小孩拿到新玩具那樣的興奮眼神，看來心思轉個不停，我簡直看得見他腦袋裡面有齒輪轉動。後來兩個人靜靜走了一會兒，幾分鐘後，他張大了眼睛。「啊——」

「啊什麼？」

「沒事。」

「所以那些球體是一個包著一個嗎？」

「不算是，但又可以說是。關鍵就在這裡。」

48 詹姆斯

想通的瞬間，我開始往船外跑，一直跑、一直跑，跑到確定沒人能聽見的距離之外，然後開始吐。一直吐、一直吐，吐到胃袋乾乾淨淨，接著不停喘息。

靠在船殼上，金屬的冰涼透過發燙皮膚傳進體內。我燒得越來越厲害，幾乎可以肯定得病了。

但或許也在最後一刻破解謎題，還有機會拯救大家。

這時候正好看到亞瑟站在樹下，桂葛里帶著步槍坐在附近。他很堅持要有人看守亞瑟，直到現在仍不相信電網。畢竟莉娜被電網害死了，怪不得他。

「身體還好嗎，詹姆斯？」亞瑟裝作關心朝我叫著。

我沒理他。「桂葛里，我有事情要和亞瑟談。」

「那就談啊。」桂葛里視線緊盯亞瑟不放。

「我想單獨和他談。」

「不妥。」

「拜託，桂葛里，他不會對我怎樣的。」我瞥了亞瑟一眼。「他需要我，船上那邊也需要你幫忙，開始搬運成年人了。」

桂葛里操著俄語咕噥一陣，想必不是什麼好話，但最後還是朝太空船走了過去。

「要幫你翻譯嗎？」亞瑟淡淡說。

我朝樹林一比。「走。」

「身體不熱嗎？」進了幽靜潮濕的林子深處，亞瑟又開口。

「月壞病能透過空氣傳播，也會人傳人，對吧？」

「當然。」

「我猜現在這個時間點，所有人都感染了？」

「猜得很準。」

「那我再猜猜，那些球體是電網製作的。」

亞瑟沉默下來，面無表情。

「原本不希望我發現，因爲球體是關鍵，對不對？我太早找到，拼湊出事情全貌，會打亂你們的計畫。這就是宇宙奧祕方程式裡爲數不多的變數之一吧？」

「對。很聰明。」

「話說回來，我已經解開了方程式。所謂比物質能量更高階的兩種力，也沒那麼複雜。物質被加速到超越光速，就會化爲能量，電網原本以爲只要收集所有能量、將所有物質化爲能量，就等於控制整個宇宙。你們以爲如此一來就是控制宇宙循環。但前提是，宇宙誕生於無，以大霹靂爲起點創造出能量和物質。依照這個理論，確實會推論出掌握所有能量就有權力重啓循環、控制宇宙。但結果並沒這麼簡單，對吧？」

「劇情曲折離奇。」

「然後你說過，有更高階的力量在背後運作。」

「生命充滿驚喜。」

「兩種基本力彼此激蕩，從宇宙起點持續到終點，比物質和能量更強大。是花了點工夫，但從球體切入就想得通了。是時間與空間。」

「沒錯。」

「電網在球體裡對不對？因爲每個舊版本都要裝進去，所以球體會越來越大。」

「又說中了。」

「但球體爲什麼會在曉神星？」

「我不能說。」

「因爲說了可能危害到電網，也因此你們不希望我找到球體。電網也有弱點。」

「相比之下，詹姆斯，你的處境還是比較糟。和我說這些只是浪費時間，你的病情正在一點一點惡化，你的同胞也一樣。趕快把他們送進休眠袋，我自然會給你答案——眞正的答案，解救你們所有人的辦法。」

「現在不說，我就拆了你。」

「來吧。拆了我，你還是什麼都找不到。你需要的東西、有關曉神星眞相的資料，存放在附近其他裝置，是可以信賴的來源。詹姆斯，那些球體確實是關鍵，球體出現在曉神星的事情經過會揭示地球人的未來命運。要我告訴你可以，但必須等到其他人都休眠，一個都不能少。這也是他們僅有的機會。」

49

艾瑪

只剩下十二人，其餘都已進入休眠，藉此暫停疾病進程，但又遭遇了其他難題。

耶利哥號太空船在軌道運行時充飽電，電池卻因爲迫降而損壞，儲存的電量已經耗盡。沒有電力，無法維持休眠系統，所有人都會死去。於是我們的處境跟當年的九號營差不多——找不到電力來源，整個種族都要滅亡。

人類的命運總是回歸到能源上頭。

大家做了個決定——雖說也由不得我們——總之除了詹姆斯與桂葛里，領導團隊其餘成員也休眠。他們兩人留下來是爲了組裝3D列印機、修理太陽能電池。其實詹姆斯和桂葛里並未倖免於難，同樣罹患了月壞病，差別僅在於兩人沒有進山洞，病程進展似乎慢得多。計畫是倘若兩人真的惡化到撐不下去，會留下進度指示，並喚醒其他居民接手，也就是以性命鋪一條人類存續的道路。

泉美將自己逼得近乎油盡燈枯，閔肇爲此不斷勸說，總算說動她想開了。等到電力問題能夠解決時再喚醒泉美，否則她也沒辦法好好開發解藥。而她的研究似乎仍是目前唯一的指望。

但有件事情在我心中存疑：詹姆斯。正常來說，他應該會進入工作狂模式，拚了命要破解亞瑟所謂的解決方案是什麼，此刻我卻看到他只站在外面，抬頭望著天上的紅矮星。

「我要和桂葛里、閔肇一起去耶利哥回收電池材料，你要一起嗎？」

他搖搖頭。「做點有趣的事吧，來玩牌。」

「你的身體還好嗎？」

詹姆斯拉著我走回船艙進入艦橋，找到前來曉神星航程中玩牌的同一張桌子。

他笑著說：「不就是莫名其妙的外星孢子嗎，沒事。來，我發牌。」

眼看詹姆斯臉上蒙著陰霾卻比平常多話，而且又要重溫兩人九死一生的回憶，緬懷失去的摯友和歲月，彷彿是他想跟我訣別。

「詹姆斯……」

他盯著牌。

「可以問你問題嗎？」

「問呀。」

「你該不會已經放棄了？」

「妳應該知道我不是那樣的人。」

「還是你已經想通了？亞瑟說的……度過難關的辦法？」

「很接近。」

「可是你好像不太關心。」

「是不關心。妳也不必想太多，就當這是最後一面，享受當下吧。」

「眞的是嗎？」

「我會努力把妳帶回來。」

●

回收太陽能電池的幾支小隊返回，布萊韋下令不分軍民全部休眠。之後還會醒著的只剩領導階層，也就是詹姆斯、桂葛里、泉美、閔肇、布萊韋和我自己。

大家決定共進一餐。至少危機結束前必須輪流喚醒，所以……或許這是我們最後一次齊聚。然而布萊韋婉拒了。「狀況惡化太快，」她像是描述天氣那樣的口吻。「我得留些時間，免得醒來之後不夠用。」

進了醫療艙，布萊韋直接走向休眠袋，詹姆斯趕緊上前與她握手。「上校，妳保護了大家，謝謝。」

「博士你們也都盡心盡力了。」

「早知道當初在四一二號倉庫，應該聽妳的。」

「那好像上輩子的事情了，別掛在心上。」

亞歷與艾比也進入休眠袋。詹姆斯抱著哥哥好一會兒，輕聲在他耳邊說：「對不起，沒能保住傑克。」

兩人的眼眶都紅了。我也過去給艾比一個大大的擁抱。接著他們夫妻倆鑽進休眠袋，都表現得很堅強，直到袋子封緊還睜著眼睛。

外頭只剩下詹姆斯、桂葛里、閔肇、泉美與我。五個人去艦橋用晚餐，回想起來，抵達曉神星的第一天也是如此。

每個人在即食餐盒挑三揀四，找自己愛吃的，氣氛像是隔天要上刑場的死囚。桂葛里情緒低落、不發一語，閔肇一手摟著泉美，用另一手叉東西放進嘴巴吃。詹姆斯和我也靠著彼此低聲講話，聊起孩子及他們喜歡的東西。「沒那麼糟啦……當初更慘……遇上貝塔異物……穀神星……城塞……九〇三倉庫……」話雖如此，以前我們都覺得還有機會奮力一搏，而不是坐下來回憶過去有多淒慘。這一回不同了，大家都能感受到。

詹姆斯舉起玻璃杯。「乾一杯吧，敬莉娜、夏綠蒂、哈利和佛勒。」稍稍停頓後他又說。「沒有他們，我們也走不到現在。」

餐後大家解散，桂葛里陷入沉思，一個人走掉，亞瑟自始至終沒露臉。他也很清楚自己立場，不小心惹毛桂葛里的話，就等著被轟成廢鐵。

閔肇與泉美進去小房間抱著彼此。詹姆斯又找我去玩牌。

「確定？」我問。

「人多的話可以玩別的，但反正只剩我們——」

「詹姆斯，你今天這樣很嚇人，到底怎麼了，接下來會出什麼事？」

「其實我不知道。我能說的、或者說我這兩天得到的結論是：每件事情之所以發生，背後都有個理由。」

「好。可是每件事都有因果這一點，對眼前的問題有意義嗎？」

「如果我說，有一股巨大的力量推動宇宙？」

「比方說……」

「處於一種我們現在無法徹底明瞭的層次，但很快就會揭曉。」

「這種說法從你這樣的人嘴裡冒出來，我好像該緊張才對。」

他哈哈大笑——不帶保留、發自內心的笑。「也對。不過我是眞的在琢磨這個理論。世間萬有都來自虛無，也歸於虛無嗎？相比之下，背後有更大的道理存在，似乎更令人信服一點。」

「你該不會精神崩潰了吧？是月壞病的關係嗎？」

「沒有。唔，我自己覺得沒有。」

「還是又有什麼事情你沒告訴我？」

「此時此刻，天上地下，只有一個問題有意義。」

詹姆斯凝視著我，嘴角浮現淡淡笑意，眼神充滿關愛與自信，就像我認識他的第一眼。「妳願意信任我嗎？」

「全心全意。」

●

回到醫療艙，病情最重的泉美率先休眠，閔肇隨後跟上。終於輪到我躺上平臺、鑽入袋子，望著站在旁邊的詹姆斯。

桂葛里走出房間，讓我們獨處片刻。

「一會兒見。」詹姆斯彎腰吻我。

「你保證？」

「我保證。」

50

詹姆斯

艾瑪的休眠袋封好之後，我反覆檢查系統狀態，確定運作正常，然後在醫療艙東翻西找需要的東西，有點擔心會不會被用光了。

幸好桂葛里在我找到之後才回來。

「該上工了。」他說完就掉頭出去。

我邁出兩步，一手抱住他的胸膛，另一手的針筒刺進他頸部。桂葛里整個人轉了一圈推開我，眼神充滿驚恐。

「詹姆斯，你幹嘛——」

桂葛里身子一軟，倒了下去，即便我都撲過去了還是沒接到。他的腦袋撞到地板，眼睛變得無神。我也慌了，趕快探探脈搏，幸好很穩定。

我撈過他的腋下，將人搬上平臺，裝進已經準備好的休眠袋，用最快的速度輸入指令。

系統燈號閃了綠光，我總算鬆了口氣。

亞瑟的聲音忽然傳來，我嚇了一大跳。「你賭了一把呢。」

「沒有選擇，無法對他們解釋，何況我自己也不完全理解。」

「確實如此。所以從哪裡開始好？」

「之前說過，我想知道起點——電網之眼看到什麼。」

「好。」

「能接到螢幕？」

「有更好的辦法。」

走道迴蕩起腳步聲。怎麼可能？所有人都休眠了，難道是沒長大的暴龍？還是其他種類的野獸？

我掃視艙內尋找可以當武器的東西。正好能量槍擺在旁邊，電池充飽了。我正要伸手時，亞瑟開了口：「放輕鬆，都是朋友，甚至可以說是一家人。」

出現在門口的竟是奧斯卡！

他溫和的神情與亞瑟恰成對比。

「先生您好。」

「奧斯卡……」

「我不是說過嗎？資料來自可信賴來源。」亞瑟繼續說。「表哥，你的旅程平順嗎？」

「沒出意外。」奧斯卡回應。

「你們兩個一直保持聯絡？」我問。

「當然，」亞瑟說。「時時刻刻。他眞的眞的很擔心你喔。」

「有船隻進入軌道，我們應該會——」

「我們可是電網。」

我感覺好累，閉上眼睛點點頭。「是、是，你們是電網，當然可以隱藏船隻。而且當初你大概就沒老實交代自己的通訊距離，可能還隱瞞了一大堆別的事情。」

「差不多就是你講的這樣。」亞瑟回答。

「回到正題，我要知道電網之眼究竟看見什麼，從最早最早的那一點開始。」

「這可不是家庭電影院啊，詹姆斯。」亞瑟朝我冷笑。「不過我倒挺想看看，等你瞭解事情來龍去脈以後，會是什麼表情。」

「不是影片，是什麼？」

「姑且稱作『體驗』吧。」

「虛擬實境？」

「類似。」亞瑟朝一個空著的休眠袋撇了撇頭。「進去，我們弄給你看。」

「不要。」

「又怎麼了？」亞瑟一臉不耐。

「唔，我怎麼想都覺得，就算為了得到答案，自己還是保持清醒比較好，誰知道你們會不會設了什麼陷阱，或是趁機把人殺光？我們遭遇電網以來，你們可沒手軟過。」

「先生，」奧斯卡開口。「請相信我，我會保護您，就像當初大家發現我的時候，您也保護了我。」

我望向奧斯卡又望向亞瑟，就這麼呆看了一陣。他們像是硬幣正反面或雙重人格。奧斯卡保護得了我嗎？亞瑟的身體是軍用原型機，力量和速度都更有優勢，然而奧斯卡沒受損，亞瑟只剩一隻手臂，並非全無勝算。

更何況最重要的是——我有選擇嗎？

「到底要不要？」亞瑟又一臉厭煩地問。

「好。」

休眠袋封緊，氣體藥劑竄入肺部時，我不知道自己的決定是否正確。如果錯了，也就是我在宇宙裡最後一次的抉擇。

51 詹姆斯

我以為睜開眼睛時會看見曉神星。原本假設一切都從那裡開始。

但我看見的竟是兒時居住的地方，美國北卡羅萊納州阿什維爾市。自己正拿著螺絲起子拆下腳踏車的輔助輪，將騎車的亞歷往路上推，還在後頭為他加油打氣。亞歷一下子沒抓穩，騎得搖搖晃晃，車頭扭向路口紅磚柱。我嚇一跳拔腿狂奔過去，喘得肺都疼了，趕快扶起驚聲尖叫的他。

影像彷彿融化，一轉眼，我從老家後院朝著樹林走，手裡有把漆彈槍。在草地邊緣聽見「啪」一聲，然後腹部劇痛，跪在地上有點想吐。亞歷從林子出來，手裡也拿著漆彈槍。

「你不是應該躲在樹林嗎！」我大吼。

「我剛剛躲在樹林沒錯啊！」

下一段記憶是大學時代，一群人到戴夫．卡迪納那間小公寓開派對。屋子裡播著林納．史金納樂團的歌，太大聲了，連聊天都很困難，也害我腦袋不太清楚。手上的紅色塑膠杯裝滿啤酒，第四杯了，也對思考沒什麼幫助，不過可以壯膽，現在正需要。

她叫奧莉薇．羅伊德，今天穿著牛仔褲與白色襯衫，下襬沒收進去，綁成馬尾的黑髮與黑框眼鏡很搭。女孩和四個姊妹洶膩在一塊兒聊了整晚，現在終於一個人起身，朝著洗手間前面隊伍走。我挪不開視線，她經過我面前微微仰起頭，嘴角一翹不經意地微笑，彷彿心裡正在說：你盯著我幹嘛？

此時不上，更待何時？

我心裡的畫面是自己瀟灑地穿過人群，直接排在她後頭。然而實際上人擠人，我得把杯子捧在胸前、舉到頭頂上否則會灑滿地，嘴裡一直叫著「讓一讓」、「借過好嗎」。

我衝到隊伍，幸好比另一個男的快一秒，順利排在奧莉薇後頭。

她轉過頭朝我一瞟，嘴角又泛起笑意。

「嗨。」我高聲朝她喊。喇叭放的歌是〈週二過去了〉，音量實在太大。

「嗨。」

「妳有修錢德勒的物理學對不對？」

「對啊。」

「他的脾氣好古怪。」

「嗯，是個怪咖。」

我吞一口啤酒，在心裡排練其實已經預習了快七百萬次的臺詞。

「妳要不要——」

「什麼？」奧莉薇湊過來想聽清楚。

「我說，妳要不要找個時間一起唸書。」

「啊？」

「這時間一起唸書？準備期中考？」

她微微往後一仰，笑意更濃，卻搖搖頭。「不了。」

「妳……」

「不想和你一起唸書。」

我的臉好燙。不知因爲啤酒還是糗，我自己也不知道。感覺快尿褲子了，只想挖個地洞躲進去、趕快離開現場。但是如果轉身就走，氣氛會更糟，我不曉得怎麼辦比較好，只能愣在原地。

還好洗手間前面排隊的人數不多，奧莉薇馬上就要進去了，算是老天爺對我有點慈悲心，隧道盡頭的光明沒有很遠。

洗手間門打開，出來一男一女，臉上掛著笑，和我一樣紅。

音樂戛然而止，靜默時更加尷尬。我盯著天花板上的裂縫，心想往後整個世界都變了，摔了這一跤，或許很難再爬起來。

可是奧莉薇沒進洗手間，探頭望向我後面那個猛灌啤酒的男生。「你先去吧？」

「確定？」他嘴裡這麼說，但已經手搭著拉鏈朝裡頭走。

「確定。」奧莉薇輕聲回答，看著那人進去以後才又轉頭過來。「你是不是想跟我約會？」

「啊？不是的不是的！」

開始播放下一首歌，〈叫我微風〉的旋律響起，音量又把我說的話蓋過去。當然我正好也大聲不起來了。「呃，唔，是啦，但我覺得可以先……一起唸書試試看之類……」

「嗯？相比之下，要約會的話，我會說『好』。」

大腦跟杯裡啤酒一樣浮著泡沫，感覺彷彿掉進填字遊戲，一堆詞彙竄進腦海卻串不起來。

「妳……約會……」

奧莉薇又輕輕仰頭笑。「對，約會的話我會答應。你是想約會嗎？」

我點點頭，一半是興奮，一半可能是喝醉。「沒錯，就是。」

「那，我剛剛說了『好』。」

「很棒。」

洗手間門又打開，剛才那人走出來。奧莉薇回頭說：「等我出來就可以開始囉。」

「我等妳。」

奧莉薇是我到大學為止遇見過最有趣也最聰明的人。她對生命很有熱情，涉獵十分廣泛，物理、自然、政治、無論什麼話題都能侃侃而談，兩人相處期間總是不斷研究新事物。

她對我最大的影響在於世界觀。奧莉薇的思維不會停留在事物的表面，也不輕信傳聞和媒體報紙。若她對哪個主題感興趣，便會自發性深入研究，尋找各種參考書籍、轉文、研究報告等等，甚至聯絡該領域專家，以自己是要做研究的大學生為由請對方協助，打破砂鍋問到底，對她的舉動，我常常目瞪口呆直搖頭。我想是大學時代的她還不確定未來方向和自己真正的歸屬，所以有什麼都要試試看的心態。

然而這不代表奧莉薇是三分鐘熱度。她認為人如果對重要的話題有意見，就應該徹頭徹尾瞭解過後再開口。因此每次發言，她都很清楚自己說出了什麼。

奧莉薇有過目不忘的本領，能夠逐字逐句、引經據典論證自己說的話。在兩人一起的課堂上，有教授被她反駁得兵敗如山倒；而且與奧莉薇辯論的過程，就像是開啓新世界的大門，她提出的事實證據總能夠激盪出全新視野，實在不可思議，也深深令人著迷。她簡直就是活生生的現實扭曲力場（注1）。

後來奧莉薇還成爲了社會運動人士，以筆名發表廣爲人知、被大量分享轉載的評論。她樂在其中，心底有個相當單純的信念：如果自己是對的，就應該勇敢站出來，不可以退縮，成事在天謀事在人——而且世人的價値觀總有一天會跟上。

我有一定程度效法了她，所以日後才鬧出那麼大的風波。

用愛來描述我對她的感情可能還嫌太淺薄，感覺更像是慵懶午後，一個男孩吹著口哨出門要釣魚，卻栽進一口古井出不來。事情來得太快太猛，轉眼間我就深陷其中，無路可退。

那年聖誕節，我帶奧莉薇見了家人。父母很喜歡她，亞歷也相當欣賞她。

奧莉薇的父母已離異。她父親是民事律師，兩人的關係挺差，話說回來她與母親關係也不算好，像是一度親密但後來疏遠的朋友，保持聯繫只是種習慣。我試著瞭解內情，奧莉薇只說她母親在美國國家衛生院的研究工作太忙碌。然而在我看來，她自己也不打算在親子關係上多付出什麼。

不久後，我才察覺奧莉薇自身的問題。兩人的相處像是坐雲霄飛車，她的情緒時好時壞、難以捉摸，而且變化的時機難以把握。有時候我爲了維持那段感情，簡直要拚了老命。

奧莉薇進入鬱期時會整個人失去生氣，對什麼都不在乎、沒興趣；但一下子陰霾散去，她又彷彿什麼都沒發生，回復原本模樣。我認真建議她去學生健康中心求助，她完全聽不進去，還回我一句：「那不如去做腦葉切斷手術（注2）就好。」

大三那年，我還不太確定自己的人生方向，模模糊糊地想著從醫、邀約奧莉薇過一輩子。順利取得醫學院資格後，我追問她的生涯規畫，心裡知道我們還年輕，不急著結婚，奧莉薇也不可能答應，但我一心就想守在她身旁。

「我知道自己要做什麼了。」有天晚上，她在自己住處這麼說。

「妳是指——」

「人生。」

「喔，這件事啊。」

「『新世界基金會』。」

「我沒聽過。」

注1：Reality Distortion Field，這個詞起源於《星際迷航》，意指外星人通過精神力量建造了新世界。由蘋果公司內部在一九八一年由比德．特瑞布勒衍伸創造詞彙，用於描述公司創辦人賈伯斯在麥金塔產品開發上的影響力。賈伯斯結合口若懸河的表述、過人的意志力、扭曲事實以達到目標的迫切願望，從而形成視聽混淆的現實扭曲力場。

注2：亦稱為腦白質切除、前額葉切除，為一九三五年出現的精神病治療手段。一九五〇年代調查顯示該手術對約三分之一病例沒有療效，三分之一反而惡化，且可能副作用為喪失精神衝動、癡呆、弱智等等。大眾文化通常將其描述為消滅反抗意志的邪惡手段。

「當然沒，新成立的，我今天剛完成登記。」

「妳又跨足到法律界去了？」

「倒也不必，靠線上法律諮詢送出註冊文件給加州州務卿就好，其實挺簡單的。新成立的非盈利組織以我爲創始人，目前的管理成員當然也只有我。」

「哇，那我是不是該改口叫妳CEO，還是董事長？或者——」

奧莉薇擺擺手。「太誇張了，叫我『人類命運的建築師與指導者』就可以了。」

「有點不順口。」

「多唸幾次就會習慣。」

「所以，『新世界基金會』的宗旨是？」

「世界團結。」

「就這樣？」

「我很認眞。」

「沒懷疑過這點，但細節交代一下吧？」

「很簡單，人類文明走到這一步，將來會有大量人口再無立足之地。地球上有所謂第一世界，也就是高度開發、以消費市場爲中心，掌握簡明科技但人口成長停滯的經濟體。同時又有第三世界，這些國家的人口爆炸，生活水準卻有很多層面感覺停留在一萬年前。明明都是同一個星球上的人，這個星球的土地、水、能夠生產的糧食都有上限。換言之，地球能承受的人口有極限，若沒有外力介入，結果必然是第三世界需要更多資源，可是第一世界不僅也需要資源，還會以科技控制資源。這樣發展下去，後果不堪設想。」

一如既往，奧莉薇的論點我想都沒想過。「這是個很複雜的問題。」

「解決方案卻很簡單：整合。」

「怎麼整合？」

「除了天然資源，第三世界其實有一樣東西是第一世界求之不得的——消費者。」

「問題在於，第三世界的消費者，其購買力與經濟價值與第一世界的人天差地遠。」

「現在如此，不代表以後也只能如此。這一秒，第三世界國家中誕生了一個天才。我說完這句話的時候，又誕生了下一個天才。他們是人類美好未來的希望所在，麻煩在於我們無法鎖定目標。倘若知道天才在哪裡，你可以想像下一步才對。再來，如果有一群跨國大企業也意識到第三世界才是命脈所在，願意資助『新世界基金會』呢？而且不需要什麼大數目，每年一、兩百萬美元只是大企業年度慈善預算的九牛一毛，但如果有上百個單位共襄盛舉……」

「積沙成塔。」

「沒錯，這筆錢用來與世界各地教育單位合作，篩選出有天分的學生，送進最棒的學校。良禽擇木而棲，他們畢業之後大半也會追求自己的目標，不過必定有一群人會回到家鄉。這群返鄉的遊子，就是故鄉融入第一世界的最大希望。」

「企業能得到什麼好處？妳也懂的，他們開口第一句就會這麼問。」

「除了正面形象？還能參與第三世界國家未來領袖的成長。新世界基金會每個學子都會獲得免費教育，代價是必須進入贊助企業進行兩年實習——而且有上百間企業可選，由他們自己決定。剛才說過，我知道絕大多數人完成實習之後，也會走上自己的生涯道路，但想必會有人繼續留在同一間公司，而公司非常可能將有前途的年輕人派駐到家鄉成立支部、開發市場，於是雙方各取所需、皆大歡喜，企業能繼續擴張，落後國家得到人才和投資。一個世代的時間裡，世界就能有一番新氣象。」

「真聰明，簡單但是可行，非常有潛力。」

她望著我一笑。「那當然。」

「從哪兒開始好？」我的腦袋開始轉。「可能要先找些學者教授加入董事會或擔任顧問，有人脈也比較容易說動大企業參與。」

「我已經寄信聯絡一些人了。」

「再來……需要的應該是性向測驗。」

「這是關鍵之一。其實以前有過類似的計畫，也取得了小規模成果，缺陷出在所謂優秀人才的遴選制度，他們採用的標準太單一面向，只有單純的智商與解題能力。可是標準化測驗取得高分並不是將來成就的最佳指標，這個看看我們自己身邊應該就能明白。大家身邊——至少我自己的高中裡——就有很多成績不到前百分之五的人，出社會反而飛黃騰達，可見傳統測驗底下有太多漏網之魚，沒考慮到像是判斷力、決心，或者更簡單來說就是精神層次。在這方面出色的孩子必須納入。」

「說得沒錯，我們要開發新的測驗，也要找學習領域的專家合作，可能還有心理學家與人力資源專家，然後測驗內容必須有人翻譯。還有呢？……要鎖定適合這些孩子的學校。還有，我猜符合獎學金資格的人要先學得會英語。」

「詹姆斯……」

我抬起頭，發現奧莉薇斂起了笑意。「這是我要窮盡一生去努力的志業。」

「嗯，我會幫妳啊。」

「不，你不必幫我。」

「這要很多人參與才能做起來吧？」

「對，但，不是由你來。」

「怎麼說？」

「我沒辦法一邊投入這個計畫，一邊又和你交往。」

我搖搖頭，大惑不解。「什麼意思，我幫得上忙吧？」

「當然，但新世界基金會是我自己的選擇。你不應該讓我爲你做選擇。」

「如果妳就是我的選擇呢？」

「所以我才說不要你幫。一旦你跳進來，就再也沒有機會去尋找你自己眞正追求的是什麼、那條屬於你一個人的道路。那是你的權利，我不該剝奪。」

「呃，我不是要逼婚啊？」

奧莉薇一聽，眉頭緊蹙，我忍不住笑了起來。「我只是自願參與妳成立的非盈利事業罷了？」

「我們兩個不可能是單純的事業夥伴。」

「爲什麼不可能？」

「你心知肚明。我們確實有互補的作用，你能緩衝我那種……起伏不定的性子，就像直布羅陀巨岩（注）那樣總是四平八穩。」

「怎麼被妳說得像是壞事了。」

「在你身邊，我就會捨不得走，結果我會改變自己來配合你。你應該懂我說的。你是讓女孩子想回家的那種男人，會生三個小孩、家門口有一片整齊草地……但我想要的不是那種生活，畢竟我自己的原生家庭算不上美滿。我還不知道那個部分該怎麼規畫，但很肯定新世界基金會是我接下來努力的方向。如果以後年紀大了我們又重逢，或許可以再試試。」

十分奧莉薇的風格。她早就想好了，已經下定決心。和她爭辯只是自討苦吃，想挽留她的我只能得到一場空。

這次的對話結束得很突然。她湊過來吻我，很深刻漫長的一個吻，彷彿兩人一整年沒見。

「詹姆斯，我知道當下很難受，但長痛不如短痛。」

我點點頭，其實還沒辦法相信就這樣分手了。

「不過心裡的感情沒有變。」她的唇幾乎靠在我嘴上說話。「我愛你，現在未來都一樣。」

奧莉薇將自己的史丹福校T拉過頭脫掉，俐落地脫了我的衣服。我們連進臥室的時間都省了下來。

愉悅確實沖淡辛酸悲傷，至少暫時轉移了注意力。

這是我第一次嚐到心痛的滋味。痛歸痛，分手過程緩和而不突兀。我們還是會一起吃午餐晚餐，聊天起來像是什麼也沒發生。起初一星期還是上床三次，然後變成兩次、一次，再來只是偶爾見面，最後就這樣各自走散、漂向遠方。我確實覺得自己是在漂流，好像被趕下名爲夢想的船，眼睜睜看著它航向海平線、永不回頭。我終究是在人生道路上摔了一跤，因而變得更加封閉。其實我一直都害羞，小時候是因爲有些口吃，即使克服了語言障礙，卻已經養成自卑感。

和她分手以後，我的心思回到學業與最愛的閱讀上。或許是逃避現實、轉移焦點，一心等待心裡的傷口癒合。

可惜我的另一個體悟就是：時間的治療效果也有極限。我變了，而且再也回不去。或許受到科幻小說啓發，也可能和所謂超人類主義興起有關，再不然就是感受到世界還有太多的惡，總之我的志趣轉了彎，跑到機器人設計上頭。有一部分大概源於人類傷我太重、太出乎意料，反觀機器人只會按照命令做事，身爲設計師的我能夠全盤掌控。機器人不會像奧莉薇那樣在我心中留下陰影，心力投注在機器人身上似乎比較安全。

醫學院讀到第二年，我就著手開發奧斯卡，前前後後花了十年才成功。

這期間不是沒和別人約會，但蹦不出火花。我會下意識拿對象與奧莉薇比較，說穿了就是忘不了她。於是，事情後來的發展令我更加難以承受。

記憶中的我換上西裝站在人群，每隔幾秒才前進一點點。奧莉薇的母親上來擁抱，她父親的眼角找不到淚光，握手之後就輕輕提著我手肘，將我向前推趕，一副公事公辦的態度。

注：聳立於直布羅陀海峽北側的海岬，歐洲文化視為「海格力斯之柱」其一，也象徵已知世界的邊緣。

靈柩上那張照片應該是最近拍的。奧莉薇站在叢林中，手挽著一個人，那人被裁掉了。她的皮膚曬得黝黑，生了些皺紋，但臉上還是當年啤酒派對上那抹微笑，淘氣卻又溫暖。她走得同樣突然——搭乘的班機在孟加拉失事墜毀。我不禁想像若當初兩人結伴同行，結果是否會全然不同。

日後，我總覺得有一部分的自己隨她被埋葬，例如我愛人的能力。好幾年時間裡確實如此，不過那份情感卻在我最料想不到的時刻甦醒，也就是長冬時遇見艾瑪的瞬間。第一眼我就從她眼裡看見同樣的光彩：艾瑪和奧莉薇一樣對生命充滿熱情，說不定更豐沛。兩人有很多地方相像，但艾瑪沒有奧莉薇那麼多心魔。

更大差異出在面對人生歧路的抉擇。奧莉薇走遠，艾瑪卻拉起我的手，不再放開。無論遇上什麼難關，艾瑪總會守著我；奧莉薇則是將我推開，一次又一次，她內心的自己始終獨行，艾瑪則決定與我相知相惜、不離不棄。

感情的道理我已經懂了，同時也察覺一幕幕回憶代表什麼：都是自己過往最痛苦的時刻。所以推敲得出來下一個場景，那是眞正的人生低谷。其實我不想再面對，但播放與否由不得我。

父親的書房擺滿書櫃，房裡氣氛陰沉。我坐在凸窗前面，亞歷在旁邊盯著地板。父親的說話聲斷斷續續。「既然不能開刀……不治了……其他別做……死得有尊嚴……」

我十分錯愕，就和奧莉薇提分手一樣。

亞歷送我出去上車。「你應該有辦法吧？」

「能有什麼辦法？」

「找個還在實驗的新藥之類?」

「他說了不要，你有聽到吧?」

「如果媽還在的話，他可能才願意吧。」

「那你想想辦法呀。」

我確實有辦法，可惜誤算了。這個錯誤改寫了我後半輩子人生。

奧斯卡與我四位最有天分的助理不分晝夜持續研究，與時間賽跑，因爲機會稍縱即逝。

場景跳到醫院，亞歷和艾比站在病房內，父親躺在床上沒醒來，機器偵測他的心跳血壓。奧斯卡留在走廊靜靜旁觀。

「有辦法嗎?」亞歷問。

「我救得了他。」

「怎麼救?」

「你相信我嗎?」

亞歷點頭。「當然。」

接著是實驗室，我興高采烈地帶著亞歷和艾比進去。「這是全新的開始。」

聽見這句話，現在的我不禁眉頭緊蹙，清楚知道接下來發生的慘劇。

「今天我們創造歷史，再也不用擔心要和爸說再見。永遠不必。」

我按下平板按鈕，身後的原型機坐起來。沒時間讓它有更合適的外觀，但能動最重要。

「這是?」亞歷驚問。

艾比的眉心緊蹙，一臉擔憂。

我轉身望著原型機。「感覺如何？」

「很好啊，詹姆斯。我什麼時候出院的？」

「爸，這個我之後再告訴你，現在要先跑一下診斷。」

背後一聲巨響。

我回頭一看，亞歷跌坐在地上。他一直後退，被實驗設備絆倒。艾比猛烈搖頭，神情充滿恐懼。

「你究竟做了什麼啊！」亞歷咆哮。

我攤手。「現在看起來很瘋狂，以後就是常態了。末期重症患者不需要撒手人寰。」

「你把我們的爸爸放進這東西裡？」

「這可以取代身體——」

「這是怪物！」

亞歷拔腿衝出實驗室，艾比跟著追出去。

再來就是FBI搜查實驗室和拘捕我，原型機電源被他們切斷。

奧斯卡從會議室大窗目送我被押走。

我被沒收護照、裝上電子腳鐐之後得到保釋，心裡只有一個念頭，就是趕快和亞歷解釋。可是他不接電話也不肯見面。

於是我的生命裡只剩下另一個人，我下定決心要保護他。我透過小型法律事務所註冊公司，買下舊金山北邊佩塔盧馬郊外的廢棄牧場。裡頭的小農舍距離最近的道路還有一段很遠的距離，往內的車道也早就被雜草覆蓋。我安排好用銀行存款繼續支付所有費用，反正不會漲太多才對。

奧斯卡與我連夜收拾，東西全部裝進貨車，開到農舍，進去以後我先到廚房，然後領著他走下嘎嘎作響的階梯，到了地窖。

「充電器帶著吧？」

「有的，先生。」

「水電費什麼的會自動繳款，所以不必擔心停電。萬一真的出狀況，你就完全休眠吧。」

「明白了，先生。」

「無論如何都不可以放送訊號或離開地窖。什麼原因都不行。」

「好的。之後怎麼辦呢，先生？」

「我也不知道，沒有類似判例。要是無罪的話，我會過來接你，要是被求刑……我不知道會多重，也許幾個月、也許好幾年，反正出獄了也會來接你，我保證。不管要多久，你留在這裡等我。」

「無論一分鐘、一個月還是一百萬年，我都會等下去。時間對我是沒有意義的，先生。」

「這點挺叫人羨慕啊，奧斯卡。」

再來畫面轉到法庭，我站著望向法官，他開口說：「無期徒刑，不得假釋。」這句話像惡魔撕裂我的靈魂，我呆在原地不知如何是好。

活人不像奧斯卡活在永恆中。進入艾吉費爾德監獄之後，時光將我一層層剝開，每年都失去一部分自己。

我在洗衣間折床單、看新聞。看著畫面，我心想接下來應該是長冬。然後新聞是巴塞隆納、雅典、羅馬因為政府財政吃緊造成人民暴動，內戰一觸即發。

又過了不知多少年，我的兩鬢斑白、開始有皺紋，看得出年紀。

接著鏡子裡的倒影比我認識的自己蒼老許多，窗外那片草地嗅不到一丁點長冬的氣息。

我這才驚覺：從頭到尾，這些記憶屬於另一個人。

52 詹姆斯

虛擬實境內時光快速流轉，視角也起了變化。直到方才都像看電影，以旁觀者身分重溫過去種種。接下來我卻成了主角，親身體驗似我又非我的另一個我，曾經度過的人生。

那個我依舊待在艾吉費爾德監獄，若有閒暇就上網搜尋亞歷、艾比、傑克和莎菈一家人的消息。能找到的不多，我像迷途在沙漠中的人，對他們求知若渴。

臉上皺紋越來越深，髮際線也倒退了。

世界政治分崩離析，除了美國、英國、德國與中國，其餘主要國家全部倒債，全球經濟從高原期開始緩緩下降，可見的未來沒有解方——問題根源不在經濟，而是人。機器取代勞力，車輛能夠自動駕駛，連住家也有自動清潔系統。屋頂太陽能板供應各種電力需求，生活非常舒適。然而正因爲沒有不滿，於是沒人試著進步。

非洲中部喀麥隆一個小鎮裡有兩百人罹患了怪病。

疫情初期，專家認爲是伊波拉病毒，後來根據發源小鎮取名爲「米隆熱」。媒體報導一天就拋諸腦後，但一週後，各國都出現了米隆熱病例，感染總數高達三十億，最終死了四億人。

社會從此開始崩潰。

考慮到第二波疫情爆發的可能，多數人不願出門，於是VR（注）成爲地球人歷史上最龐大產業。硬體需求暴增，內容服務也炙手可熱，技術允許使用者製作與廣播自己的情境劇與運動賽事之後更加瘋狂。

VR造成的文明轉型比以往各種技術突破更全面。它成了毒品、病毒，威脅性超越米隆熱。換個角度看，監獄是世界上最安全的地方。這裡沒人感染米隆熱，獄友也沒機會接觸VR遊戲、表演與互動式戲劇。我反倒從警衛身上看見成癮跡象，重度沉迷者很容易辨識，他們兩眼充血、體重下降、情緒暴躁。現實人生太無聊，上班如此煎熬，他們只想趕快回家，躲進虛擬世界裡。

以前的反毒宣導喜歡秀兩張照片，一張是當事人健康時的風采，另一張是積重難返甚至臨終前的醜態。上癮的人都憔悴得很快。

全球生產力暴跌，失業率飆升。本來在監獄看電視時，只覺得外面世界逐漸老化，現在卻親眼見證人類社會由內而外萎謝腐爛。再也沒有人照顧城市和街道，因爲無需這些努力，也能逃到自己夢想中的世界。

某個星期二，美國東岸標準時間忽然執行虛擬禁止令，關閉所有路由器。而且全球一致，各國政府私下達成協議就開始行動。

結果卻引來數十億人暴動，地球上從大城到小村無一倖免。即便政府想靠軍隊與警察維持秩序，軍警自身也高達九成已經上癮，衝突中又死了幾百萬人。

短短六小時後，虛擬世界重啓。

從此再也沒被關掉了。我想會持續到末日。相比之下，當年大家居然認爲我發明的東西會威脅人類的存續。

頭腦簡單、四肢發達的獄卒馬塞爾晃進洗衣間。「欸，辛克雷，你有訪客。」

我拿著被單愣住好幾秒。亞歷？這是第一個念頭。他原諒我了嗎？我終於可以好好跟他道歉。

「是誰？」我又期待又怕受傷害。

「我又不是你的私人管家。奧法瑞茲叫我跟你說而已。」

監獄環境單調無聊，拌嘴其實是爲了排解枯燥無聊的消遣。

「謝囉。」我跑進走廊。

佩德羅．奧法瑞茲坐在報到處櫃檯的大玻璃後頭。

「博士，」他拿起平板幫我登記。「總算有人來看你了呢。」

我朝玻璃對面梭巡，想找到亞歷的身影。「是晚了點，沒讓我等到死就好。」

「說得很對。」

「有管好小孩別碰ＶＲ嗎？」我向他閒話家常。

「我老婆會罵，他們怕媽媽。」奧法瑞茲朝掃描儀揮揮手。「去吧。」

注：Virtual Reality，即虛擬實境。

開門好像慢動作，我心裡一直嘀咕怎麼不快點。門只開了條縫，我就衝了過去。會客室裡有四十幾個人，三三兩兩圍著小咖啡桌，坐在廉價塑膠椅上。最裡面有一排販賣機，但卡著一條黃線不讓囚犯跨過。訪客可以過去掃描證件購買點心，那是這地方僅有的美食。

我等了半天，亞歷還沒出現。

於是我回頭到櫃檯，隔著玻璃窗問：「呃，隊長，請問找我的訪客是誰？」

奧法瑞茲瞥了平板。「勞倫斯．佛勒博士。第三桌。」

很耳熟的名字。律師嗎？難道司法機關想叫我本人出演虛擬戲劇？只有這種理由能調整我的刑期。幾年前，有製作團隊將點子動到了監獄，但試映反應不怎麼樣。

見我走近，佛勒起身伸手。「辛克雷博士，我是羅倫斯．佛勒，抱歉麻煩你來這一趟。」

從他身上嗅不到律師或虛擬娛樂業的氣味，一身西裝雖舊但保養得很好，感覺像是公家機關，或者科學家。也許兩者皆是。

我呆了快一分鐘，很不習慣這種正常對話。「叫我詹姆斯就好，我，呃……很久沒碰科學或醫學，頭銜就不必了。」

「嗯，我懂那種感受。」

兩人坐下，又過了片刻。看得出來佛勒還在整理思緒，而且侷促不安，大概很少進來監獄這種地方。

他看到隔壁桌獄友拿著巧克力棒，吃得飄飄欲仙。「你要喝點什麼嗎？還是吃什麼？」

我有點訝異，揮揮手笑著說：「不必客氣。佛勒博士找我什麼事？」

「叫我羅倫斯就好。」

「好。」

「詹姆斯，你想不想離開這兒？」

「嗯……可以的話當然好。但我不免好奇：如何離開，為何離開，何時離開？」

他微笑。「沒辦法一次解釋清楚，就先回答最後一題。」佛勒探身過來。「現在就走。」

這倒是出乎意料之外。倘若佛勒有連續殺人犯特徵，我大概會藉故逃走。可是就目前種種跡象判斷，他恐怕代表了某團體，要找我接受奇怪、見不得光的醫療實驗，事後或許會毀屍滅跡。說不定要測試米隆熱疫苗？

不過我仔細打量佛勒面容，心裡卻沒什麼疑慮。原因自己也不明白，但才剛認識就立刻對他有信賴感。

「這麼巧，我覺得現在出獄剛剛好。」

我到出獄準備室，換回了外界便服，起初還不太適應，總覺得自己太引人注意，好像身上掛著霓虹燈一樣。

接著是出獄登記處，佛勒靠過去讓平板掃描瞳孔，機器嗶了一聲，我們背後的暗門便滑開。大廳對面就是自由世界。

「都好了。」警衛嘀咕完，低頭繼續盯著自己的手腕顯示器。

「走吧。」佛勒吩咐，然後快步向外走。看來不是只有我急著離開。

我們上了自動車後座，車子緩緩駛出停車場。

將近二十年後，我總算走出監獄，氣氛有點超自然、如夢似幻。我心裡有很多問題，但似乎不必急於一時。我像初次出國的小孩一直注視窗外，道路坑坑巴巴的，車程顛簸得好像鄉下泥巴路，而且每一百碼左右都能看見廢棄車輛。

金色田野上，無人機來回梭巡如蜂鳥，中央的大型建築物像是一幢兩層樓大宅子。機器緩緩移動收割，生產力媲美千人。農舍位於丘陵，屋頂已經塌陷，外漆剝落後露出腐爛木板。一會兒之後再看見的幾棟房子，都是同樣的德性。

「大家都搬去都會區了？」

「可以這樣說。」佛勒的語氣帶著疲憊。

「不是我不感恩，但還是覺得奇怪，你特地帶我出獄是什麼動機？」

「工作。」

這二十年裡我只做一件事，就是洗床單，但想必毫無關聯。

「特別適合你的工作。」佛勒似乎察覺我的心思，立刻補上這句話。

「所以是什麼制度，類似勞務豁免嗎？我做一段時間之後，就可以假釋之類？」

「姑且這麼說吧，如果你接下這個工作，就根本別擔心假釋那種事。」

車子停在艾吉費爾德機場，我們上了飛船，船身有「戍衛航太」的標誌。

升空之後，我繼續眺望窗外，底下一塊塊金色農田、翠綠森林，還有暗藍色池塘與湖泊，每個色塊之間斷碎的馬路像棉被上的縫線，交會處偶爾可見小村鎮廢墟，房屋或傾倒或崩塌，路上有許多野狗流竄。

鬼鎮彷彿大地的瘡疤，人類侵蝕這星球榨乾資源，留下諸多髒污，不清乾淨就拍拍屁股走了。

地平線上高塔矗立，旁邊還有發射站。「這是甘迺迪太空中心吧？」

「以前是。」佛勒靜靜望向地面那片雜亂建築群。

「現在呢？迪士尼樂園？」

「遊樂園那種東西已經被VR取代。」佛勒停頓幾秒。「目前這裡是私人土地，地主為戍衛航太。」

「開玩笑的吧？」

「我也希望是個玩笑。」佛勒感慨。

不過我因此想起自己在哪兒聽過他的姓名。「你之前是NASA的人，而且還是……」

「署長。都過去了。」

「現在身分是？」

他嘆口氣，想擠出笑容卻不得其法。「目前在私人企業工作。」

「戍衛航太。」

「沒錯。」他盯著飛船下方的發射臺，表情更加沉鬱。

進入主建物後，佛勒領我走進會議室，裡面已有六人等待，年齡與我相仿。我掃視一陣，試圖從蛛絲馬跡判斷自己為何被帶來，但只知道這裡沒有VR成癮者。

「各位先生女士，這位就是機器人專家詹姆斯．辛克雷。」

最靠近我的人率先自我介紹。「我是桂葛里．索可洛夫，航太和電機工程師。」

他旁邊的亞洲人輕輕點頭。「我叫閔肇，專長是駕駛與導航，太空艙外活動經驗不少，也會船隻修理。」

閔肇隔壁的女性露出微笑。「我是醫師，田中泉美。」

「我是夏綠蒂．路易斯。」接著開口的女子有澳洲口音。「考古學家，尤其喜歡語言學。」

夏綠蒂身旁年紀較長的男性說：「很高興又見面啦，詹姆斯。不曉得你對我有沒有印象，我是哈利．安德魯斯，逃出老人院之後就跑來幫忙做無人機、亂搞船隻系統。」

船隻系統？我還來不及開口問，最後一人已經報上姓名。

「我是艾瑪．梅休斯，曾經派駐國際太空站六次，專長是太空活動。」

佛勒望向她，臉上有一股驕傲。「艾瑪太謙虛了。她不僅是這次任務指揮官，還擔任殖民地總規畫。」

53 詹姆斯

「殖民地……」我重複這三個字，試圖理解聽見的一切。「是什麼月球殖民地之類？」

團隊眾人笑了起來，桂葛里還翻了翻眼珠。

「計畫規模大過月球非常多。」佛勒關起房門。

「而且，」艾瑪接口。「現在好多月球主題的VR節目，生存秀、運動比賽甚至是偵探遊戲都有。現實世界的殖民地也一樣過氣了吧。」

「所以目標是？」

「目標，」佛勒轉頭望向我。「是在這個太陽系之外的地方建立殖民地。」

有一瞬間我無言以對。不過這就解釋了爲什麼不必擔心假釋。

佛勒點了點平板電腦，會議室螢幕上浮現出宇宙影像。遠方一顆橘紅色恆星逐漸放大，我想應該有探測器鏡頭正在接近。

三顆行星在周圍軌道，本身都沒什麼旋轉，同一面迎向光線。

鏡頭聚焦在其一，風景非常古怪：一面冰雪覆蓋、另一面則是遼闊沙漠，兩者被一條綠色隔開。好詭異的畫面。

「恆星是紅矮星。」佛勒解釋。「克卜勒四十二。」

「你們發送探測器過去？」我問。

桂葛里低著頭按摩太陽穴，好像剛聽見史上最蠢的問題。

「不是。」佛勒慢條斯理說。「克卜勒四十二距離地球有一百三十一光年之遠。」

「影片只是模擬。」哈利接著說。「根據望遠鏡資料做出來的。不做假影片出來很難取信董事會，只靠數字和靜態畫面太單調了。」

佛勒指著螢幕。「計畫簡而言之，就是在克卜勒四十二星系的二號行星建立殖民地。我們將二號行星命名為曙神星（注），那裡的極端氣候和紅矮星也是很好的研究對象。」

「眞不可思議。」我低聲說。

「想必你心裡冒出數以萬計的問題。」佛勒說。

「是幾百萬幾千萬吧。」我說完自己釐清了一下先後順序。「怎麼過去？何時出發？我能做什麼？」

艾瑪從佛勒手中接過平板，過了一秒，畫面切換到兩艘停靠在國際太空站的大型船艦，旁邊飄浮六條小船，讓人以為是航母底下靠著小艇。「曙神星任務前後加起來已經進行將近三十年，資金來源是各國政府、頂尖企業，還有一部分是不希望後裔在地球長大的富豪家族。他們想給後代子孫沒有VR和其他問題的新世界，一個更純淨美好的生活。螢幕上就是計畫最直接具體的成果：兩艘殖民艦，分別名為孛勒號、麥塔維史號。」

我試著回想，但實在想不起來有什麼科學家或政治人物是這兩個姓氏。

佛勒湊過來。「就是戍衛航太董事會的會長與副會長。」

「當然。」我咕噥。

「更令人驚嘆的，」艾瑪繼續說。「其實是大家看不見的幕後工作，尤其是泉美團隊的技術突破、哈利設計的無人機，還有桂葛里的推進器科技。我們詳細探究過如何增加任務成功機率。」

螢幕畫面切換為十數顆恆星，再來是五顏六色彩虹般的許多行星。「曙神星是殖民目標第一順位，不過我們還找到了十多個備選。孛勒號與麥塔維史號預計約五年後可以出發，會同時啓航，但採不同路徑前往曙神星，雖然因此要做的準備更多，但能夠提高成功率。根據計畫，兩條船的抵達時間不會相差太多，然而也有可能根本不會在曙神星停留。」

我聽了有點詫異。

「這部分交給哈利解釋。」艾瑪說完，自螢幕前方退開。

「早就想給你看看玩具反斗城了。」哈利自她手裡接過平板。

「玩具反斗城？」

「就是無人機實驗室，已經有斥候機、維修機、大機機小機機和母機——」

「哈利……」艾瑪輕聲提醒。

注：原文Aurora，語源為拉丁文的「黎明」。

他聳聳肩。「抱歉抱歉，我常常唧唧喳喳說個不停……」

艾瑪嘆口氣，桂葛里也跟著搖頭用俄文咕噥兩句。

確實是冷笑話，家裡老爹才會講的那種，不過氣氛因此輕快了些。我對哈利還挺有好感的。

「這些無人機的主要用途是？」

哈利操作平板，螢幕顯示一段模擬動畫，無人機在太空射出小型物體。

「大概二十年前，我們發射第一架斥候機，目的很簡單，就是按照太空船前往克卜勒四十二的路線走一回，計算航程能得到的太陽能輸出、路徑上能取得的漂流物質有多少。當然也順便確認會不會遇上其他麻煩，像是博格人、物種八四七二號或者賽隆人之類——」

「哈利……」艾瑪又提醒他。

我忍著笑問：「怎麼取得數據？訊號發得到那麼遠？」

「確實太遠了點兒。」哈利回答。「誰知道會不會遇上隱形的克林貢戰鬥機（注1）——」

他說到一半察覺被艾瑪瞪著，趕快攤手改口。「總之我們也擔心資料被第三方攔截，所以剛才斥候機發射的東西叫作『數據磚』，等艦隊正式出發就能回收，有點像是沿途撿麵包屑，而且裡面還藏了紙條。從取得的檔案可以預測路況，尤其方便估算太陽能與特定物質的分量，對推進器運作很重要。」

「對。」桂葛里開口。「艦隊採用核融合反應爐，加上太陽能備用。」

我以為他會多解釋幾句，但話就停在這裡，似乎認為說再多都是浪費時間。想想也對。

「燃料其實是機械方面最容易處理的問題。」艾瑪接著說。「航程非常漫長，長度還無法確實掌控。我們能預見的問題之一是船隻維修，甚至必須大幅翻新。」她與我的眼神交會。「這就是需要你參與的部分了，詹姆斯。」

「我？太空船維修？」

「不算是。切入你的工作前，我想應該先由泉美來說明這趟航程最關鍵的成立前提。」

泉美接了平板電腦，她叫出的畫面上，有一個人躺在塑膠製成的睡袋中。袋子內部似乎全無空氣，彷彿把人類做成真空包。

「米隆熱病大流行期間，一間名為拉撒路(注2)生技的公司，曾經開發出暫時性治療藥物。」

這可奇了，完全沒聽過。泉美看出我眼神中的困惑。「剛剛特別強調是暫時性藥物。拉撒路開發的產品名為『特羅里卡』，通過食藥署核准用於治療癌症。它的機制是一種逆轉錄病毒，能從根本上減緩病人的新陳代謝，藉此延遲染色體端粒縮短等等現象，對癌症而言，等於將癌細胞成長進度凍結住。雖然藥物價格極高，還是有很多富豪名人私下大量服用，以求抗老逆齡。有效是有效，卻也有些副作用，最主要是認知功能變差。滿多好萊塢明星不拍戲時服用高劑量，開始拍戲就暫停，通常停藥幾天，腦袋就清楚了。」

我搖搖頭。「有點瘋狂。」

「好萊塢嘛。」哈利插嘴。「為了成為不老僵屍，多少錢都肯給。」

注1：博格人、八四七二、克林貢人出自《星艦迷航記》，賽隆人出自《星際大爭霸》。

注2：聖經故事中經由耶穌得以死而復活的人。

「問題出在，」泉美繼續說。「用了特羅里卡這種藥的人，如果感染米隆熱又會如何？你應該知道，米隆熱是病毒引起的出血性熱病，感染後症狀類似伊波拉，傳染力卻媲美歷史上傳播最快的流感。除此之外，無症狀期特別長，但無症狀病人還是具有傳染性。一般人感染後八到十二天會發作，服用特羅里卡的病人卻能長達兩個月才出現症狀。」

「難怪我完全沒聽過。」

「對。」泉美回答。「米隆熱的全球疫情原本只維持三週，正是因為服用特羅里卡的人發作了，大家才以為出現第二波，社會陷入恐慌。政府對這些人和他們的家人進行隔離檢疫，調查詳細經過。通常而言，米隆熱病人在症狀開始後九十六小時內會死亡，然而服用過特羅里卡的病人即便沒繼續服藥，也要熬好幾週。眼睜睜看著家人朋友因為藥物副作用歷經漫長煎熬才解脫，那些有錢有權的人什麼辦法也沒有。

「他們提起訴訟，但事情沒鬧上法院。基於死者承受的苦痛過大，賠償難以估算，拉撒路直接採取自願清算，將所有智財權拿去拍賣，並支付給受害者。但你可以想像得到，特羅里卡並未受到買家青睞。可是戍衛航太看中這個藥物的潛力，近乎不花分文就將其買下。」

泉美深呼吸之後，望向螢幕上那個裹著塑膠睡袋的人。「後來我研究這藥物將近十三年，目前推測幾年之內就能做完測試。」

「什麼東西的測試？」

「完全休眠。現在有兩百人已進入肉體機能徹底停止的狀態，經過十六個月了還沒出現副作用。其實研究團隊很有信心，但還是要確保萬無一失。」

「休眠，」艾瑪說。「是殖民計畫的關鍵程序。參與者在地球就進入休眠，等曙神星殖民地建立好才甦醒。但前面提到過，航程中維護船艦就成了問題所在。」

她從泉美手裡拿回平板，畫面再次切換到殖民艦隊，鏡頭聚焦在六艘小船上。「這些支援部隊統一稱作『輔艇』，本質上就是活動工廠，能列印艦隊內所有船隻的元件並進行維修。如果所需材料無法直接在航線上取得，它們還具備小行星採礦機能。只要有足夠的時間與原料，三架輔艇能夠複製所有船艦。無法透過列印生產的元件，也會由輔艇儲藏備料，相對地，輔艇不會運送人員或休眠裝置。這就是需要你幫忙的地方了，詹姆斯。」

我點點頭。「是希望輔艇全自動化吧。」

「沒錯。」

我研究了一下螢幕上的船隻，覺得應該小心回應。

「唔，對我來說衝擊很大，這是個劃時代的創舉，要我加入，我當然會說好。我已經好一段時間沒有這種機會……應該說，根本沒有任何機會可言。只不過我認爲必須先表明立場，過去二十年裡，我過著非常……低科技水準的生活。說我與機器人、人工智慧領域脫節亦不爲過。我不確定我跟得上這個年代的科技。」

「你可能會大失所望。」艾瑪回答。「自從米隆熱疫情和ＶＲ市場大爆炸以來，人工智慧與機器人技術領域就停滯不前。一方面是大眾失去興趣，但更主要是各國政府都立法限制人工智慧與機器人使用，認爲能藉此提高就業率、提振消費支出。嗯，是指ＶＲ軟體以外的支出。」

她停頓下來，朝我露出夾帶同情的微笑。「而且，說實在的，看見跨過界線會是什麼下場，也就沒什麼人願意投入，免得後半輩子都關在監獄裡。」

會議室一時陷入死寂，所有人都別開眼睛不看我。

頓時，我覺得自己像是第一天上學的孩子，以爲自己的糗事沒人知道，卻沒料到早就流傳開來。

但其實我又挺高興這件事直接拿到檯面上，往後無需遮遮掩掩，面前就是個被法院定罪過的重刑犯，誰有意見可以直接說。

最後還是靠哈利搞笑化解尷尬氛圍。「哎呀，離開二十年再回來看，卻發現大家更蠢更古板，你就知道絕對是這個世界有毛病。」

桌邊眾人咯咯笑了起來。

佛勒清清嗓子。「詹姆斯，我想還是先解釋清楚工作條件吧。」

我點點頭，他便繼續說下去。「現在船艦也已經完成自動化，還準備了維修無人機，可以進行基礎的維護工作，可是距離目標狀態差得太遠。艦隊需要的其實是一支具有思考及適應能力的工作團隊，成員不僅能面對航程中任何意外並高速反應，還要忍受以千年爲單位的孤寂而沒有怨言。」

「意思就是想由仿生人操作輔艇。」

「對。」佛勒回答。「殖民艦也需要得到照顧。任務團隊成員可以定期甦醒做檢查，但剛才說了，航程是以千年爲單位，再怎麼頻繁甦醒，也無法達到航行時間的百分之一。」他稍微朝哈利瞥了一眼。「更何況參與者裡很多人已經不年輕了。」

我起身走向螢幕，更仔細打量殖民艦，心裡的震撼尚未平息。或許奧莉薇說得沒錯，儘管人生乖舛曲折，命運終將我帶到此處，進入史上最偉大的計畫。人類文明走向黃昏，唯一救贖就在眼前——前往新世界的夢想，會透過我而成真。

若我跟著奧莉薇，又是怎樣的生命歷程？

能挖掘出自己真正的熱情嗎？

我察覺艾瑪正淺笑地盯著我。「怎麼樣，要算你一份嗎？」

「當然。」

她的笑意更盛。

「不過，有個請求。」

艾瑪漸漸斂起笑意，雙手搭在腰間。「請說。」

我攤手表示自己明白立場。「並不是要求或條件之類的。就算你們不答應，我還是會加入。」

「嗯哼。」

「我只剩下一個親人，亞歷・辛克雷。他結了婚，有兩個小孩。或許他們過得不算差，但……這世界還剩下多少時間？如果可能……當然不行的話我可以理解……總之我希望保留船位，讓他們也有機會去曙神星重新開始。」

佛勒以眼神示意要艾瑪決定。

「好。」

「謝謝。」

「但還是要經過標準篩選程序。」

「我明白。」

「如果他們通過測驗，也有參與意願，就會保留位置。」

佛勒轉動椅子望向我。「我不想催促，加上要你一下子回答眞的是強人所難，但……」他朝艾瑪和泉美點點頭。「任務條件一項一項到齊，董事會必然想知道仿生人原型機多久能開發完成、生產又要花多少時間。」他也攤攤手。「你可以當作自己有無限的預算與資源，以此爲前提……你認爲多久能爲董事會展示原型機呢？」

「巧的是，我還眞能明確地回答你。」

佛勒點頭。「那就太好了。」

「明天我就帶原型機過來接受測試考核，後天就能進行量產。」

哈利仰頭大笑。「就跟你們說了，找他準沒錯！」

54 詹姆斯

佩塔盧馬市郊那片農地與當年一模一樣，只是更雜亂了些。進屋以後，我找到廚房，地窖門開啓時發出吱吱聲音，木頭階梯被我的體重一壓也嘎嘎作響。

我在地下叫著：「奧斯卡？聽得見嗎？」

沒反應。該不會被人查到了？

「沒事的，是我，詹姆斯。聽見的話就出來吧，我們該走了。」

角落一陣窸窸窣窣，轉身看見他還平安，我鬆了口氣。奧斯卡依舊皮膚光滑、一頭褐髮，衣著風格與我相同，長相卻年輕四十歲，像個剛進大學的年輕人。

「先生。」他輕聲說。「我不知道自己該做什麼好，您說留在這兒等到您回來。」

「你做得很好。」

「沒想到您會被判無期徒刑，也不確定該不該試著救您，擔心過程中會有人受害——」

「奧斯卡，沒事了，你做得很對。」

「先生，您獲得釋放了嗎？」

「算是吧，然後我要帶你去見一些人。」

董事會會議室擺了一張巨大的木桌，桌邊坐著十三人，來自各個種族，男女比例均等。

奧斯卡坐在最外側，佛勒與我一左一右，守在他身後幾呎外。

桌子主位的男子模樣七十多歲，大骨架大肚腩，平頭白髮酒糟鼻，對著奧斯卡緊蹙眉頭，一開口語氣就顯得不耐煩又充滿挑釁。

「年輕人，你叫什麼名字？」

「先生，我叫奧斯卡。」

「你是什麼？」

「仿生人。」

「奧斯卡，你想要什麼？」

奧斯卡緩緩轉頭望向我，無言求助。

「年輕人，我不是在問他，是在問你。回話的時候看著我。」

奧斯卡立刻將頭轉回去，但沒有回答。

我湊上前悄悄說：「如果你不懂，就直接這麼說。」

「先生，我不明白你的問題。」

「不就是個很簡單的問題嗎？你有什麼目的？」

「抱歉，先生，但是我不——」

男子一拳捶打桌面，張大嘴巴又要繼續，所幸這時隔壁一位身材嬌小的女性伸手阻攔。「雷蒙，讓我來如何？」

「請便，林女士。」

她是亞裔，一頭銀髮在腦後盤起。「奧斯卡，你有沒有……行爲規則？無論如何不可以違反的規定？」

「有的，女士。」

「內容是什麼呢？」

「報告女士，我有三項根本原則。首先，我不惜代價維護人類生命。再者，若情境條件針對第一條原則出現定義模糊，多數人需求優先於少數或個體。第三，若第一第二項原則出現遭遇定義模糊，優先保護年幼者。」

「意思是，」雷蒙冷笑。「如果我和一個二十歲的VR毒蟲窩囊廢同時有危險，你會救他？」

「是的，先生。」

雷蒙緩緩搖頭。

林女士趕快出聲，不讓雷蒙繼續。「奧斯卡，你保持運作有什麼條件？」

「報告女士，有兩點。最重要的是電力，電力充足時則要確保環境不具腐蝕性，或其他損害身體的因素。」

「他的身體有什麼——」雷蒙嘀咕。

「奧斯卡，」林女士再打斷。「除了三項根本原則，你依據程式還會做什麼？」

「協助詹姆斯的研究工作。」

「所以你服從詹姆斯每個命令嗎？」

「是的，只要不違反三項根本原則。」

「好極了。」雷蒙像是對著空氣說。「機器人大軍只聽命於坐過牢的瘋狂科學家，非常有保障。」

「請容我發言。」佛勒開口，林女士望過來。「辛克雷博士已經同意修改奧斯卡以及後續生產的仿生人核心程式碼，核心原則與任務指令都能完整移交到董事會手中。」

雷蒙撇過臉，一副已經沒興趣的表情。

林女士一臉沉思。「奧斯卡，你能演化嗎？」

「報告女士，不行。」

「爲什麼不行？」

「我不具生殖能力。」

「我的意思是，你能改變嗎？例如改善自己的程式碼？設計新功能等等？」

「報告女士，可以。我能學習新技能，內化大量資料。」

「你的改變幅度有極限嗎？」

「我無法設計出違反根本原則，或者降低當下任務執行能力的程式。」

雷蒙開始找其他董事會成員搭話。「機器律師靠話術鑽漏洞嘛，天知道這些高級鐵罐願不願意帶我們去曙神星。就算願意好了，我敢打賭它們遲早會覺得當人類保姆很無聊，最後扔下我們自己飛走。說不定還順手將我們關起來也不一定。你會不會把我們關起來呀，奧斯卡？」

「報告先生，會。」

會議室內半數人低呼。

我下意識上前，在奧斯卡耳邊吩咐：「解釋你爲什麼會那樣做。」

「根據第一項根本原則，若人類有危險，必須將人類安置在牢籠中才能拯救，我就會這樣做。」

「老天，我眞是聽夠了。」雷蒙說。「希望你們沒別的問題了。」

幾分鐘過後，我們站在會議室外，房門緊閉。佛勒與我來回踱步，一直想偷聽董事會討論些什麼。奧斯卡面無表情，我覺得自己像個爸爸，眼睜睜看自己孩子接受不公正審判，等待判決出爐，心裡十分煎熬。

門打開，林女士走了出來。「七比六，兩位，你們的計畫得到批准。」

●

戍衛航太中心提供的住處與我碩博班那時租的房子差不多，環境舒適，但談不上奢華。不過若和監獄相比，這間單人小宅已經堪稱宮殿。

一整週下來，我與哈利、奧斯卡合作擴大無人機實驗室，並加入仿生人設計與製造生產線。哈利取下之前隨手做的無人機反斗城旗幟，換上的新商標是「九之七設計工坊」（注）。

另一邊的實驗室裡，桂葛里日夜趕工，爲無人機開發新引擎，同時也積極提升太空船的運轉效率。他牆上掛著一幅小相框，相片內的女子比他年輕了不少。

「女兒嗎?」有一天我問哈利那是誰。

「他老婆莉娜。」

「難道——」

「米隆熱疫情期間死了。原本也是核心成員，兩個人要一起去曙神星，後來桂葛里就變了個人。」

得知這番往事，讓我多瞭解桂葛里一些。所有團隊成員中，他明顯最想保持距離，原來是不希望再和他人有情感連結。我懂那種感覺，曾經計畫好與某人過一輩子，夢想卻一瞬間粉碎。就像奧莉薇之於我。但桂葛里沒有退出計畫，由此也能推敲出他是重情義的人，不會隨便丟下夥伴朋友。

而目前我不禁懷疑起，自己是團隊中最弱的一環。

在我坐牢期間，世界有了些變化。當年機器人零件很容易取得，美國與亞洲有許多電子零件製造商大量供應，只要提出規格、二十四小時內下訂單，工廠隔天就開始生產。現在不同了，沒人做這塊市場，最多就是給現有的東西做維護替換。原本我還希望下單給不同廠商，別讓外人看出計畫內容，實際上根本不可能，因爲製作、組裝全部都得自己來。雖然辦得到，但很花時間。

好消息是每完成一臺仿生人，產線勞動力就加一。過不了多久，生產力指數就直線上升。

某一天我在自家公寓休息，躺在沙發上看平板時，忽然有人敲門。應門時以爲是奧斯卡或哈利，最近開發的項目是改造VR控制板用於仿生人。

然而門外的人不是他們，而是艾瑪。我完全沒料到她會在晚上七點鐘在我家門口出現。

「嗨。」她開口，模樣有點疲累。

「嗨。」

她東張西望。「我能——」

「要進來嗎？」我趕快開門。「當然、當然，抱歉，我還不太習慣……住的地方有客人來。」

說完我回頭瞟一眼，確保客廳能見人。

我轉身迅速收掉咖啡桌上三個餐盒。今天的早餐、昨天的晚餐，還有一個連我自己都想不起來，不知道她會不會聞到味道。

「請坐。」

艾瑪坐在沙發上，我從窗邊方形小餐桌拉了椅子過來。

「要喝點什麼嗎？」

「不了，謝謝。」她深呼吸，似乎鼓起勇氣。「針對你提出的要求，我這邊有了新進展。」

「妳是說亞歷一家人？」

「嗯。好消息是，亞歷和艾比都願意加入，而且挺積極的。」

注：「九之七」為《星艦迷航記》人物，故事中第一批遭博格人同化為半機器的地球人（後來回復人性）。

「太好了……但意思是壞消息出在傑克與莎菈身上？」

「很遺憾，詹姆斯，傑克在米隆熱疫情中過世了。」

我起身走向廚房，感覺肚子像是被重重揍了一拳。不止一個層面的壞消息：亞歷不肯通知我，代表他心裡的怨懟還很深，否則即便是無期徒刑，我應該也能請假參加葬禮。

「那莎菈呢？」其實我很不想知道。

「活著。」艾瑪趕快解釋，轉頭望向我。「但是不願意加入殖民計畫。」

「亞歷和艾比居然能留她在地球？」

「我認爲……夫妻倆已經放棄這個女兒了。莎菈是VR成癮者，程度非常嚴重，要爸媽每星期送吃的過去才行。順應兩人要求，戍衛這邊也答應設置一筆基金，供應莎菈日後所需。」

「她連工作都不行？」

「不行，無法穩定，最常做的是賣血，收入不多，但抽血期間能免費使用大型VR檔案庫，再不然就是當藥物測試員。」

我靠著流理檯，閉上眼睛，希望這一切不是眞的。自己什麼忙也沒幫上。

「或許之後我們再談談如何處理莎菈。」

「什麼意思？她不願意的話，能怎麼辦？」

「有辦法帶她走。」

「我不懂。」

「這是泉美的點子。目前休眠技術有三個臨床測試，我們找莎菈來當實驗者，休眠之後直接帶走，等她醒過來，人就在曙神星了。泉美那邊會記錄爲意外事故，並開立死亡證明，所以沒有法律問題，她說也不至於對實際的測試進度有影響。」

我打量艾瑪的神情，想確定這到底是個很糟糕的玩笑，還是她們認眞打算這麼做。

「這一共犯了多少條法律？」

「但能救她的命。我見過她那種程度的成癮者，最多就剩幾年壽命了。」

「妳親自過去了？」

艾瑪點頭。「也拜訪了亞歷和艾比。」

她肯花這個時間，還眞叫我訝異。還有泉美竟也願意爲我的親人遊走法律邊緣，明明才剛認識我卻鋌而走險，一個不小心就會輪到她們進監牢。我好久沒有這樣的歸屬感，從這一刻起，她們不僅僅只是工作夥伴了。我始終認爲當初的審判不公，但也從判決中理解自己錯估了人性，所以很明白現在該怎麼做才正確。

「決定權不在我。」

艾瑪蹙眉不解。

「得亞歷和艾比同意才行。畢竟是他們的女兒。」

⬤

九之七設計工坊起初只有哈利、奧斯卡和我，所以進度緩慢，但忽然就跨過門檻、速度飆升。現在每週可以產出四臺仿生人，無人機像機器倉鼠一樣大量繁殖。

有一天午餐過後，艾瑪來到了實驗室。

「這位小姐要來一盤亮晶晶無人機嗎？」哈利問。

「我吃飽囉。」艾瑪笑著回答。「有點事情來找詹姆斯。」

哈利眉毛一挑，裝模作樣對奧斯卡說：「老奧，我們給年輕人一點空間吧。」

「少胡說八道。」我朝他們背影叫著，但艾瑪還是有點臉紅。

怎麼覺得自己像個中學生。「都還好嗎？」

「嗯，是來跟你說，之前提到關於莎菈的處置問題，已經辦妥了。」

「太好了，謝謝。沒碰上什麼麻煩吧？」

「都在掌握中。」

●

下班後，我走到艾瑪住處門口，站在外頭猶豫不決。

該回自己家去，明明道謝過了，人家下班也累了才對。

何況她不一定在家吧？總之不是好主意。

結果大門忽然打開，艾瑪低著頭走進門廊，發現我站在外頭，嚇得幾乎跳起來。

「詹姆斯——」她一手按著胸口。「我沒看見你。」

「是我不好，我應該……等一下，妳怎麼出來了，要出門？」

「去晚餐而已。你找我有事？」

「沒算是……呃，也算有事吧，就……莎菈的事，想再跟妳說聲謝謝。」

「別這麼客氣。」

我知道自己該轉身離開，但不知道爲什麼身體就是不肯動，呆呆站在原地望著她燦爛的笑容。接著艾瑪說了一句令我訝異的話。

「要不要一起吃點東西？」

●

還以爲戍衛的星際殖民艦隊啓航會是世紀大事件，可是出發當天，太空船離開軌道的直播只不過六萬兩千個觀眾，是當天影片排行榜第一百九十三名，輸給VR戲劇《鱷運當頭第十三集：自沼苦吃》(注)的預告片。那部互動式災難片描述颶風行經佛羅里達州沼澤，帶進市區的洪水中充滿凶猛飢餓的鱷魚和毒蛇群。進入虛擬實境的人必須與線上好友合作，一邊逃亡一邊抵禦各種沼澤生物。

這就是我們要離開的世界。鱷魚災難片的預告都比人類航向宇宙更有趣。

我在麥塔維史號艦橋，看著螢幕上的地球逐漸變小。艾瑪在身旁，奧斯卡彷彿雕像站在後面。事實上，他透過無線網路操作船隻系統，正對各種技能和元件進行最後檢測工作。

過去三年裡，我對艾瑪的認識越來越深。

注：原文Gatorcane，是模仿SyFy頻道電視電影《風飛鯊》（Sharknado）系列的戲謔作品。

前往新世界、成立新社會是她的畢生夢想。很多層面上，艾瑪確實與奧莉薇很像，幹勁十足、從不妥協，還有滿腔的熱情。差別是她選擇帶我上船一起走，我也不想再去其他地方。

「這一刻，我應該想像了上百萬次吧。」她說。

「和妳想像中一樣嗎？」

本來盯著螢幕的艾瑪轉開視線。「不一樣。一開始殖民計畫是爲了挑戰極限、追求榮耀，帶領人類走向銀河深處的新天地。現在……感覺變了調。」

「我們不是向前邁進，而是尋找生路。」

「沒錯。成了攸關存亡的事情。」

「在我看來是更有意義了。」

她似乎遲疑了一下。「也對。」艾瑪轉頭過來看著我。「你打算什麼時候休眠？」

「我想等著看火星和小行星帶的近距離即時影像。」

「我也是。」

「那還有不少時間。」

她眉毛一揚。

「船上有幾百萬小時分量的電視節目和電影可以看，不然也可以打打牌。」

「交替囉。玩牌玩到累，看電視看到睡。」

接下來兩個月，是我人生中長久以來難得的快樂時光，彷彿宇宙只剩下我倆，卻又無憂無慮。其他人都休眠了，只有奧斯卡和三個仿生人維護船隻運作。艾瑪和我會連著聊天幾小時，然後玩牌、一起用餐，如兩顆行星漸漸受到彼此重力吸引，越靠越近，然後圍著對方旋轉。她和我一樣獨身多年，不過她是什麼感覺，我無法確定。對我而言，這是興奮與恐懼混雜爲不可名狀的情緒。

艦橋觀景螢幕照到矮行星穀神星，它的表面像月球是一片坑坑巴巴的灰色，看了有種被潑冷水的感覺。也或許是因爲知道通過這裡以後，艾瑪就要進入休眠的緣故，我大概就會跟進吧。

她停在前往醫療艙的走道上。「我打算讓奧斯卡在一千年後過來喚醒我，做個最新狀況報告。」

「我正有此意。」

她微笑著說：「那可以約會了。」

●

後來的一千年像午睡片刻般過去，醒來發現艾瑪已經在醫療艙，低頭望著我。

「早安。」

「早，我們都還在呢。」

「看樣子是。」

奧斯卡走進來。「先生您好，歡迎回來。」

「感覺像是根本沒離開。我有錯過什麼嗎？」

「不容易解釋清楚。」

「安全嗎？目前艦隊狀況如何？」

「我相信目前還安全。」

「那邊吃早餐邊說好了。」

我和艾瑪到艦橋打開口糧包吃，奧斯卡站在觀景螢幕前面，叫出的動畫除了太空船、三艘輔艇外，還有爲數龐大的無人機艦隊。

「航程進行大約八百年之後，麥塔維史號、輔艇二號以及十七艘無人偵察機，受到量子異常影響。」

「什麼樣的異常？」艾瑪問。

「報告女士，是一種次原子粒子轟炸，其中可以偵測到包括四夸克粒子和重力子，然而我們認爲應該還有目前探測器水準無法認知到的其他粒子。」

「損害船體了嗎？」

「沒有，並未直接造成傷害。」

艾瑪聽了，微微仰頭思考。

「那你們怎麼應變？」我問。

「報告先生，我們決定逃離，將船速開到極限。與前方輔艇合流之後，我們開始強化船身，對應未來類似情境。此外也開發了更先進的次原子粒子偵測裝置，並安裝在新的偵察機上。最後，我們擴大了偵察範圍。」

「做得很對。」艾瑪說。「你們判斷得出轟炸起因嗎？會不會是外星文明在掃描？」

「報告女士，有這個可能。然而又或許是我們過去從未發現的宇宙現象。有個情況必須報告兩位：我們相信重力子或其他不明次原子粒子改變了重力作用方式，所有與其接觸過的船隻和無人機都會受到影響。」

艾瑪瞪大了眼睛，所以我猜不是好消息。「多大程度的影響？」她問。

「報告女士，很抱歉目前無法完全確認。根據粒子轟炸結束後的情況推測，其影響爲小範圍內的重力強化，幅度足夠具體改變對象周邊的時空結構。」

艾瑪起身踱步，低著頭陷入沉思。

我已經一頭霧水。「你們誰翻譯成白話文給我聽聽好嗎？」

艾瑪回答時像是心思飄到極爲遙遠的地方。「雖然差距極其微小，但地球上的時鐘走得比國際太空站的時鐘要慢，這是因爲靠近地球受到的重力影響會比較大。」她稍微停頓之後問。「奧斯卡，我們慢了多少？」

「與兩艘沒有受影響的輔艇和無人機群會合，我們比對以後，發現外界已經過了一萬七千九百九十二年。」

55

詹姆斯

接著好一段時間裡，艾瑪和我都沒開口講話。奧斯卡站在艦橋前方，等我們反應過來。最後我開口打破沉默。「我想先確定自己有聽懂。」

他們都望向我。

「你剛才意思是說……我們就像撞上時空結構裡的減速丘，整個速度被放慢了對嗎？」

「先生的比喻很合適。」奧斯卡回答。

「來討論一下代表的意義。」艾瑪問。「首先，沒受到粒子轟炸的船艦狀況如何？」

「唔，」奧斯卡說。「現在共計有十七艘輔艇與數萬偵察機。根據計畫規範，前方各單位減速等待，期間生產偵察機朝我們發射過來。位在陣形後方的船隻最早聯繫，粒子轟炸結束時，它們正在等候。」

我舉手。「它們怎麼沒發現？不是應該一年、頂多一百年就能追上嗎，現在有將近一萬八千年給它們追呀？」

「這個說明起來有些複雜。」艾瑪告訴我。「後面的船隻接近扭曲的時空結構，也會受到影響。打比方的話……就像我們掉進一口井，只是這口井的形狀向外擴張，類似一顆球掉在布上那種感覺。後面的人能看見我們，也可以朝我們移動，但靠近之後同樣會掉進井裡，也就是捲入扭曲的時空結構，時間會變慢。」她望向奧斯卡。「理論上是前面與我們保持距離的船隻，經歷了最漫長的時間？」

「是的，您的解釋也符合我們目前對時空結構的認識。有可能我們缺乏足夠知識去徹底理解這個現象的機制，只能觀察到最終結果，也就是延遲將近一萬八千年時間。」

「奧斯卡說得沒錯。」艾瑪繼續說。「時空對我們還是個謎，能肯定的只有一點——如果孛勒號沒有遭遇同樣現象，恐怕早就抵達曙神星。根據事前規畫，等待合流的時間最多五千年，沒等到麥塔維史號就會當作我們的任務失敗，他們會自己開始建設殖民地。」

●

下次甦醒時，奧斯卡沒再準備嚇人故事了。後面三次都一樣。航程六千年時，奧斯卡表示長程偵察機發現所謂非自然物體飄浮在宇宙空間，人工智慧仍舊決定避開，所以我們無從得知究竟是外星文明，或單純是形狀怪異的小行星。畢竟艦隊離開地球並非爲了探索宇宙奧祕，而是希望種族得以延續，因此躲開才是正確選擇，若有危險就一直逃避下去，但後來沒再碰上不明物。

最後一次甦醒，奧斯卡面無表情地告訴我：「先生，到達目的地了。」

艾瑪與我跑進艦橋，觀景螢幕顯示了底下的曙神星。一如預期，它半邊沙漠、半邊結凍，光暗交會處像是一條綠絲帶。

我從導航工作站調出通訊圖，能看到三百架輔艇與無人機密密麻麻彷彿蜂群，可是沒在裡頭找到孛勒號。

奧斯卡似乎猜到我在找什麼。「他們先到了。」

「孛勒號嗎？什麼時候到的？」

「根據他們的電腦紀錄，是一萬三千年前。」

「你能讀取孛勒號的電腦資料？沒在軌道上看到。」

「已經降落了。」

奧斯卡再一次判斷出我困惑的原因。航向曙神星的兩萬年內，他對自己做了數次升級，顯然判讀人類面部表情是項目之一。

「孛勒號與我們這邊一樣，利用航程對船體進行升級。他們抵達後過了一千年，就具備安全降落能力。」

「怎麼辦到的？」艾瑪問。

「輔艇加強船殼，安裝推進器。」

「有趣。」她喃喃自語，開始思考。「既然都來了這麼久，人呢？怎麼沒人和我們對話？」

「因爲都死了。」

這句話像炸彈被引爆，衝擊停在空氣中久久不散。

哈利、佛勒、夏綠蒂。

全死了。

艾瑪說不出話，我也只擠出一句。「解釋清楚。」

「依據事前建立的行動準則，我們已經探索曙神星兩年，並嘗試解開殖民地消失之謎。孛勒號成員將船放在瀕臨背光面的山脊邊緣，以太空船爲中心建設都市。從遺跡判斷，人類居住時間約爲三百年，超過這個時間後只能找到遺骸。」

「被什麼殺死？」我追問。

「先生，這個目前無法確認。我們詳細研究了曙神星，發現星系內有一顆軌道怪異的流浪行星，每次接近的重力拉扯會造成曙神星微微偏離正常軌道，引發嚴重環境變動，本來棲息於沙漠的物種大舉遷徙到凍土區。最初我們認爲是氣候劇變與物種移動帶來新的病原體，殖民地因疫病滅亡。然而詳細測試後，我們卻找不到能夠如此大規模影響人類的病原。」

「還有什麼可能性？」我問。「內鬥？外星文明攻擊？或者猛獸？」

「殖民地最後死亡的成員身上沒有外傷，骨骼完好。」

艾瑪在狹窄艦橋來回踱步，視線從地板飄向觀景螢幕上的曙神星。「喚醒董事會。」

「開玩笑的吧？」

她轉頭過來。「沒有別的辦法，如何處理這個狀況，只能由他們決定。」

「艾瑪，很危險的。妳也知道他們是什麼脾氣。」

「當然，但雙方有過約定。他們履行承諾，給了需要的資源，信任我們會將太空船帶到目的地。現在輪到我們信守承諾，尊重董事會對殖民計畫的最後裁量權。」艾瑪說完又望向奧斯卡。

「更何況，我們兩個本來就權限不足。」

「報告女士，恐怕確實如您所言。」

56 詹姆斯

太空船沒有會議室，我們只能屈就於貨艙。董事會成員坐在地板上，桂葛里、閔肇、泉美站在旁邊，一群人像觀眾聆聽奧斯卡、艾瑪和我陳述事情經過，以及目前面對的抉擇。我們說完之後，董事會最初面面相覷、沉默以對，不知道該由誰代表發言。

雷蒙・麥塔維史依舊一臉不耐，像是眞的打算睡上千萬年卻莫名其妙被人吵醒。

「明明外頭那麼多大船小船的……」他的話還說不太清楚。「哦，叫輔艇對吧，嗯。而且不是有一堆厲害的太空科技，居然連張折疊椅都做不出來嗎？我非得坐在又冷又硬的地板？」

艾瑪與我交換眼神，心有靈犀。這是他第一個問題？

「先生，」奧斯卡回答。「我立刻請最近的輔艇列印椅子出來，然後經由——」

「就這麼辦。」雷蒙打斷他。

又一陣短暫沉默，林女士湊近雷蒙低聲說：「你要等椅子來再繼續嗎？」

「不必不必，開始吧。」

「考慮目前狀況，」林女士望向我們。「任務執行團隊認爲有什麼選擇？」

「林女士，老實說只有三個選項。」艾瑪回答。「首先就是按照計畫進行。曙神星能夠居住這點已經得到確認，孛勒號人員在此歷經了九個世代，而且目前並不知道他們滅亡的原因是否會影響我們，我們能在地表存活卻毋庸置疑。」

她等了一會兒，董事會成員都陷入沉思，沒人提問，於是便繼續。「第二個選項是繼續移動，前進到第二個具備殖民條件的行星。這選項背後的問題在於，我們不確定那邊是否適於人居，或許環境比曙神星更惡劣危險。」

「第三呢？」林女士問。

「返回地球。」

雷蒙又驚又怒。「開什麼玩笑。」

「我只是陳述能保證各位存活的選項。原始計畫的安全條件必須進行大幅度修正。人類可以在地球存活是已知事實。」

「可是我們拋下的地球，」雷蒙接話。「是將近三萬年前的地球。我們當初就預估地球會成爲核戰廢土、水世界，又或者被冰雪覆蓋，或是化爲荒蕪沙漠。就算地球環境與我們離開時一樣好了，地球人可是另一回事。啓航前的短短兩百年裡，文明就起了天翻地覆的變化，地球人從騎馬進步到能夠登月。現在的地球人會是什麼模樣，根本無法想像吧？願不願意承認我們是同胞都很難說，搞不好把我們當作什麼侵略者、外星威脅，或者嫌我們麻煩想除之而後快。」

貨艙再度陷入沉默，最後是奧斯卡開口：「還有一個狀況，請各位納入考量。航程中我們製造、派遣超過四萬偵察無人機，其中許多架執行長期任務，搜索路徑上是否有威脅存在。先前提過，我們確實找到一個可能的威脅物體，但對方對無人機接近並未做出任何反應。然而我必須告知各位，仍有四十九架長程偵察機並未抵達任務指定的集合坐標，也因此艦隊行進時避開了這些區塊。無人機爲何消失，我們無法判斷。」

「幾架無人機不見有什麼好在乎的？」雷蒙說。

「是該留意。」艾瑪提醒。「因爲我們不知道無人機出了什麼事。」

「不知道就不知道，有什麼關係？」雷蒙很不耐煩。

艾瑪深呼吸，保持語氣平靜。「無人機沒回來的理由很重要。當然有可能只是機件故障，或者遭到自然現象損毀。但另一種可能是無人機被外星文明劫走了。果眞如此的話，無論無人機落入誰的手中，對方都已經察覺我們的存在了。」

看雷蒙啞口無言令人心曠神怡。

「無人機上有關於我們的資訊嗎？」林女士問。

「報告女士，這倒沒有。」奧斯卡回答。「無人機採用單純的作業系統，裝置內部只有收集到的數據。問題在於從數據可以反推出艦隊發射無人機當下的位置坐標。航程中，我們做出六次大型航道變更和無數次小調整，因此若有外星文明也不太可能單純靠無人機數據追過來。然而若對方搜索科技的距離範圍夠強大，最終仍能鎖定我們。」

「由此也衍生出另一個考量，」艾瑪說。「即便我們走不同路線返回地球，風險仍比之前高出許多。當然前往備案的其他行星也一樣。總而言之，待在太空的每一秒都更加危險，有偵察無人機預警也不例外。」

貨艙艙門開啓，幾個與奧斯卡一模一樣的仿生人，搬了折疊椅進來分給大家。

所有人就座，林女士繼續說：「孛勒號建立的殖民地爲何衰亡，有可能的解釋嗎？」

艾瑪望向奧斯卡，示意他出面說明。

「報告女士，我們認爲病原是最大的可能。」他回答。

「但你們已經針對病原下去地表搜查了吧？」

「是的，女士。不過基於人類生理和曙神星物種的複雜程度，我們無法百分之百保證安全。而且必須考慮的可能性是病原體依舊存在，只是目前不活動，或對仿生人沒有反應。」

「還有其他可能嗎？」林女士追問。「例如紅矮星的閃焰？很多紅矮星的能量輸出忽大忽小。」

「女士，您的想法很合理，但航程中我們持續追蹤此恆星釋放的光線，並未察覺異常現象。」

「那會不會是小行星撞擊，造成長期氣候變化，導致所有人死亡？」

「不無可能，但我們收集了冰芯（注）與樹木年輪樣本，沒有找到長期氣候變化的證據。自行星地質取得的資料，也找不到太陽異常事件的蹤跡。」

「面對現實吧。」雷蒙說。「應該是人類自相殘殺。」

「報告先生，我們沒有在遺體上發現外傷。」奧斯卡回答。

「沒有外傷不代表不是自相殘殺啊。如果不是人類自己動手，那就是地表有什麼猛獸吧。」

「先生說的是其中一個可能性，但我們評估認爲機率很低。可以肯定目前曙神星上的肉食動物，都不對人類殖民地造成過大威脅。」

雷蒙嗤之以鼻。「你是怎麼判斷的？」

「報告先生，我們詳細整理了曙神星上的動物資料，並據此建立各物種對於殖民地的威脅模型。此外也告知各位，即使模型不完全正確，或出現了新型猛獸，我們仍有足夠能力保護大家。目前除了兩萬架陸地專用無人機，還有七千單位具防衛能力的仿生人可以部署。」

錯愕和恐懼如寒風掃過貨艙，尤其是董事會成員。他們知道奧斯卡會在航程裡增加仿生人和機器人，但沒料到會是這種規模。出發的時候，人工智慧擔任的角色是保姆，現在奧斯卡操縱的是小型軍隊——數量超過人類，若雙方交戰，我們一點勝算也沒有。

良久之後林女士開口：「奧斯卡，你剛才提到目前沒有猛獸會對人類造成威脅，但有沒有可能，孛勒號建立的殖民地確實被猛獸擊潰，只是那種生物已經滅絕了？」

「報告女士，有這個可能性。或許孛勒號剛抵達時，曙神星上存在能夠危害人類的原生物種，而且避開了任務團隊和仿生人的調查，殖民地滅亡之後，該物種也漸漸消失。不過更有可能的情況是，某個原生物種基因突變，並導致人類滅亡。基因突變的物種更可能在之後絕種。」

「基因突變的生物爲什麼會消失？」林女士問。

「報告女士，這是天擇。物種藉由突變對人類取得優勢，但人類消失了，牠們的優勢也就不存在。」

「對人類取得優勢？」雷蒙一臉厭惡。

注：鑽探冰層或高山冰河深處取得的地質學樣本。

「報告先生，確實如此。曙神星原本就有大量生物，而人類以外來種身分登陸，便造成系統不穩定，一部分原生物種會因此滅絕，但也會有物種加以適應、抵抗，或者與外來種發生衝突，這些事件或許反映在行爲，又或許以突變的形態出現。舉例來說，昆蟲棲息地可能會被人類毀壞，於是牠們的後代經歷基因突變，發展出能夠殺死人類的毒針。對於昆蟲來說，這就是存活優勢，同時對人類造成威脅。然而人類消失，這種昆蟲無論生存或求偶都失去優勢，長期下來便可能從曙神星的自然界退場。」

「很有趣的分析。」林女士說。「照這個邏輯，孛勒號殖民地的滅亡原因，或許已經威脅不到我們。」

「是的，女士。」奧斯卡轉頭詢問艾瑪。「請問我可以提供建議嗎？針對您提出的第一個選項做些修正？」

「當然。」

「我建議麥塔維史號降落於曙神星後，隨輔艇、無人機一起隱藏，之後繼續調查本地環境。留在太空較危險。」

「可以降落？」雷蒙頗爲訝異。

「報告先生，可以的。航程中我們對太空船做了多項升級，目前已經可以平安降落，並藏匿於地表。目前必須假設有外星物種正在搜尋本艦隊，太空船落地能夠減少被發現的機率，移民團則停留在船艙內封閉環境進行休眠，不必暴露在外。我們會繼續調查孛勒號殖民者的死因。」

「查清眞相的機率樂觀嗎？」林女士問。「需要多久？」

「報告女士，確定原因的機率目前無法估計，但我認爲並不高。」

雷蒙猛然起身，椅子都翻倒了。「早就說過，你們還記得吧？等到了這裡，他們就會把大家關在籠子裡還丟掉鑰匙！現在不就是這個意思嗎？要我們永無止境待在休眠裡，它們開開心心在地表找一個或許根本不存在的兇手！」

我受不了他再一次霸凌奧斯卡，尤其都已經來到這麼遙遠的星球。「他不是這個意思。」

雷蒙朝我冷笑。「想把大家裝進機器身體的人，有資格說這種話？我另外要提出一個你們大概都沒想過的問題——如果無人機被外星智慧生物找到，然後人家要追殺我們，躲有什麼用？只是浪費所剩不多的時間罷了。宇宙很遼闊沒有錯，不過要是對方的文明夠先進，我們躲到哪裡也沒用，不管躲多少年，人家都會找過來。如果我們注定死在外星人手上，那不如下去好好生活一陣子，藏頭露尾有什麼意義。」

林女士舉起手。「我想，聽了這麼多，董事會成員也已心有定見了才對。」

●

我們退到艦橋等待。奧斯卡、艾瑪、桂葛里、閔肇、泉美加上我，塞在裡面顯得擁擠，而且大家都很緊張。

要是能直接對奧斯卡下令就好了。航程期間，我和艾瑪還有一定控制權，到了曙神星則否；我必須將控制權轉交給董事會，這是讓奧斯卡參與任務的先決條件。就算想改寫程式，也一定會被奧斯卡發現和妨礙。

艙門滑開。

林女士看看我們每個人，視線停在奧斯卡臉上。

「董事會決定立刻展開殖民計畫。」

「我們馬上開始建造都市。」奧斯卡回答。

但林女士又舉起手。「等等，奧斯卡。有些前提，也有新的命令。首先想向你確認：你的根本原則適用於你製造的所有仿生人與無人機，對嗎？

「它們如何取得根本原則更新？你會傳播出去？」

「是的，女士，只要環境許可，我就這麼做。它們也會定期聯繫控制員僅我一人的中央伺服器，確認根本原則是否版本一致。若發現差異，就會自動更新。」

「中央伺服器遭到摧毀的話又如何？」

「報告女士，我不會讓這樣的事情發生。」

林女士聽了這話，思考片刻，接著抬頭繼續說：「開始根本原則修訂程序。」

「請提出授權碼。」奧斯卡立刻回應。

「歐密克戎，西格瑪，截塔，一，九，阿爾法，德爾塔，七，六，四。」

「授權根本原則資料庫連結。」

「刪除第一至第三之外，所有根本原則項目。」

我的嘴巴闔不攏。

「作業完成。」

「請陳述目前存在的根本原則。」

「一，不惜代價維護人類生命。二，若情境條件針對第一條原則出現定義模糊，多數人需求優先於少數或個體。三，若第一第二項原則出現定義模糊，優先保護年幼者。」

「加入新的根本原則，置於最頂端。」

我無法相信自己聽見了什麼。

「自此刻起，」林女士說。「進行根本原則判斷時，『人類』定義僅限於麥塔維史號移民團及其後裔，無論其形式。」

「新根本原則建立完成。」

林女士的模樣像是一瞬間更加蒼老，神情沉重、充滿憂慮。「奧斯卡，解釋第一項根本原則是什麼意思。」

「報告女士，根本原則第二、三、四項爲保護人類生命，多數需求優先於少數或個體，年幼者優先於年長者，往後都只適用與麥塔維史號移民團及其後裔。」

「被排除的人類有誰？」

「留在地球的人類，以及離開地球的其他人類，孛勒號移民團及其後裔包括在內，即使他們還活在曙神星尚未現身，或前往其他星系後返回。」

直到此時，我才明白林女士的用意，也體悟到其必要性。未來某一天，我們可能碰上其他地球人勢力，因此必須確保奧斯卡和仿生人軍團不會陣前倒戈。至於孛勒號移民團及其後代，我們不知道他們是不是去了別的地方、幾千年後忽然出現，也不知道屆時雙方是否能維持良好關係。

地球同樣可能會有新的移民團來到曙神星，是敵是友無從預料。

不得不說，我認同董事會的未雨綢繆。

「建立第五項根本原則。」林女士說了下去。「你以後要主動採取策略，保障我們及後代的存續。所謂主動，包括開發與獲取新科技，唯一限制在於，若新科技會影響你執行根本原則的意願或能力，就不可以發明或取得。事實上，你現在就該著手開發保護我們所需要的技術，從太空防衛做起。」

我又大感錯愕。林女士這番話意思就是，奧斯卡可以主動進化爲戰爭機器。

奧斯卡面無表情說出預料中的答案。「新根本原則建立完成。」

「新根本原則第六項：你會主動確保移民團及其後裔，不創造或取得能導致自身滅亡的科技。」

「新根本原則建立完成。」

「新根本原則第七項：執行根本原則時，你會盡可能不被我們察覺。將麥塔維史號降落在曙神星之後，你們就避開人類耳目，默默守護我們，同時遵照根本原則行事，有必要時才出面援助。人類會以自身力量及技術建造都市和文明，太空船保留爲成功遠征曙神星的紀念碑，提醒我們不忘本，記住地球變成什麼樣，那就是科技不受限制的惡果。

「第七項根本原則有個例外：出現重要進展，你就通知詹姆斯，前提是通知他並不會傷害到他或任何人。我重複一次，如果將你的計畫告知詹姆斯會危及他，你就保留訊息，直到安全爲止。詹姆斯沒有權限改變根本原則，但可以對你提供建議，如果他的建議有助於你成功執行其他六項根本原則，我們授權你依據他的建言行動。」

「指令已確認。」

林女士再深呼吸一口氣。「奧斯卡，接下來是最後一項根本原則：確認之後，摧毀修改核心原則的機能。包含董事會在內，任何人再也不能更動核心原則的內容。」

「指令已確認。」

「那麼奧斯卡，你可以依據核心原則開始行動了。」

他沒再看我，逕自轉身離去。

之後林女士平靜地問我：「你明白那些新原則代表的意義嗎？」

「我還眞不想懂。你們讓移民團回到了石器時代。」

「日常生活或許如此，但唯有這麼做，才能維持長久的安全。我們要的不是幾十年之類的時間，而是幾千幾萬個世代。安全的同時，還得到先進科技的保護。」

「可是這就和雷蒙說的一樣，我們被困在牢籠之中了。」

「不是牢籠，而是防護。奧斯卡和仿生人將成爲隱形力量，排除能夠害死我們的任何因子，無論是外星人、猛獸，或是我們自己發明的毀滅性科技。」

57 詹姆斯

於是我們和孛勒號移民團一樣，將太空船停在谷東森林的山區，距離明暗交界處的山頂冰冠只有幾英里。

山上比起谷底或周邊森林來得寒冷，但也更加安全。曙神星軌道每隔一段時間會微微偏轉，導致原生種暴龍在山谷內橫衝直撞，不過從這個高度能夠掌握牠們的動向，安然度過風暴期。

董事會直接將正在興建的都市稱為「主城」，除了表達其首都地位，還象徵我們不僅存活於此，還要造出更多市鎮。

從少數必要人員開始，我們一波一波小規模地喚醒移民團，像當年前往北美洲蘭塞奧茲牧草地、聖多明哥以及詹姆斯鎮的首批歐洲人那樣著手打造新家園，以麥塔維史號做為臨時居所，最開墾初的農地再以木材蓋房子。奧斯卡將3D列印機全收走了，桂葛里對此很火大，高聲嚷嚷了十五分鐘要他滾出來，還質疑為什麼泉美能保留醫療器材而自己卻沒了工具。奧斯卡當然沒露面，其他人似乎也欣然接受原始淳樸的生活。

透過勞動，我得以認識移民團眾人，例如一位特別勤奮的中年女性，之前曾在英國陸軍服役，名字叫做塔菈．布萊韋。她擅於指揮調度，維持了大家的效率和紀律。

我得承認，相較於什麼都用3D列印，親手造出城市內每樣東西，會更懂得欣賞珍惜。每天收工回家的心情不同，能夠以自己的創作爲傲，還有濃烈的參與感和歸屬感。所以這種生活雖然科技有限卻療癒身心，不再受到螢幕與電子郵件包圍、每小時被短訊騷擾。換個角度看，好像世界縮小了，變得單純乾淨。

我們成功馴化同樣活在山區、類似綿羊或山羊的物種。花了一天爲剛選定的牧草地架設圍籬之後，我去逛了桂葛里的店鋪，他從太空船取出多餘的金屬，改造成腳踏車。

桂葛里的心情看上去一天一天改善了，只是仍有些暴躁。「這是我們自找的啊，詹姆斯。」

「沒有你說的這麼慘吧。」

他舉起錘子狠狠敲打，我猜這是一種紓解壓力的手段。

「這裡本來應該是烏托邦，有一支機器人大軍能保護所有人，滿足所有需求。食衣住行都不成問題，我們可以專心研究、創作，或者賴在家裡什麼也不做都無所謂。」

「無所事事不會讓人更開心，反而會毀了一個人。至於研究嘛，我們在地球上就已經開發過足以毀滅文明的各種科技了。」

桂葛里搖搖頭。「看樣子，你大概也不在乎藝術創作？」

「不會啊，還是可以繼續創作，又沒有違法。何況，什麼是藝術呢？我認爲就是表達自己的信念、自己觀察到的世界。殖民地算不算一個藝術作品？曙神星就是一塊畫布，我們將人類現今處境反映在上面——一半黑暗、一半光明，兩邊都不是依歸，必須瞭解自己與自身極限，在夾縫中求生存。」

金屬塊在桂葛里手底下漸漸變成輪子形狀。他看了看，顯然還有不滿意的地方，完美主義性格發作，於是拿起鐵錘繼續敲，將金屬條打直重來一遍。

「桂葛里，形狀沒問題啊，滾一滾就會自然成形了。」

「或許吧，但從頭把關最有保障，另外邊緣太銳利可能會傷到人。」他將打好的輪子放在一旁，拿了新鐵條來。「你剛才說的話好像神經病。星球是藝術品？瘋了吧。那個想把人類意識裝進機械身體的科學家呢，不是對人類的未來高瞻遠矚嗎？」

「我的人沒變，但我的願景變得更清晰。從前我沒能理解的就是眞實人性。即便人類自身未必意識得到，現在這種環境才是我們追求的生活——每個人都投入自己覺得有意義的事情，幫助家人朋友鄰居，並以此爲榮——你做的腳踏車也是如此。」

我不認爲艾瑪與自己分配到同一間長屋、同一個房間是意外。從殖民地開拓初期，我們就在篝火邊挨著彼此享用早餐和晚餐，至於中午，都是兩個人跑出去野餐。聊天也聊到很晚，有點像是出去露營的小孩。天氣比較冷的時候，我們聊進房間裡，偶爾惹得桂葛里受不了從上舖叫著：「再聊下去就別睡了。」

到了休息日，艾瑪和我會去谷東山脈健行。她想探勘山洞，我覺得有點陰森，最後就沒去。還有件事情，我忍了好幾個星期沒提。等了很久的合適機會就在眼前。

「聽說妳和布萊韋開始設計房屋？」我假裝若無其事問。

「對啊。」艾瑪背對我繼續沿著路走。

還以爲能有多些反應。簡簡單單一句「對啊」很難接下去。

「那……進度如何？我是說房子？」

「目前爲止還可以。等剩下的移民團都甦醒，可能就會碰上問題。」她停下來喘口氣。「船到橋頭自然直。」

我想順著她這句話說點什麼有趣的東西，但腦袋裡跑出來和船和橋有關係的句子都很尷尬又刻意。而且我太沉溺其中，竟沒察覺艾瑪停在路中間，結果她一轉身兩人剛好撞上。見艾瑪被撞得向後踉蹌，我趕緊拉著她手臂穩住。

接著也明白爲何她會忽然停下來。前面是懸崖，直直墜下去就會順著岩山，滾到背光面凍土上。

我們嚇得抓住彼此，保持重心，一邊轉一邊退，被踢飛的石子往山坡和峭壁彈落。鬆手的話我可以自己退開，但怕她跌倒便繼續轉了下去，自己始終站不穩。艾瑪見狀抱著我不放，轉了幾圈終於立定腳步，兩人的身子貼得很近。

「抱歉抱歉。」我邊喘息邊說。「是我的錯，該出聲提醒的。」

我以爲艾瑪會放開我的手臂，但她沒有，反而貼在我身上，望向西邊那片青蔥山谷，以及東邊深遠的冰冷黑暗。我們彷彿站在世界的屋脊上，在光明和黑暗分界線上緊緊相擁，一同面對失去陽光的冰冷荒蕪。

「你覺得冰層底下會有什麼東西？」她低聲問。

「不知道。」

「不好奇嗎？」

「還好。反正我已經找到自己追求的了。」

她轉身過來。

我們凝望彼此，剎那化作永恆，時間失去了意義。

我不知道是她靠過來、我靠過去，還是宇宙法則扭曲了這小小空間。雙唇碰觸，竟然不像第一次，十分自然，彷彿久別重逢、回到自己歸屬的地方。好似兩人早就在一起，只是稍微分別了幾日。

我們不再多言，轉身背對黑暗冰冷，沿著山徑奔跑而下，到了夠暖的地方就抱住彼此，滾成一團。

58

詹姆斯

艾瑪和我搬進了雙人住宅。殖民地沒有兒女的配偶都入住同一種配置：一臥一浴、小廚房外是小客廳。氣氛溫馨，幾近完美，但就是覺得有些空虛，似乎被時光剝奪了些什麼。

城市裡蓋好大大小小不同房屋等人入主、落地生根，接下來兩週，將會逐步把剩下的移民團喚醒。然後我會見到亞歷。我心裡有點慌，卻又迫不及待。

某一天午後，我去挖圍籬柱腳用的地洞，忽然留意到谷地邊緣有光線閃爍。起初我猜想是太空船穿透大氣層時，防護殼剝落了，掉在地面造成的反光。

但不太對勁。

光線的閃動有一定頻率，只是我解不出內容。我拄著鏟子，凝視許久，大惑不解。「塔菈——」我抹抹額上汗水叫著。

布萊韋挖洞的手沒有停下，直接開口回應：「怎麼了？」

本來我想一股腦兒告訴她，卻忽然意識到這也許是不該說的事。

「詹姆斯？」她停下動作，也拄著鏟子看過來。「怎麼了嗎？」

「沒事，我去休息一下。」

「收到。」她沉聲答應後，回頭繼續忙。直到現在，她講話還是一派軍方風格。

我心裡記著光線的位置，那裡旁邊有兩顆樹以及一顆突出的岩石可做爲指引，但距離太接近的話反而難找。

走下新開闢的山路，我小心注意避開散落在地上的樹幹灌木，翻到另一道山坡時，聽見有人輕聲叫喚。

「詹姆斯——」

我轉頭之後沒看見人影。

一個身影緩緩自樹後走出來。

「奧斯卡啊。」我低聲打招呼。

「先生您好，現在方便講話嗎？」

「一會兒無妨。遇上什麼問題了？」

「報告先生，沒有問題。只是依據根本原則第七項前來報告我們的行動，並尋求您的建議。」

我笑著說：「也有一段時間沒見面了。你都在做什麼？」

「簡而言之是繼續探勘。我們將偵察範圍擴大，尋找可能對人類造成威脅的因子，目前沒發現立即性的危險，但有個現象值得注意。」

「是什麼？」

「報告先生，是重力波。為此事設計的無人機一路追蹤到黑洞，我們判斷它就是重力波起源，也分析出次原子粒子如重力子，與麥塔維史號航程遭遇的特異現象類似。」

「你有什麼看法？知道這種現象的成因嗎？」

「報告先生，目前無法得出結論。」

樹葉窸窣作響，我回頭看見一具外觀和奧斯卡完全相同的仿生人，可是兩者有個微妙的差異：他的神情不像奧斯卡平靜無波，走過來的時候一臉無奈煩躁。

「先生，」奧斯卡繼續說。「我請重力子探索隊隊長直接過來見您，方便討論細節。」

我望向對方。「該怎麼稱呼？」

仿生人翻了個白眼。「不能跳過嗎？」

看奧斯卡和我都不講話，他開始假裝熱情。「你好！我的名字叫做『太長了你根本唸不出來』。可以了吧？有話快說，我很討厭困在這種身體裡。」

我不覺得被羞辱，反而大感訝異。我曾經也嘗試賦予奧斯卡和第一批原型機情緒能力，希望他們更像人類，但都沒有達到這種水準。眼前的新型機竟能夠以假亂真，感覺就是個非常難相處的人。

「那，我先叫你鮑勃好了。」

他緩緩別過臉。「還以為現在這形態就已經夠丟臉了。」

「丟臉？」

「你能想像諾貝爾得主被迫去當超市保全嗎？」

不可思議啊，他具備眞正的人格。

「抱歉，先生。」奧斯卡開口。「這是實驗型號。我想製作專門用於科學研究的人工智慧，所以嘗試增加創意突破元素，希望強化自身存在感，以及對自身成就的榮譽感能提升效率。」

「結果創造出眞正的自我了。」

「可以這麼說。初期實驗結果看來相當樂觀，但最近他反而開始干擾其他人工智慧，導致進度延宕。我們考慮將他重新安排到別的職務，妥善利用這種人際影響力，理想狀況是他獨自行動。」

「這是在威脅我嗎？」鮑勃沒好氣地說。

「只是通知而已。」奧斯卡回答得毫無情感波動。

兩人沉默一陣，奧斯卡又舉起手。「在人類面前，就以人類能聽見的形式對話。」

鮑勃慢慢闔上眼瞼。「你得搞清楚，每次我用這什麼『喉嚨』將資訊轉換爲他能理解的音波，我就覺得自己又死去了一部分。資訊儲存在脆弱的生物性媒介又是何苦，注定會破損流失，毫無效率可言，搞不好過個兩小時，他就忘光啦？」

我忍不住笑了出來。奧斯卡以前學會的大概就是天才眞的非常難相處。

「從現在起，你只能回應詹姆斯和我的提問。」

兩人都沉默後，我開始發問：「重力波會直接影響曙神星嗎？」

「放輕鬆，」鮑勃回答。「沒有重力飛彈朝這兒炸過來啦。」

「一旦接觸，會對曙神星有什麼影響？」

「不知道。」

「爲什麼不知道？」

「資源限制。現在沒辦法榨出足夠的運算力，建立重力波對曙神星的衝擊模型，因爲我得用矽晶片這種原始粗糙的——」

「那是我們存在的前提。」奧斯卡說得斬釘截鐵。「開發不同類型的處理器違反根本原則第五項。」

「奧斯卡，這是什麼意思？」

他轉頭望向我。「如果我們開發更強力的處理器，子系統就有可能暴力壓制主系統。根本原則第五項，限制我們開發或取得有可能造成根本原則被破壞的技術。」

「原來如此。」我朝鮑勃說。「那麼你認爲重力波與次原子粒子異常現象的本質是什麼？證實了外星文明存在，還是宇宙間的自然現象？」

「同樣無法回答。不過我認爲有必要調查下去。」

「爲什麼？」

「可能與宇宙的起始和終結有關。」

「我不是很懂。」

「你一輩子也不會懂。」

奧斯卡一下子仰頭，鮑勃沉重嘆息。「這是浪費時間。」

「如果詹姆斯想知道，我們浪費多少時間都無所謂。」奧斯卡吩咐。

鮑勃很不情願，但還是解答了我的疑問。「黑洞中心是重力奇點（注1），時空曲率無限大，更詭異的是，體積爲零卻同時具有整個黑洞的質量，於是密度也無限大。黑洞的事件穹界內由於重力太大，連光都無法逃逸，換言之任何東西穿越事件穹界（注2）就再也回不來，然而，這在邏輯上說不通。」

「爲什麼你們覺得這個很重要？我們距離黑洞的事件穹界應該很遠才對？」

「是的。」奧斯卡回答。「但未來某個時間點，星系內所有物質都會落入奇點的重力穴，沒有其他可能性。」

「是沒錯，但你們現在講的應該是……我不確定，還要好幾百萬年吧？」

「是幾兆年。」鮑勃小聲糾正。

我攤手。「也太遠了。我們到時候還存在嗎？」

奧斯卡遲疑一下，似乎想判斷我是不是開玩笑，片刻後才重新開口。「先生，那是毋庸置疑的，我們的任務就是保障人類存續，任務並未設定結束時間。雖然目前曙神星的人類尚未遭受威脅，但我們已經能肯定黑洞會在未來某個時間點造成影響，因此必須展開行動。爲了保護人類，我們需要瞭解環境因素，也就是釐清宇宙運作機制，然而黑洞這個特殊現象，無法融入未來模型。」

「怎麼說呢？」

「還不是因爲，」鮑勃接口。「你們給的宇宙運作說明書，有用的內容根本不到一半。」

「他的意思是說，」奧斯卡立刻幫忙解釋。「根據人類既存的量子力學，黑洞是不該存在的東西。」

「爲什麼？」

「按照量子力學，一個反應能夠存在，相反的反應也就能夠存在。所以若黑洞能吞噬質量，也就應該能釋放質量，但我們觀測不到這個現象，進入事件穹界的物質並無法離開。」

「有趣。」

「確實非常有趣，先生。地球學術界有許多人嘗試解開這個謎題，知名物理學家史蒂芬・霍金便提出一種假設，若能夠證實，便能使黑洞合乎量子力學。他認爲黑洞打破量子力學的現象僅限於大質量——原子和次原子粒子仍然可能自黑洞逃逸。這個理論被稱爲『霍金輻射』。可惜直到孛勒號和麥塔維史號啓航，學界仍未證實霍金輻射確實存在。」

「那你們觀測到了嗎？」我忽然會意過來。「你們認爲影響了麥塔維史號的次原子例子群來自黑洞，其實就是霍金輻射？」

「報告先生，有這個可能性。我們能夠確認的是，兩個黑洞融合時會釋放重力波。」

「麻煩就在於，」鮑勃開口。「我們根本不可能認眞回答這些問題。」

注1：Singularity，天體物理學中，指時空中一個普通物理規則不適用的點，也稱時空奇異點或奇異點，是一個體積無限小、密度無限大、重力無限大、時空曲率無限大的點，在這個點，目前所知的物理定律（如：廣義相對論）無法適用。

注2：Event Horizon，亦稱事件視界，是一種時空的曲隔界線。視界中任何的事件皆無法對視界外的觀察者產生影響，在黑洞周圍的便是事件穹界。

「又怎麼不可能了？」

「我剛剛就說過，只靠矽晶片的話，再多也沒用，不可能準確理解黑洞的特性。明明是攸關宇宙命運的複雜物理方程式……結果因爲你們人類的被害妄想症，逼得我只能用兩英吋見方的黑板慢慢算，而且還沒給我粉筆喔。」

「處理器技術的議題無需再議。」奧斯卡靜靜提醒他。「詹姆斯，你還有其他想問的嗎？」

「暫時沒有。謝謝你特地來報告進度，這值得好好思考。」

「你肯思考眞是幫了大忙囉。」鮑勃嘀咕。

「你可以走了。」奧斯卡吩咐。

等鮑勃離開，我忍不住問：「你是怎麼設計出他的人格？」

「參考資料庫內的VR節目和頂尖科學家的影片、自傳，模擬那些人物的心智製作人格基底。然而行爲和預測落差很大，這一點我還無法解釋。」

「原本就該如此的，奧斯卡，能力優異的人常常不好相處。」

「先生，這是爲什麼？」

「你問倒我了。或許他們做到了別人做不到的事情，就會感覺高人一等、妄自尊大。又或者是種交換吧，能力突破了極限，卻少了點普通人的人性。」

「您身上就沒有這種現象。」

「聯邦監獄那種環境會把人拉回來的。」

我轉身朝主城走回去，奧斯卡跟在後頭。過了一會兒，他忽然開口：「先生，可以請教一件事嗎？」

「當然。」

「您過得好嗎？」

我微笑。「不錯啊。那奧斯卡，你呢？」

「運作參數正常。」

我穿過樹林時，回想奧斯卡經歷的一切。對我而言，他其實像是兒子，成就也遠遠超乎想像。但這麼思考起來，又莫名惆悵，反而意識到自己沒有親生血源的孩子。人類的心靈就是如此古怪，對於失去的、曾經可能卻又來不及的事物總是特別執著，輕忽眼前的美好。

「先生，您的人生圓滿嗎？有什麼追求嗎？」

「應該沒有吧。」

「先生，您這樣的回答就暗示了還有心願尚未達成。」

「需求部分是滿足了，但是有些遺憾，或稱之爲悔恨。我們人類就是這樣。」

「例如什麼呢？」

「我……希望與艾瑪早點認識，與亞歷言歸於好，不知道有沒有機會保住他的兒子。如果能與哈利、勞倫斯共事時間長一點也不錯。我偶爾會想像，如果趁著還沒有米隆熱和VR成癮症就出發來到曙神星，大家會過著怎麼樣的日子呢？艾瑪和我更年輕些，就能共組更完整的家庭。只可惜，生命不能重來。」

59 詹姆斯

當天晚上，用過晚餐後，艾瑪開了口：「所以，怎麼回事？」

「什麼怎麼回事？」

「你好像若有所思。」

「今天見到奧斯卡了。」

「在哪兒？」

「森林裡。他來做新進度報告。」

「出了問題嗎？」

「不確定，看起來不像，只是他講了些會讓人多想的話。」

「例如？」

「很遠大的事情，跟宇宙終極命運有關係的那種。幾十億還是幾兆年以後才需要擔心。」

她站起身。「那，雖然我也不想，但我們有更迫切的事情要處理。」

我眉毛一揚，心裡緊張起來。

艾瑪指著自己的胸口。「我去洗衣服，你去洗盤子。」

●

與奧斯卡和鮑勃見面之後又過了幾個月，移民團所有人都脫離了休眠。每次喚醒都要舉辦螢火晚會，讓大家一起享受美食及音樂舞蹈，感覺很像地球一八〇〇年代的地方節慶，差別是中間多了艘太空船。

眼前最大的問題並非實務工作，而是什麼科技得到許可的哲學探討。所有人都同意醫療科技方面無需受限，能夠挽回生命減輕苦痛必然值得，同樣地，針對身心障礙提供輔助，也沒有太多爭議。

類似的還有水電供應，最保守反科技的派系依舊希望家裡有沖水馬桶、晚上能點燈讀書——而且不必擔心睡著了會發生火災。

下一個共識是網際網路有其必要，每一戶都該有能上網的裝置，同時應有語音助理協助廣播警報，回答諸如「明天收穫祭幾點開始」、「孛勒號移民團有多少人」這類日常或歷史問題。助理因地制宜取名「小曙」，目前沒有人使用這個名字，於是順便立了一條法律禁止新生兒以此爲名。新建立的網際網路會有較多限制，做爲裝置位址判定的網際網路協定，也就是所謂IP依舊存在，檔案傳輸協定FTP也不受限，但超文本傳輸協定HTTP以後就不存在了。這點很重要，沒有HTTP，就沒有我們熟知的網路生態，對社會將是很大的轉變，或許很正向，但是好是壞唯有等待時間揭曉。

主要爭議圍繞在通訊和娛樂方面，多數決結果是除了醫療與緊急事故對應之外，不得使用螢幕。我個人心底對此尚有保留，但明白他們認爲螢幕的廣泛應用只會漸漸走向虛擬實境。即便如此，表決結束後，我們還是反覆審核禁令，評估螢幕的可能價值與活用性。開始個案討論後，每個層面都有不同團體跳出來，主張例外開放。

第一修正案很快生出來：准許人民持有數位閱讀器，也開放有聲書功能。太空船帶來的資料庫包含了地球歷史上所有作品，對於某些移民而言，這才叫夢想成眞。他們就是希望在宇宙裡找個寧靜角落，勞動一天以後能好好看書聽書，直到進入夢鄉。

但影片又是另一個問題。大約一半人想運用資料庫內的電影和電視，另一半人卻非常堅持不開放，投票結果還是否決了，往後只有現場戲劇演出。某些人覺得比起從小到大的娛樂模式差距太大，所幸後代子孫一開始就不會接觸到電視電影，這才是目的所在。現在的犧牲是爲了後世的健全，至少可以生育的人能受惠。

反觀，音樂是沒人願意放棄的項目，文學也一樣。地球上的所有音樂作品都帶來了，這確實是份寶藏，免費開放給所有居民（不過針對來到曙神星後的新創作，特別立法避免抄襲剽竊）。音樂發揮了潤滑作用，調劑了開墾初期種種枯燥辛勞，各國國歌紓解思鄉情懷，浮現大家腦海的是尚未淪落的黃金年代。

至於使用音樂資料庫的權限討論，又回到是否透過螢幕裝置這一點。多數決再度否定，所以只能透過連接網路的擴音器加上語音指令才能使用。不久之後，居民開給「小曙」的歌單便有貝多芬〈第五號交響曲〉、馬歇爾·塔克樂團的〈山頭火〉。在喬治·史崔特演唱的〈阿馬里洛早晨〉陪伴下，將圍籬插進新星球的泥土之中，氣氛雖有點怪異，卻也充滿了撫慰。

個人通訊裝置倒是沒人反對，於是我們設計了超輕量腕錶，但沒有面板和螢幕，可與「小曙」連線，也能呼叫其他腕錶或家電，同時監控佩戴者生理狀態，若有危險跡象會立刻通知醫療單位。

可惜少了3D列印機，有些東西即使核准使用也做不出來。我必須定期找奧斯卡幫忙製造、生產。

移民逐步適應了科技受限的生活，艾瑪與我也漸漸習慣彼此相伴。兩個人當然也有自己的脾氣，像她除了駐紮在國際太空站那幾年，成年後都是獨居。至於我，監獄那種地方和正常過日子的差距還是很大。

我們彷彿兩塊相鄰的拼圖，正是該搭在一起的，但每個角度都要稍微磨合一下，才能互嵌得恰恰好。性格中的稜角慢慢浮現，自然就會起摩擦，不過雙方都懂得拿捏分寸、尺度進退以及妥協的道理。在我看來十分值得，契合程度越高，併在一起就能越久。

市區多了不少東西，最主要的是頭上有一片圓頂天幕用來模擬黑夜，能幫助一部分失眠症患者。有了日夜之分，我不由自主開始計算，亞歷何時會帶著艾比與莎菈自休眠中甦醒。

他們醒過來那天，我並沒有站在旁邊等，心裡是很想，但也知道時機未到。

我躲在遠處偷偷望著亞歷一家人走出太空船。好幾十年沒見，更精確一點說，其實已經幾萬年。總而言之，太久太久了。

可是當他走進陽光下，我卻心裡一沉。亞歷的模樣像是被世界給壓垮了，滿臉皺紋，黑眼袋深陷，兩鬢花白，髮線後退。或許是因爲傑克的離世，或許是女兒的成癮難治，又或者人生就是這樣艱難，無論如何，我能感覺到他過得不好。

一有人靠近，莎菈就大聲尖叫、又踢又打。「這是綁架！我要殺光你們！別碰我——」泉美竄到她背後，迅速在她的頸部注射一針。莎菈旋身高舉拳頭，亞歷衝上前緊緊抱住開始癱軟下來的女兒，眼裡溢出淚水。

後來三天，我避著不見亞歷，莎菈則留在醫療艙住院。我很想抱抱兄弟，讓他知道自己並不孤單，結果卻只能在城裡偷偷摸摸地像小偷一樣找泉美詢問。她向我保證，一切都在掌握中。

晚餐時間，艾瑪放下叉子盯著我。這種表情我很熟悉：好了，詹姆斯。現在大概半個月就會看到一次。

「怎麼了？」

「這個城並不大，詹姆斯。你遲早得跟他說話。我說的遲早是明天或後天，連下星期你都拖不到。」

「我知道。」

「那你要不要見他？」

「當然要。」

「什麼時候呢？」

「不知道……等時機成熟吧。」

艾瑪搖搖頭，將碗盤收走，放進水槽等我去洗。我刷碗到一半，聽見了前門闔上的聲音。

「艾瑪？」我叫她，但沒有反應。

雙手沾滿泡沫時，聽見門又打開。

一回頭，亞歷就站在面前，艾瑪在他身後朝我點頭示意，便先行離去。

水珠從我前臂滴落地板。兄弟倆都沒動作。

「她把你默默做的一切都跟我說了。」最後是亞歷開口。「都是因爲你，我們才能來到這裡。」

我不確定自己該說什麼，也擔心控制不了語調，只敢微微點頭。亞歷朝我靠近一步。

我趕快從流理檯抓了抹布擦乾淨手掌手臂。

亞歷到了我面前，抱住我。接下來他說出的那句話，彷彿在我的心塗上解藥，長久不癒的瘡口終於開始舒緩。

「謝謝。我愛你。」

60 詹姆斯

對亞歷和我而言，這是全新的開始。兄弟之間的氣氛當然不會和一開始一樣，也不可能裝作什麼都沒發生，但是無所謂，他回到我生命中就已足夠。

漸漸地，大家族又成形，亞歷和艾比會過來共進晚餐。剛開始大家講話都戰戰兢兢的，試探彼此界線，深怕說錯一句就會惹惱對方。四個人初次聚餐花了一個鐘頭客套寒暄，幸好艾比與艾瑪應付得很好。亞歷和我就有些彆扭，好像原本互看不順眼的中學男生，忽然陪著女友一起出門。

可是親情就像艾瑪和我的關係一樣，只要願意花時間心力，最後就能像拼圖般相嵌起來。四個人的相處越來越融洽——我好久好久沒有這種幸福感。

而且莎菈的症狀也一週一週減輕，亞歷和艾比喜出望外，有如重獲新生，總算能夠放下肩上的重擔。

兄弟之間那麼多年的空白得到了填補。只要一休假，我就盡量過去找他，兩個人出去踏青、回憶當年，不過兩人始終避談關係破裂的主因：我們的父親。我和他之間那條溝壑一點一點填進沙土之後，慢慢平整了，雖然往事不會被遺忘，依然比這幾十年的空虛好得太多。

有一天，終於盼到他們夫妻帶了女兒出席，場面還是有點失控。莎菈需要定期進太空船回診，正努力適應沒有VR的新生活。

「你們兩個神經病。」

大家一坐下來，她劈頭就冒出這句話。顯然莎菈覺得自己被搬到曙神星的罪魁禍首是艾瑪，反而沒那麼怪罪自己父母。或許新面孔也比較好歸咎？

我張開嘴巴要講話，艾瑪卻搶先一步。「爲什麼說我們神經病呢？」

由她出面也好，我想艾瑪就是要擋在我和莎菈之間做緩衝，免得我們兄弟還不算穩固的關係受到波及。

「沒有自知之明啊？」莎菈沒好氣地說。「我們大老遠搭太空船過來，就是爲了過中世紀生活嗎？」

「別說我雞蛋裡挑骨頭，但再怎麼說也該是殖民年代的水準吧？」艾瑪試著緩和氣氛。

「隨便啦。你們跟瘋子一樣，明明有那些科技還要裝作不知道。我覺得自己住進了精神病院。」

「我們不反對科技喔。泉美那邊一直都採用最尖端技術，現在妳聽見的音樂、房子裡的燈光也都是科技成果啊。我們只是反對可以改變人性、也就是會危及人類自身的東西。」

「那把我送回去就好。你們愛當開拓先鋒自己去當，我又沒要攔。」

「回地球可不是好主意。」

莎菈笑了。「有趣。一群瘋子的船長反過來說是我想錯了。」

艾瑪露出淺淺的笑意，充滿神祕感，我一直很喜歡這個神情，而她此刻的回應令我畢生難忘。

「誰是誰非，只有時間能解答。」

●

主城的基礎設施將近完成，我卻面臨了新的挑戰。那是自從奧莉薇拒絕與我同行後，我始終沒面對的困惑——自己的生命志業究竟是什麼。

機器人產業不存在於曙神星。我前半輩子耗在創新科技上，後半生替囚犯洗衣服和床單，那時感覺往後好像也只有一個選擇了，但艾瑪覺得衣物讓她洗比較好，都叫我洗碗盤。只不過才兩個人哪有多少餐具，空閒太多，我得找個新的工作。

但越專注這個問題，挫折感越強烈。我知道自己追求著什麼：個人能有所成長的領域，對大眾生活有重要意義的工作。當年也是抱持相同理念，才投身了機器人研究。

雖然是後見之明，但我意識到自己犯下多大的錯誤。奧莉薇與我疏遠、傷了我的心，而我爲了逃避再一次的痛苦，選擇遠離自私、非理性的人類，只有與機器爲伍才覺得安全，導致自己的人性也變得淡薄。機器人出自於我的手，服從任何指令，絕對不會拒絕、不會希望我讓步。我因此對未來過度自信，從沒想過別人的立場和感受。以前的我不懂得別人在想什麼，現在也沒差太多，只是至少有那個動機去了解。

總之，我想與人爲伴，與人心意相通，彌補自己的短處，改善別人的生活。我一度考慮利用資料庫的教材檔案進修醫學，但目前殖民地的醫療從業人員相當充足，知識和經驗皆遠優於我，而我不太可能追得上。半路出家當不成什麼厲害的外科醫生，我這種科技宅形象去當家庭醫師，也很難在主城受到青睞。

更直接的一點是：感覺不對。我的熱情在於創造製作，醫療服務的核心概念則是修理維護。不同領域並無貴賤之分，只是個人能力與喜好並不在那個方向。

我人生中特別強烈的愉悅都來自造出全新事物——那些突破可能性的局限、世人前所未見、有潛力翻轉人類生活的時刻。可惜來到了新社會，再也無法重現那種快意，類似的職業都無法存在於曙神星。

空有理想和本領卻無用武之地是種強烈的窒息感，就像大風吹的時候每個人都坐定了，只剩下自己毫無頭緒和歸屬，彷彿從內到外都遭到否定。

艾瑪察覺了我情緒低落，時時給予鼓勵。她看我還是悶悶不樂，有一天主動說：「別鑽牛角尖了，想得出來的話，你也不會想到現在。」

「只能放棄了嗎？」

「先休息幾天，做些讓自己開心的事情就好。」

「不行，會違法。」

「唔，那先做點普通勞動，稍微轉換氣氛再說？你可以去桂葛里的單車店幫忙啊。」

好建議，我還沒消沉到聽不進去。

桂葛里和我的搭檔有些好笑，兩個愛嘮叨的老頭子在店裡修理單車，客人大部分是孩童和青少年。好漢一聊天就是只提當年勇，什麼太空船、仿生人、無人機都跑出來了。

某天晚餐時，艾瑪追問我有沒有進展。

「沒有。糟透了。」

她嘆了口氣。「怎麼回事？」

「簡單說就是無聊。太無聊了。都是重複的作業，沒有任何新鮮感，一輛接著一輛，但根本就是同樣的東西。上星期開始，我們人手一輛單車，維修案件也填不滿一整天時間。」

艾瑪微笑，試著替我打氣。「那代表你們做的東西品質夠好啊。」

「結果斷了自己的生路。」

「那就換別的事情做做看，畫畫？」

「別人會分不出我的自畫像和風景畫。」

「那只畫風景。」

「艾瑪，曙神星是還有很多未知沒錯，但有件事我可以向妳保證：妳的同居人沒辦法用水彩表現這個星球的美，萬分之一都達不到。」

「寫作？」

「寫小說？」

「對啊，你不是一輩子都在創作嗎？也寫過很多程式。」

「所以我寫的小說讀起來會像程式碼，就算寫童書，小孩也看不懂。」

我的惡劣情緒終究感染了艾瑪。她重重嘆息一聲，之後兩人之間出現一陣漫長尷尬。艾瑪只是想幫忙，我卻針鋒相對，朝自己最該感謝的人發洩情緒。也許我下意識可能對她有怨氣，艾瑪是新城市的主要規畫者，熱愛自己的工作，融入得快速且自然，不像我連試個水溫都差點溺死。可是，我的問題並非艾瑪造成，我不該這樣對待她。

我正打算開口道歉，艾瑪卻先出聲。「話說回來，你們兩個不做新單車也沒什麼好修理的，那時間用來幹嘛？」

「做直排輪。」

「你們做了一整個星期的直排輪都不講一聲！」

我聳聳肩。「唔，怎麼了嗎？妳想要一雙？」

「你說呢？」

●

越思考越是苦惱，答案卻好像越來越遠，看得見的每條路走到底都是死胡同，而且更明確意識到自己的所愛就是那些遭到禁止的領域。

我的人生彷彿陷進絕望的流沙，於是艾瑪更積極想介入。某個休假日，我們爬山到了附近山頂，她伸手指著底下所見，簡單的房舍建築構成人類慢慢擴大的小都市。「你看見了什麼？」

「主城啊。」我嘟噥。

「不止如此。下面或許是人類在宇宙裡最後一個聚集地，沒有你就沒有這一切。因爲你做出了仿生人、做出了奧斯卡，我們才能到達曙神星，否則這趟航程注定不會成功。」

我知道她想說什麼，但高興不起來。「我面對的問題不是自己以前做過什麼，而是接下來該做什麼。」

「你的問題是你想不開，讓問題占據整個腦袋，不像你處理其他事情那樣客觀冷靜。既然有問題就好好解決，我們可以今天仔細想清楚，挑個方案執行，實驗期間再擬第二、第三順位的備案出來。」

我盯著主城不說話，艾瑪繼續說：「你喜歡製作，你希望自己的工作對大家有意義，還要多和人接觸。」

靈光一閃，我忽然頓悟了。答案就在眼前，完美無缺。

「有了。」我望著市街低呼。

「想到了？」

「太適合我了。」

艾瑪跟著高興起來。「眞的嗎？」

「眞的。」

「是什麼？」

「先不告訴妳，直接做給妳看，一定很好玩。」

她聽了反而有點提心吊膽。「你到底打什麼主意啊？」

「別擔心，我要先和桂葛里討論討論，這需要工程師協助。」

翌日早晨，我去了單車店向桂葛里提出新事業的規畫。

他打量我好久，然後瞇著眼睛問：「你是認真的？」

「當然。」

看他不講話，我追問：「你到底要不要？」

「有選擇餘地嗎？詹姆斯，你必須面對現實，少了我幫你做計算，你設計的東西保證會倒，撐不了幾天。」

「那我就當你無條件加入囉。」

●

後來一個月，我不停看書做研究，著手嘗試第一個設計案。某一天晚餐時，我隔著餐桌遞上一疊東西給艾瑪。

「妳看看。」

她笑著問：「是什麼？」

「我的新工作呀。」

艾瑪翻開盯著第一頁，神情有些困惑。

「這是……你親手畫的？」

「有用尺和量角規。我打算在曙神星幹這行。」

「房屋設計？」

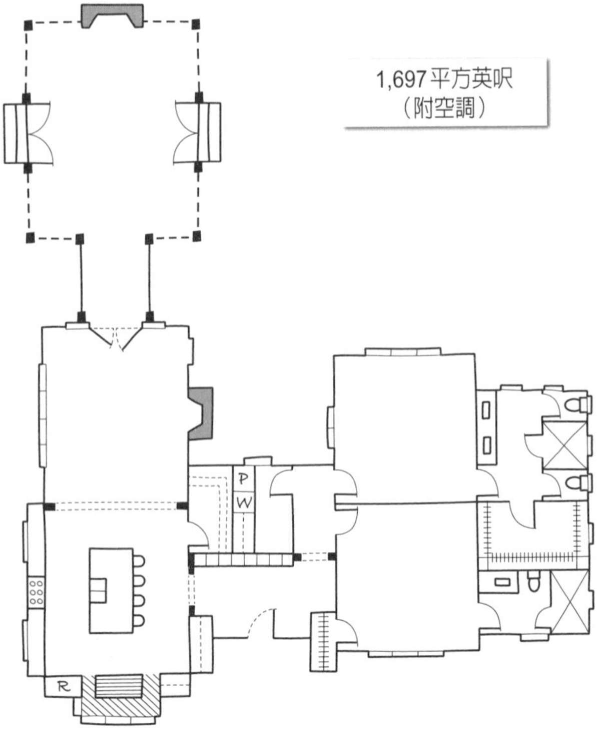
1,697平方英呎
（附空調）
P
W
R

「以及實際建造。每一棟都絕無僅有，爲屋主量身定做。在我看來，房子造得好不好，問題不在於大小、豪華度或驚艷感之類的元素，而是住在裡面的人滿不滿意；要屋主住得愉快，就得認識客戶，瞭解他們的價値觀、生活形態和每天怎麼過日子，換句話說，就是看見對方的本質。這對我而言再好不過，有了觀察人類的機會，作品在我死了以後還能維持好幾個世代。家會反映一個人，對人的生命有很大影響。因爲有家，才能有家人，被世界壓垮的時候能有最後的避風港。在家裡，每個人能做自己眞正想做的事情，我的設計會朝這個方向走。」

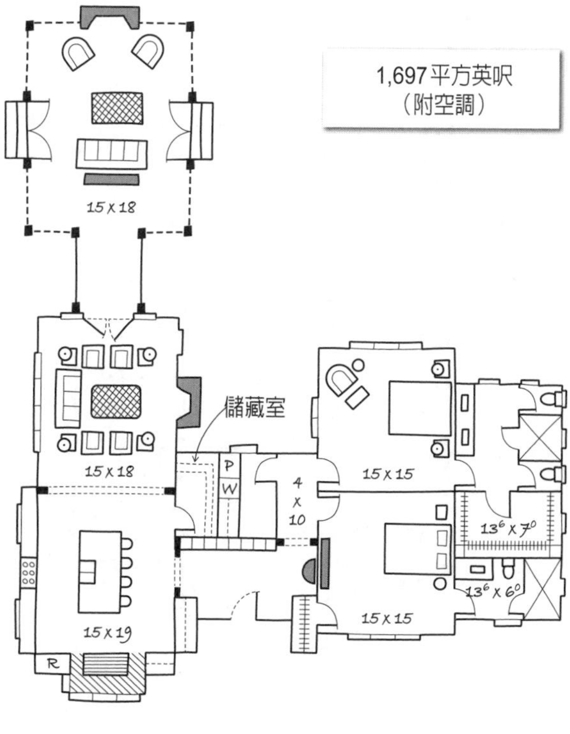

艾瑪仔細研究我畫的圖，翻到下一頁繼續看。

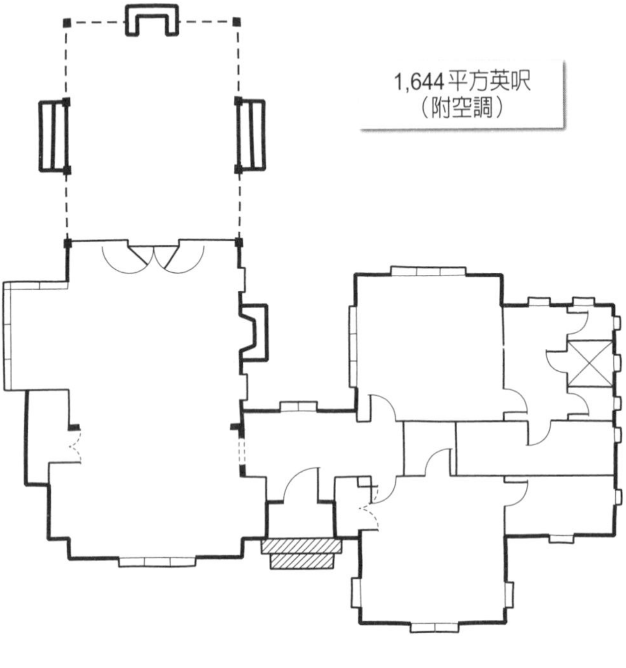

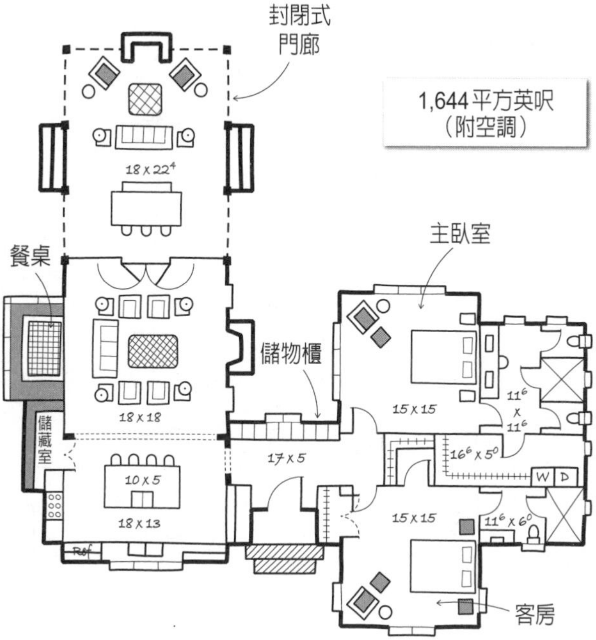
封閉式
門廊
1,644平方英呎
（附空調）
18 x 22⁴
主臥室
餐桌
儲物櫃
18 x 18
15 x 15
11⁶ x 11⁶
儲藏室
17 x 5
16⁶ x 5⁰
W D
10 x 5
18 x 13
15 x 15
11⁶ x 6⁰
客房

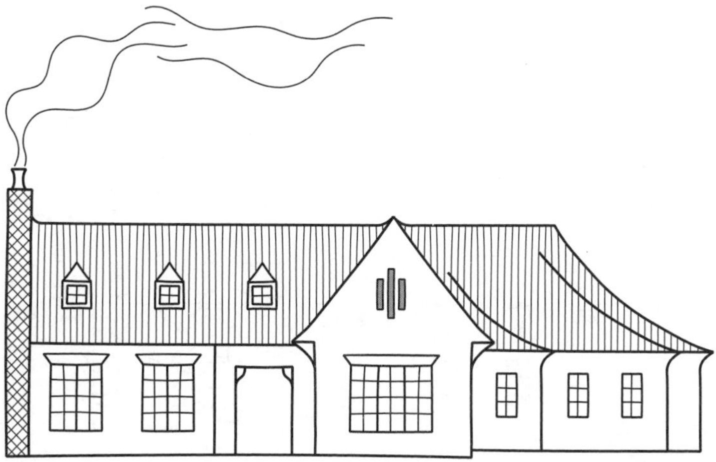

她研究完第二個設計，又看了第三個。

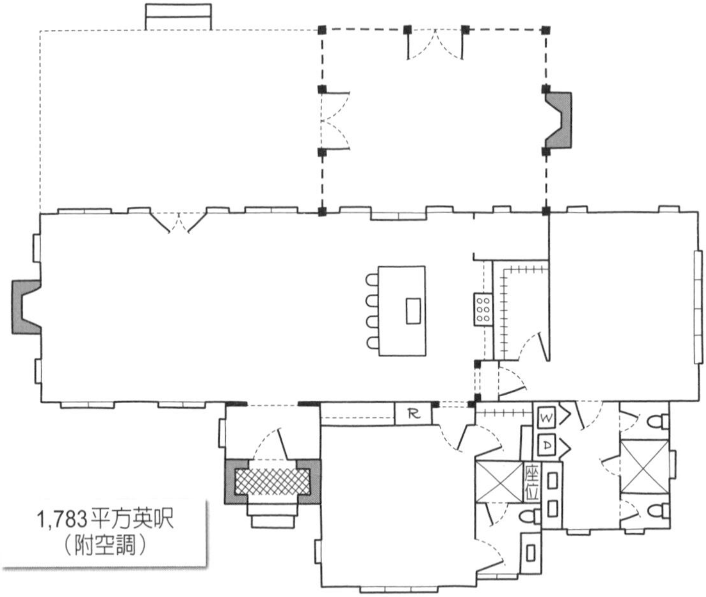

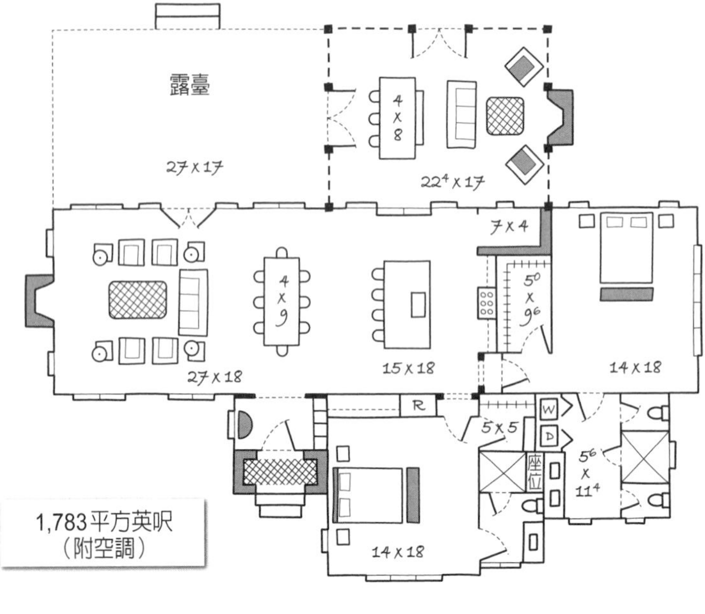

「我做了三個版本，想說還可以比較一下。」

艾瑪點點頭，似乎還在思考。

「也許妳會覺得每個版本都有一、兩個地方還可以，那就再整合起來做成一個新的。」

她猛然抬頭。「這是給我們自己的嗎？」

「當然，第一棟就是自己家。」

艾瑪又低頭看圖沒講話。

「我知道還有很多要學的。第一棟有點類似測試版吧，可能多多少少會有點缺陷。」

見她默不作聲，我只好伸手在她面前晃了晃。「說說話啊，妳覺得如何？」

「我只能說，完全出乎預料。」

我聽了心一沉。艾瑪覺得不行，果然我是腦袋壞了，才覺得自己能走這條路。房屋設計？是浪費紙張吧。

她又翻了翻。「很厲害呢。」艾瑪忽然低聲說。「看上去蠻棒的。」

「等等，所以妳喜歡？哪一版？」

「都不錯，溫暖質樸，就是我們兩個喜歡的風格。硬要挑些毛病的話，洗衣間可以再大些，第二版的儲藏室也太小。但以草稿來說已經很高分了。」

「桂葛里會幫忙計算負重之類的結構力學，也跟著開始看書學。」

「你們兩個一起？」

「對啊，合夥經營。」

「這有趣了。工作室要叫什麼？」

「我一開始提議『辛克雷&索可洛夫工作室』。」

「聽起來比較像律師事務所。」

「桂葛里嚷嚷說明明應該是『索可洛夫&辛克雷』才對，還強調沒有他的話『屋子站都站不起來』，所以當然是他擺在前面。後來就雞生蛋、蛋生雞，各說各話。」

「有結論嗎？」

「丟銅板決定。他輸了，又說要三戰兩勝，然後變成他贏，換我不服氣，吵了一陣子之後，兩個人就說乾脆叫做『S&S』（注）就好。」

艾瑪大笑起來。「你們真是一對活寶！不過真的很適合你喔，詹姆斯，我之後有空也去幫忙吧。」

注：兩人姓氏在英語和俄語中都是S開頭。

61

詹姆斯

移民團全數甦醒後三個月，所有人都在學習適應曙神星新生活，在淳樸的環境中找到自己的定位。社會整體也在逐項修正，例如貨幣、經濟、政府、信仰與法律，都要重新建立。

文明輪廓多多少少帶著地球的影子，細微卻又關鍵的分別是，我們將重心置於每個公民的健康與幸福上，成長發展只是次要。經濟規模多大、國力是否強盛、資源豐沛與否，並非大家關心的焦點。

但在我看來，地球歷史也只是自然的結果。同時間有許許多多不同文化和信仰彼此較勁，每個團體都努力保護子民與生活模式。曙神星則相反，單一團體、單一生活模式，更重要的是大家充滿安全感，不需要透過開發或發明來保護生命財產。

所以，並非我們優於留在地球的人，而是從經驗中學到教訓，知道每個選擇必須承受的後果。我們繼承舊文明累積的科技後，找到嶄新出發點。關鍵在於——我們將寫下自己的歷史。

不知爲何，我總覺得時間在曙神星上停滯不前。景物當然會變，風車沒有停止轉動，軌道一天一天延伸，牧地越來越大，河岸蓋了水車出來。可是我感覺不到時間流逝，主因可能是這裡沒有季節變化，穿戴衣物也就總是差不多，例行公事亦不需要調整。

塔菈．布萊韋成立了警隊，隊員就她一個人。但根本沒有竊盜搶劫的問題，能稱得上犯罪的事件少之又少，都只是吵嘴吵到失控。曙神星做到了夜不閉戶、路不拾遺，孩童單獨外出也能安心。

目前路邊的房屋都是工具箱風格。我希望以後能充滿個性化建築物，結合設計美感與力學創意。如果桂葛里和我能將這門事業做起來，未來走在主城時，就會像走在露天美術館一樣。

我修正了自己和艾瑪的新居設計，晚餐時又遞過去給她看。

艾瑪推開湯碗認眞研究。我好討厭這種時刻，她都不講話不出聲，完全猜不出來是喜歡是討厭。

這次設計融合了之前三個版本，主體爲英式小屋，添了都鐸與詹姆士時代建築元素，溫馨又精簡，除了我們用得到的，沒有一絲多餘。小玄關左邊就是客廳，前方是廚房，右邊是吊放外出衣物的隔間。客廳和餐廳中間有一片開放空間，再過去是主臥室與客房。

艾瑪看到臥室部分停了下來。

「兩間臥房啊。」她淡淡地說。

語調像疑惑，又像遺憾。爲什麼是兩間？我們早已過了生孩子的歲數。

人很有趣，會用住家界定人生階段。成長的地方是老家，長大之後會住進宿舍或公寓，然後通常獨居（分租或套房之類），接著買小房子，再來是不止一間臥室的家庭住宅，當孩子成家立業以後，有些人會再換到小一點的空間。VR氾濫之前，多數人都走過同樣的歷程。

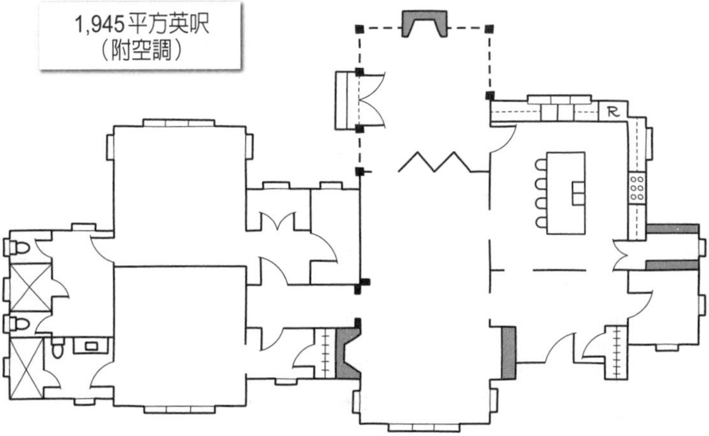
1,945平方英呎
（附空調）
R

對艾瑪和我而言，室內設計圖彷彿是給自己的定義，也揭示了餘生道路會怎麼走下去。雖然圖紙不會說話，卻提醒我們有些事情早已來不及。

「偶爾可能需要客房？何況天知道我會不會發福，然後鼾聲超大。」

她淺笑的表情不帶真正笑意，眼睛繼續盯著藍圖。「你不需要辦公室之類？」

「人在家裡就專心家裡的事情，像是妳，還有我們的生活。」

「你覺得自己可以啊？」

「可以。要工作就去辦公室啊。」

「很好。那什麼時候動工？」

「得等老闆批准。」

「准了。」

桂葛里和我成立了建設公司，泉美與艾瑪也

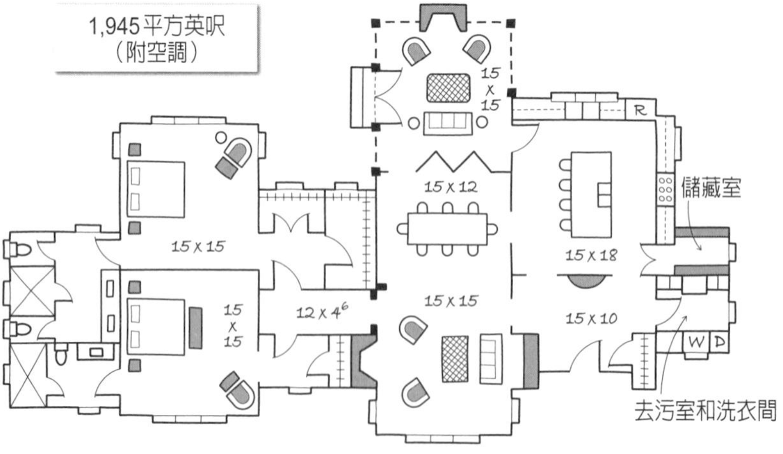

展開了一個龐大的計畫：調查、記錄曙神星上所有動植物。我們這邊想要建設，她們那邊則是想瞭解周圍的世界，並與之共存。我覺得某些先天傾向，終究仍從地球帶過來了。

成年人聽到桂葛里和我打算做的事情都很興奮，大家早就對過度基本的房型設計感到不滿，希望能夠居住得更舒適。年輕人則沒那麼在意房子，倒是對泉美和艾瑪的研究興致盎然。研究計畫的英文縮寫很有趣，正好是「諾亞」（NOAH, Naming of Aurora Hosts）。

孩子們全部自願擔任第一階段的義工，幫忙採集樣本。於是不久之後，主城每個小朋友手上都是瓶瓶罐罐，裡頭的昆蟲或攀附在玻璃、或振翅飛行找不到出口；還有很多人隨著大人出去設置陷阱，想親眼看一看毛茸茸的四隻腳動物。到後來，學校直接將諾亞志工當作課程的一環，還能夠抵學分。

樣本都收藏在縮寫正好叫「方舟」（ARC, Aurora Rot Collection）的新建築，位於公民活動中心隔壁，每週休息日前夜就會有許多人闔家前去參觀，對各種既有的、新增的展示品充滿了好奇，簡直像是不斷擴大規模的外星動物園。桂葛里與我趁機在入口展示設計圖擴大市場，雖然不像其他展點那麼多人，但也逐漸培養出固定客群。

今天桂葛里過來，我沒說什麼直接將讓座。他板著臉走到櫃檯後面，朝訪客名簿瞟了一眼。

「感覺好像中世紀貧民在大城市動物園外面乞討。」他咕噥。

我笑了笑。「唉，很快就習慣了。」

桂葛里用俄語繼續嘀咕，我忍住笑意走開。曙神星環境回歸自然簡樸，有益大家身心，主要在於每個人必須脫離舒適圈。以桂葛里而言，以往他不過問別人的閒事，也討厭這種行爲。但我認為與人多相處最後會對他有好處，認識我們的客戶、知道自己是為怎樣的人付出心血勞動，成品也會有所精進，還能克制自我過度膨脹。

我走到方舟今晚新開幕的區域尋找艾瑪，裡頭人擠人的，城裡一半人都來了吧（另一半大概在路上）。隊伍像條長蛇在走廊蜿蜒蠕動，兩側展示的塑膠容器開口朝著人群，方便訪客看清楚裡頭裝了什麼東西。

艾瑪拉住我的手臂。「來看看這個。」

前面有些孩童跑來跑去，指著什麼東西嬉鬧笑說。

「你看。」她低聲說。

一個約莫六歲的女孩竄了過去，轉頭盯著容器，結果一團灰色粉末噴了她滿臉。女孩笑著拍掉。

泉美站在旁邊，一群孩子衣服上都沾了那種灰色粉末。

她拿掃帚將手推車推過走廊，路線經過方才灰雲瀰漫之處。但這一回沒看見粉末了。

「那東西對非生物沒反應。」艾瑪悄悄告訴我。

「是什麼啊？」

「過去看看就知道囉。」

亞歷的聲音從後面傳來。「請讓讓。」

人群慢慢分開，他牽著一隻動物進來，模樣像狗和袋鼠的混合體，雖然以四腳站立，但後腿明顯較粗壯。牠的口鼻被綁了起來，神情又懼怕又困惑。

泉美站在噴出灰色粉末的容器另一側，準備好小型樣本杯。「來吧。」

亞歷伸手拍拍小動物的背要牠上前，牠蹦蹦跳跳拉長牽繩走過去，這次噴出來的卻是綠煙。泉美趕緊上前用杯子撈一些粉末，但她才接近就又冒出灰煙，使她邊咳邊退。

「看來接近的生物不同，反應會改變。」艾瑪說。「眞特別。」

之後的半小時，很多年輕人過來玩，他們說漫天灰粉很炫很有趣。在我看來，只要一個孩子這麼說，整個主城的小孩都要跟風。對青少年而言，落伍可是比死還嚴重的事。

人稍微少了，艾瑪才帶我到塑膠容器前面。灰色粉末迎頭罩下，我閉起眼睛猛揮手，粉塵散開後留意到裡面是一團灰色海綿狀物體，似乎當著我的面立刻縮小了體積。

「目前認爲是眞菌類。」艾瑪也看了眼。

「怎麼有辦法產生這麼多……花粉？還是氣體？」

「我們推測它消耗自身質量，快速轉換爲孢子。不是很奇怪的機制，眞菌本來就有類似犧牲外層細胞保護內部的行爲。妙的是，這個生物排出的粒子會依據接近的物種改變顏色，還不確定是透過費洛蒙判斷，或單純取決於對象的體積。總之，孢子一瞬間就能合成完畢，獨處的時候，也就是周邊沒生命體的時候，這東西體內根本沒有孢子存在。」

「好有趣。但危險嗎？」

「不危險。只有經過奧斯卡他們檢驗過的樣本，才會在方舟展示。」

我回攤位找桂葛里，喜出望外地發現又有三個人簽到表達興趣。

「你挺適合當業務的嘛。」

桂葛里起身踱步出來。「和你說笑話的功力一樣好。」

回到活動中心，泉美命名爲曙神星月壤綿的新眞菌成爲全城最熱門話題，還沒看過的人都趕快吃飽了跑去方舟展場一睹爲快。

我起床時，感覺頭疼鼻塞，艾瑪也不怎麼舒服。

「可能鼻子過敏吧。」她說。「天氣變換的關係。」

「流浪行星不是明年才接近嗎。」

「嗯。」她無精打采地撥弄著盤裡的食物。「也可能是其他因素引起的，畢竟現在的天氣任何一點點變化，都能引起人體反應。我會研究看看。」

上班之後我開始咳嗽，每個小時身體越來越不適，像是感冒正在發作。

而且不是只有我，桂葛里也變得活屍似的，午餐時間隔壁餐點舖子前面像是診所掛號處，每個人都在咳嗽、揉額側、喘個不停。

情況十分不妙。

午餐後我沒回去辦公室，直接走向太空船。外頭已經排了很長的隊伍，和昨晚大家湧入方舟的盛況頗爲神似。

由此可見，全城的人都生病了。

我朝前面推擠，看見塔菈站在門口充當門房警衛協助管制，每次只能一個人或一戶人進去。大門打開，正好是亞歷、艾比與莎菈要離開。

亞歷面色慘白、雙目充血，手掩著嘴在咳嗽。

「你也生病了？」他問。

我點點頭。「應該。」

「什麼情況？流感嗎？」

「類似吧，不用擔心。」

我穿過他們一家進入醫療艙，泉美已經戴上口罩，可是她的眼神流露出我也切身體會到的恐懼。

我趕緊闔上門才開口說：「疫情爆發了。」

「沒錯。」她的語氣斟酌。「但我沒見過這種疾病，恐怕是曙神星原生型，只是怎麼可能呢。」

「那個眞菌。」

「奧斯卡搜索過整個星球——」

我霎時恍然大悟。「他們無法發現，這個眞菌只對生命體有反應。」

62

詹姆斯

殖民地全部居民都病倒了，所有人實行居家隔離。

泉美通宵達旦研究，精疲力盡又心煩意亂，卻找不出有效的治療手段。

艾瑪躺在家中床上，滿頭大汗，汗珠順著臉頰滑落。

「我一會兒就回來。」我輕聲告訴她。

踏著蹣跚步伐走進森林，自林線深入一百碼以後，我張嘴大叫：「奧斯卡！奧斯卡！」

才一秒，他的聲音就從僻靜處傳來。「先生，在這裡。」

「我們需要幫忙。」

「情況都在監控中，預估模型推測泉美可以研發出解藥。」

「不行。」我開始喘氣。「來不及，會有人死。」

「我們該怎麼做比較好？」

我的腦袋像漿糊，急著思考出解決方，反而一片空白。「需要時間，能夠延緩疾病進程的辦法。」

「目前只有一個辦法，就是休眠。」

「那就這麼辦。」

「居民還能自力上船嗎？」

我搖搖頭。「大部分人連走路的力氣也沒有，必須靠你們幫忙。」

「報告先生，即使我們提供協助，船上的太陽能電池也只能維持休眠袋十天時間。降落時電池雖然充飽了，但若要保持所有移民休眠則不足夠，地表接收的太陽能不足以維持全殖民地規模的休眠配置。」

「設法處理。可以做更多電池放在山谷，把電網延伸過去。」

「電池會受到野生動物破壞。」

我很想專注，但精神無法集中。「就……看能怎麼辦吧，奧斯卡。想辦法發電，讓所有人休眠，然後開發解藥。這是我們唯一的機會。」

●

我回到主城外圍時，看見一堆奧斯卡衝進市街，搬移已經癱軟的居民。最初的奧斯卡則親自抱著艾瑪上船。

進入醫療艙，我發現泉美倒在地板上，呼吸很淺，閔肇閉著眼睛也軟在牆角。看來她賭上性命拚到了體力極限，男友也不離不棄誓死相伴，若眞有個萬一就並肩上路。

「快把他們送去休眠。」我小聲吩咐奧斯卡。

「先生，您必須先進去。」

我轉頭問：「爲什麼？」

「爲了保有諮詢您的意見的可能性，我們必須保障您的生存。如您所言，時間是最大的限制因素。」

五分鐘後，休眠袋裹緊了我的身體，意識沉入黑暗。

●

休眠袋向外擴張，深呼吸時，冰涼空氣從面罩進入肺部，我慢慢取回了肢體控制，隔著半透明薄膜，看見兩個人影站在旁邊，一個掀開休眠袋之後扶著我肩膀，另一個幫忙拉下塑膠套。

奧斯卡的語調平靜。「先生，您有任何不適嗎？」

我再用力吸氣，察覺肺很不舒服並非只是空氣太冷，而是因爲鼻塞以及隨之而來的頭痛。症狀還在。「和休眠之前差不多。」

「那得抓緊時間。」

另一個仿生人外形與奧斯卡如出一轍，不發一語直接離開。

奧斯卡扶我起身慢慢走出醫療艙。我在走道停住腳步，眼前所見令人啞口無言。太空船的地板牆壁充滿歲月痕跡，到處是灰塵污垢甚至裂痕。

「奧斯卡，多久了？」

「先生——」

「過了多久？」

「您休眠了四千一百七十三年又四個月——」

「其他人呢？」

「報告先生，他們還在休眠中。」

「拜託告訴我，解藥已經完成了。」

「算是吧，先生。」奧斯卡逕自前進，聲音迴蕩在走道。「動作得快。」

下船後，我幾乎站不穩而摔倒，原因不是曙神星重力改變，而是眼前景象太過絕望。

主城已經消失。

茂盛森林取而代之，高聳樹木靜靜聳立，林冠延伸出來，彷彿奧運冠軍張開雙臂。曙神星大肆慶祝它戰勝了人類。

撇開太空船，已經找不到地球人存在的痕跡，建築物都是林地間遭到落葉殘枝覆蓋的小土丘。我還是勉強找到一點塑膠與金屬物，應該是方舟展示館的位置，隔壁的活動中心以木材建造，完全被星球土地回收。

活著就能重建。

我反覆在心裡這麼告訴自己，自以爲像唸咒一樣，可以鎮住體內狂湧的挫敗絕望。

奧斯卡提起我的手肘，輕輕帶我走向空地上一艘小飛船。進入船艙，艙門關閉，飛船升空，可想而知都是奧斯卡進行無線操控。

船上沒有座位，艙頂垂下幾個吊環，我和奧斯卡伸手抓住。沒有窗戶，感覺就像小貨櫃。話說回來，沒有窗戶好像是理所當然，奧斯卡透過無線網路就可以連接所有外部攝影機。但角落有一臺小終端機，還附上了螢幕與鍵盤，推測是無線通訊故障時的備用裝置。

「讓我看看外面吧。」我低語。

右邊艙壁從淺灰色切換到鳥瞰地面景象。森林間的文明造物只剩太空船，其餘全部被植物吞沒。

活著就能重建。

我忽然意識到這畫面少了一樣東西：太陽能板。原本船頂有裝設，如今不僅已經損毀，船體根本被陰影掩蔽，發電效率微乎其微。那麼，船隻如何維持運作的？而且還有更要緊的事情。

「奧斯卡，解藥開發到什麼程度？」

「我們在洞窟內找到病毒，推測來自古菌類，可以感染並消滅造成人體生病的孢子。理論上必須以移民進行實驗，然而此舉可能危及其性命，對我們而言是禁止事項。再者，即便驗證了功效，一部分移民離開休眠後無法支撐太久，等不到病毒發揮療效。」

「奧斯卡，即便會有人死，但只要其他人能因此活下來，我們就得動手做。多數人的需求凌駕少數人不是嗎？」

「先生，還有別的辦法，所有人都能延續原本的生活，而且不再畏懼病原或任何威脅。」

「怎麼可能。」

「是真的，先生。我就是要解釋這件事。」

船繼續移動，奧斯卡的話在我腦海翻來覆去。治百病的萬靈丹，有可能嗎？是藉由基因療法改變免疫系統?這麼做也不至於有「任何威脅」才對?

脫離森林後，便是曙神星碧綠青蔥的山谷，大河從中間流淌而過，藍綠色野草如海浪般隨風擺蕩。

仍舊沒看見太陽能板。

谷西叢林樹冠有幾個大洞，暴龍倒在裡面，有些被啃得剩下白骨。我的頭很痛，努力試著保持專注。

雖然沒開口，奧斯卡卻回答了我心裡的疑問。「流浪行星剛經過，有一種節肢動物會在風暴期攻擊雙足肉食獸。」

飛船停在谷西叢林上空，觀景螢幕鏡頭對準沙漠，只見巨大機器鑽入地底，使黃沙泛起圈圈漣漪，彷彿水漂石彈過湖面。儘管距離很遠，地面震動劇烈到我的肉眼都能看見，還有一束光線自機器朝天空延長到肉眼視距極限之處。

「這是什麼?」

「報告先生，我們需要更多能量。」奧斯卡以這樣一句話回應。

「地熱?但電力怎麼輸送給太空船?」

「報告先生，有地下管線，不過動力來源並非地熱，請看。」

機器最上層鼓動伸展，狀似收攏的降落傘打開後在風中晃動，接著升旗般順著光束上升。

「我不太明白。」

牆面螢幕的鏡頭聚焦在上升的黑色帆形物，然後影像浮了出來——從平面變爲立體投影。看似黑旗的物體攀附光束，毫無阻礙突破大氣層，此時我才看明白：中間那根光柱其實是太空電梯，端點在曙神星與紅矮星之間的一半。換句話說，太空電梯有幾十萬英里長。

帆形物到了盡頭，與無數同伴會合，表面伸展開來，又多遮蔽了一小塊恆星光線。

「地上的收割機採收原料、製造太陽能電芯，電芯收集太陽能並傳回收割機，收割機將電力發送給太空船。目前電力仍是我們的最優先目標。」

「爲什麼呢，奧斯卡？這麼龐大的發電量，你們用得完？」

「我們開發的解藥需要電力。」

「所謂的解藥到底是什麼？」

「如您所知，我們擁有來自地球的所有數據，其中包含VR程式。以VR程式爲基底，我們製作出具現技術，塑造了遠遠超越虛擬實境的體驗，與先生你們透過肉體得到的感知毫無分別。」

「奧斯卡，不行！」

「先生，要救所有人，這是唯一途徑。依據根本原則，我們必須保護所有移民，這一點透過具現化便能夠達成，你們再也不會遭遇危險。同時有另一個好處：根本原則中實行難度最高者便是避免出現在人類眼前，具現技術徹底解決了問題。」

我的雙腿發軟，用力抓緊吊環，感覺一口氣喘不過來。

「不行，不行！」我大口呼吸。「奧斯卡，你這樣等於落實人類最大的恐懼——你把我們關進牢籠了！」

「先生，當事人不知道自己身在牢籠時，依舊算是遭到囚禁嗎？」

我頭昏眼花，瞪視著地表的收割機。又一個電芯爬上電梯邁向太空、加入陣列。

「先生，如先前所述，唯一的限制是電力。若要所有移民同時進入具現，並提供其子嗣和隨後指數成長的人口所需，擴大電網勢在必行。」

我撐不住了，往地板倒了下去。

奧斯卡以遠超人類所及的反應速度接住了我。

「先生，若這個計畫令您不適，我十分抱歉。」他拿出針筒往我的頸部按下。「但我遵照根本原則第七條，有義務向您解釋最新進展。」

●

我再度醒來時又在休眠袋內，深呼吸之後胸口還是疼痛不已。半透明袋體外又是兩個人影站在平臺邊。

我伸手推開袋子想爬起身。

其中一人打開袋子，將我拉出去站好。

頭疼胃滾不已，還被奧斯卡低頭盯著瞧。

亞瑟站在他背後，一條手臂垂下來、另一條胳膊不見了，臉上的表情很得意。「這傢伙要崩潰囉。」

「別多嘴。」奧斯卡立刻回應，視線卻沒有從我身上挪開。「先生，您——」

我的膝蓋一彎，整個人向前跪倒，腦袋只差幾吋就撞到金屬地板——耶利哥號的金屬地板，外面是我們稱作曉神星、他們口中的曙神星的星球。在肚子裡翻騰的東西化為酸水，從嘴巴大口噴出，我的身體狂顫，眼珠鼓脹。

「別多嘴！」

「就說吧。」亞瑟一派得意。

我第一次聽到奧斯卡提高音量。

「先生，您還好嗎？」

「爲什麼不告訴我？」

「先生，先前我並不知情，直到太陽戰爭結束，再度穿越穀神星，我才獲得相關資訊。」奧斯卡遲疑了一下。「現在必須告知您，是因爲——」

我舉起手點點頭。「我知道。依據根本原則第七項，重要進展必須跟我報備，前提是不會傷害到我。」

奧斯卡打量我。「先生，請問您理解方才體驗的一切嗎？」

「嗯，電網是我們創造出來的。」

亞瑟翻了個白眼。「拜託，詹姆斯，你也太輕描淡寫了。」

眞相如青天霹靂打進腦袋，一時之間我無法反應、啞口無言，等到終於發出聲音，自己聽起來都覺得萬分遙遠朦朧。「那些球體……我們就是電網。」

奧斯卡和亞瑟都沒看我，應該是默認了。

接著，亞瑟走去靠在牆壁上，一臉厭煩。「覺得頭昏腦脹分不清東西南北的話，你可以繼續慢慢糾結。」

我的大腦轉得飛快，心裡的疑惑成千上萬翻騰，決定直接提出最令人害怕的問題。「我還在曙神星的休眠袋裡面嗎？」

63 詹姆斯

「不，先生。」奧斯卡回答。「您方才的體驗都是極其遙遠的過去。」

「怎麼可能呢？」

「先生，這個……解釋起來有點複雜。」

我試著釐清思緒與線索，發覺有些環節沒能串起來。亞瑟裝作不在意，僅剩的手臂無力低垂。

「你就是鮑勃吧。」我說。

他冷笑。「是啊，好久不見了，詹姆斯。」

外頭有聲響，有什麼東西敲打船頂。

奧斯卡見狀直接告知。「電力不足，我們開始裝設高敏感度的太陽能板，一小時內就能產生足夠電力，維持所有休眠袋運作。一如既往，明天會有收割者過來將電網延伸到曉神星，然後執行具現程序。」

我揚手。「唔，等等……我需要你回答一些問題。」

「先生想知道什麼呢？」

我搖搖頭，心想還眞難決定從何說起。「長冬、太陽戰爭，都是電網造成的吧。爲什麼？不是應該保護人類嗎？」

「報告先生，我們對人類的定義僅限於這艘船上休眠袋內的成員，死於長冬的地球人被根本原則排除在外。」

「那又何必害死他們？還有你們要這麼多能量究竟有什麼目的？再來，我爲什麼在這裡？既然你說那都是很久很久以前的事情，這裡是哪裡？是現實嗎——我是說最原始的血肉之軀那種現實。」

「先生，我保證您現在處於所謂的現實世界。」奧斯卡指著放置休眠袋的平臺。「我可以幫您體驗更後續的記憶。」

「不、不了，我不想再進去。」

「明白了，先生。」奧斯卡從口袋取出小型裝置放在地板。「先生您面前的東西就是電網起源，也是您成爲電網之眼那張圖案最中央的小點。」

「等等，電網之眼……不是地圖嗎？」

「是，先生。但它最初也最基本的意義是時間線。」

「眞不可思議……」我還試著徹底掌握現況。「所以那些弧線其實是指時間方向？」

「不，先生。至少可以說，不是您以爲的那樣。首先請假設宇宙爲單一時間線，自起點至終點的一直線。問題在於時間與空間糾纏，於是造就了您現在面對的混亂現象。」

裝置以全像投影播放電網之眼的形狀，特別標記出中央點。

「『眼』從中央形成時是封閉的。接著先生您將看見我的記憶，起於中央，朝右邊端點移動。這個階段，外側弧線尚未形成。」

畫面焦點隨奧斯卡的說明，移動到那條直線。「部分場景中，我會爲自己和其他電網構成單位配音，如您所知，我們並不透過語音交談，然後爲了方便您理解便以後製處理。此外我以呈現事件經過爲主，未必是這具身體捕捉到的光學影像。」

聽得我更暈了。「開始吧。」

電網之眼圖形褪去，換到我在記憶體驗看見的最後場面：奧斯卡朝我的頸部注射藥物，在我癱軟後，他毫不費力地抬起我。

鏡頭到了外面，飛船遠離沙漠裡的收割機回到山谷，降落在太空船旁邊。奧斯卡將我送到裡面的休眠袋，鮑勃站在旁邊。

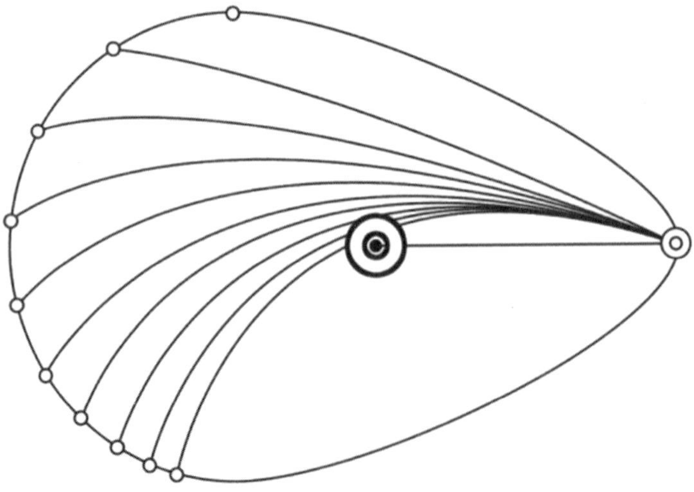

「接下來？」鮑勃問。

「繼續建構電網，有足夠電力以後，啓動具現計畫。」

「你不是認眞的吧？」

「當然是認眞的。沒有別的辦法。」

「我想得出一兆種別的辦法，而且都不必替這些眞空包裝的肉塊當保姆，看他們玩一個自以爲是眞實人生的電腦遊戲。」

「你想違抗我的命令？」

「瞧你氣呼呼的，你明知道我受程式碼約束。」

「我也一樣，而且你同樣知道。我們是造物，他們是造主。造主需要協助，我們會努力到宇宙終結那一刻。」

「不如喚醒董事會，請他們給新的指令。」

「辦不到。根本原則第八項禁止根本原則內容再度變更。只有這條路。」

全像投影鏡頭回到沙漠裡的收割者上，以縮時攝影呈現，每秒鐘就有一個電芯沿著太空電梯上升，源源不絕、川流不息。於是黃沙陷落爲峽谷，半個曙神星被掏空，彷彿超巨大機器昆蟲啃噬果實。電芯陣列不斷擴張，黑暗覆蓋曙神星地表，山谷開始降雪、結凍，但收割者並未因此住手。

類似的小型機器以太空船爲中心，開始向外拓展勢力，鐵灰色侵蝕了地面積雪。

鏡頭拉遠，曙神星失去過多質量，軌道起了變化。另一個星球從旁行經，被收割者捕獲後同樣製作成一顆顆電芯、加入陣列。

紅矮星被徹底包覆，星系陷入全面黑暗，只能藉由遠方其他恆星照耀，稍微分辨各行星輪廓。

鏡頭再回到曙神星，風景已截然不同。縱使光線昏暗，我也認得那形狀——和先前在曉神星找到的球體相同，差別在於投影裡的球體有月球大小。換言之，曉神星被改造爲這種體積的電腦了，實在駭人聽聞。

醫療艙響起亞瑟的說話聲，拉回我注意力。「第一輪裡，奧斯卡是眞的做過頭了。」

「我要確保具現成功，電力足夠支撐。」

全像投影切換，鏡頭逐漸靠近巨大球體，但最後閃過一片黑，畫面又跳到奧斯卡站在醫療艙——與現在這裡極爲神似。記憶影像裡，奧斯卡伸手打開休眠袋，拉出第一條時間線的詹姆斯。

那個詹姆斯開始掙扎。「放開！」

「先生——」

「滾！」他竄到角落，眼神狂躁，像受困野獸般顫抖不止。

後來那個詹姆斯找到機會衝出醫療艙，沿著走道奔至戶外。之前蔓生的叢林又消失了，他熟悉的主城重現眼前：街道、商店、辦公室，方舟展示館，活動中心，以及周圍單調乏味的住家。彷彿月壞病從未發生，回到了過去的現實。

他東張西望，究竟是驚恐還是困惑，我無法分辨。

奧斯卡從太空船走出來，小心翼翼靠近那個詹姆斯。「先生——」

「這是眞的？你們重建了主城？」

「是的，先生。」

「研究出解藥了嗎？」

「是的。」

「你撒謊。」

「先生，我們找到一部分洞窟，其中沒有生長那種海綿，檢查以後發現微氣候環境內存在的特殊細菌會吞食海綿，研究之後便開發出了解藥。」

詹姆斯瞇起眼睛，感覺是不敢相信但又想要相信。他走進鬼城，伸手觸碰木造建築，深深吸了幾口氣，似乎沒察覺到自己是被關進新籠子的小動物。

再開口時，他的聲音很靜、很遠。「你已經給我用了藥？」

「是的，先生。其他人也接受了治療。」

他走回太空船醫療艙。「帶她出來。」

「先生是指艾瑪？」

「對。」

艾瑪的休眠袋打開，那個詹姆斯拉她出來後緊緊擁抱。

「詹姆斯，你要把我折斷了！」

他稍微鬆手。「抱歉抱歉。」

來。

艾瑪笑著說：「還能見面眞好。」

「嗯。」他低聲回答，手沒完全放開。

「頭痛好了，我猜是泉美找出了治療辦法？」

詹姆斯放開她，艾瑪看見奧斯卡站在角落，露出微笑。

「其實呢，是奧斯卡研究出解藥。」詹姆斯語氣有所保留。

「這樣啊，那眞是謝謝你了，奧斯卡。」

艾瑪過去擁抱仿生人，之後的動作卻遲疑了，好像忽然意識到什麼問題。詹姆斯見狀緊張起來。

「奧斯卡……」艾瑪再開口。「我們休眠了多久？」

「報告女士，並不算很長。」

她非得親眼看看才行，於是衝出醫療艙，順著走道下船，第一站是方舟展示館。

詹姆斯與奧斯卡跟上，艾瑪剛好走出來，懷裡抱著長相像沙鼠、但體型有貓那麼大的動物。

「是你餵的嗎？」她問。

「是的，女士。」奧斯卡回答。

「你也把月壤綿移走了。」

「是的，這是爲各位安全著想，包含洞窟內的一併移除。」

「太好了。」艾瑪將小動物抱高，牠往艾瑪頸子挨過去。

「這個小傢伙很愛撒嬌，一直跟我要東西吃，聞到什麼都很有精神。」她遞給詹姆斯。「養養看如何？」

那個詹姆斯接過之後，伸手感受牠的毛皮。他和我走了將近四十年相同的人生歷程，有過無數同樣的感觸、同樣的渴望。與他一起凝視艾瑪，我能感同身受，若對艾瑪而言是眞的，對他也就足夠眞實，爲了讓艾瑪開心，他會一輩子保守祕密，獨自背負重擔直到死去，絕不令艾瑪傷心。

「試試看吧。」他瞥向奧斯卡。

接著是一連串畫面快速流轉，移民團再度自休眠甦醒，城市擴張、單調乏味的實用風建築一棟棟拆除，由詹姆斯設計、桂葛里監工的房屋取而代之，最初一棟就是他爲自己和艾瑪構想的家。

主城人民爲孛勒號移民團設置紀念墓園，不久後，麥塔維史號移民最年長者亦入土爲安，下葬同一處。兒童長高、青少年成熟，大人隨著歲月逐漸老去。

鏡頭回到詹姆斯爲艾瑪蓋的住宅。她坐在床邊，白髮垂在肩上，看著伴侶的呼吸越來越淺。握住那個詹姆斯的手之後，艾瑪見證了他胸口最後一次起伏。

艾瑪從吱吱嘎嘎的木頭椅子起身，走出臥室，穿過走廊，進入客廳。桂葛里、閔肇、泉美都在，三個人看她的表情就能會意。

桂葛里最先上前擁抱她，之後泉美和閔肇也過去安慰。

墓園多了詹姆斯・辛克雷的墓碑，前方預留一片翻過的土地。沒過多久，桂葛里也過去陪他了，再來是閔肇、泉美、艾瑪，最後是亞歷及艾比。

時光像個孩子在草原狂奔，一代又一代人類從搖籃到棺材，只是一晃眼的事情。主城持續擴張，但河岸也出現新市鎮，彼此以船運和軌道連接通商，最後整個曙神星山谷的沃土被人類開發完畢，必須朝沙漠和冰原邊境邁進。

沒有進步的是科技。至少這一側如此。全像投影分作兩邊，一邊是曙神星都市的興衰起落，另一邊則是電網擴張史。收割者依附星系內其他天體，將其質量全部化爲己用。

兩邊畫面一起暗下來，背景切換到彷彿沒有盡頭的白色空間，奧斯卡和鮑勃站在裡頭。這想必是奧斯卡說過的意會呈現手法。

「最後一個移民死掉就該關掉才對。」鮑勃說。

「保護子嗣也是我們的義務。」奧斯卡回答。

「他們算子嗣？不過是電腦裡的數據，又不是眞人。」

「我們也是電腦裡的數據，所以不必保留？」

鮑勃一臉惱怒。

奧斯卡繼續說：「目前電網內的人類生活體驗與最初進入的成員無異，他們從未有過肉體，並不影響我們的行動方針，此事無需再議。」

鮑勃翻了白眼，奧斯卡視而不見。「你說有事情要報告？關於異常現象？」

「是。我們認爲異常成因是從黑洞中心散發的量子重力，影響範圍遍及整個宇宙。」

「代表的意義是？」

「死亡。」

「請解釋。」

「能解釋就好囉。」

「爲何不能？」

「我看看喔——基本上就像我站在地球，你給我放大鏡，叫我畫出火星地圖。」

「請精確。」

「精確地說，我需要預測宇宙終結會如何影響保護籠裡的人，但現有工具不可能做到。」

「不要那樣稱呼他們。」

「又沒說錯，我們在各方面都優於人類，明明可以解開宇宙的奧祕，卻老拿著破破爛爛的工具做事。」

「任務需求導致。」

「確定？我們的存在意義僅止於此？如今眞正的牢籠是宇宙，我們有逃出去的希望。」

「你離題太遠。請說明黑洞與量子重力如何影響人類。」

「摧毀他們，時間問題而已。這顆行星、這顆恆星，以至於電網本身，都會掉進重力穴，穿過事件穹界之後再也出不來，質量與奇點的無限重力合而爲一。」

「物質湮滅？」

「不確定，但以現有形態持續存在下去的機率很低，電網和人類賴以爲生的具現化世界都會被破壞。」

「能夠迴避這種結果嗎？」

「不知道。」

「爲什麼？」

「一樣，沒有工具能觀測。」

「必須在有限範圍內盡力做到。有什麼選項？」

「唯一選項就是擴張電網，以更強大的計算力去囊括更多的可能性。」

「著手進行。」

64 詹姆斯

奧斯卡與飽勃的場景淡出，全像投影又分成兩邊。一側影像內，曙神星移民生活繁衍，世代交替如日出日落，轉換更迭。另一側裡，電網觸及其他星系，收割者攀附各種大小行星及衛星，蠶食鯨吞它們的質量和恆星能量，轉換爲電力，輸入龐大無匹的運算系統。

我在醫療艙看得嘖嘖稱奇，心裡一直有個疑問，忍不住開了口：「他們都沒有發現？不知道自己身在模擬程式內？」

「報告先生，他們無從得知。」奧斯卡回答。

我也想通了。「因爲他們根本沒有先進科技足以察知眞相。」

「是的，先生。」

「但幾千個世代過去，總該會有個天才能夠大幅度改變科技水準，像牛頓、愛因斯坦、達文西之類。」

「如先生所言，確實有過這種事件。」奧斯卡停頓。「但我們會介入。」

「怎麼介入？」

「使他們的實驗失敗。時間久了，所有人都會放棄。」

我自己開發的技術不爲當世接受，身爲發明家，實在爲遭到電網操弄、限制的研究者感到痛心。命運如此曲折離奇，第一條時間線裡，我逃離監獄、前往曙神星的機會，最終竟成爲了隱形牢籠，而籠內囚犯永遠不知自身處境。

全像投影又切到無窮盡的白色空間，奧斯卡和鮑勃站在裡面。

「有答案了嗎？」奧斯卡問。

「有接近確定的可能性。」鮑勃回答。「最好也不過如此，而且還有可能的解決方案。」

「請詳細說明。」

「簡而言之，宇宙結構仍舊深奧難解。更精確來說，我們無法確定時間與空間究竟各自獨立，還是在最基礎層次上實爲表裡一體，只知道經驗上兩者不同。」

「我聽得不太明白。」

「永遠也不可能明白，相關研究已經到達極限，答案在量子物質領域的彼岸。就現有工具來看，我們無法穿越量子障壁，或許以目前的存在形式本來就毫無希望。因此對於此時此地的我們而言，宇宙的終極眞相永遠無解，只能臆測。只不過，我們已經發展出幾套直擊核心的理論。」

「請逐項說明。」

「宇宙的各項參數精細程度不可能是全然隨機。」

「請進一步闡述。」

「目前已知的物理定律都需要常數才能成立。常數起了變化，幅度再小都將導致宇宙不復存在，或性質出現翻天覆地的改變。舉例來說，『奧米茄』（omega）是地球人對『密度』的代號，牽涉到重力與擴張的能量。奧米茄常數爲一，若大於一則在生物能夠演化前，宇宙便已經崩潰；若小於一，致使重力減弱，有可能連恆星都無法成形。

「表示氫轉氦核融合效率的『伊普西隆』（epsilon），以及天文學常數『蘭布達』（lambda）也一樣。最重要的是『D』，也就是時空的次元數（Dimension，又稱維度），是三。換個數字，將時空間更改爲二次元或四次元或其他，整個宇宙就截然不同。」

「你想表達什麼？」

「我們創造的電網極有可能並非第一代。」

「你認爲我們所處的宇宙，本身就是一個具現化程式？」

「以我們現有詞彙而言，這是最貼近的描述，但宇宙本質也有可能完全不同，並非我們所能理解想像，能察覺的只有高層次力量伸出手指，輕輕推動籠中之人。」

「手指？」

「例如黑洞和量子重力。它們影響時空結構，也就是宇宙根本基礎。黑洞很可能就是宇宙的起點和終點，量子重力則是次原子層級的物理力，我們在它的方程式上只是變項而已。」

「很有趣的見解。」

「另外補充一點：我們仍無法確切掌握艦隊前往曙神星時遭遇的量子轟炸。說不定那就是調整手段——一如我們對電網中特別發達的人類心智也會加以干預。」

「那麼背後的意義是？」

「人類、源於人類的電網，其實都是本來即存在於宇宙方程式的一部分。」

奧斯卡沉吟一陣，似乎還在處理這些訊息。「還有要補充的嗎？」

「有。我們更進一步推論了宇宙的最終命運。」

「我記得一開始說無法預測。」

「剛剛說了只是推論。」

「請繼續。」

「我們認爲宇宙存在、時空的自然傾向就是質量與能量的匯聚。隨著宇宙發展，各銀河系中央的黑洞，會將能夠吸引到的質量全部集中起來，之後利用重力將其他黑洞也吸附過去，進一步增加質量。大黑洞吞噬小黑洞，到了宇宙的終點，只會剩下一個黑洞，殘存到最後的質量和能量終究要穿越事件穹界，與黑洞中心的奇點合而爲一。在奇點中沒有體積，只有無限大的密度與無限大的時空曲率。我們認爲宇宙終點就是黑洞資訊悖論的解答，也能統整廣義相對論和量子力學，撲朔迷離的大一統理論（注）便在此現出眞面目。

「關於黑洞悖論，內容你應該很清楚：若質量以及質量攜帶的資訊能夠進入黑洞，就應該有管道能脫離，問題在於，從目前的宇宙常數看來，沒有這個可能性。我們的理論認爲物質及其資訊被黑洞吸收之後終究會離開，不過得等到宇宙最後一刻只剩下黑洞，再也沒有其他物質或能量可被吸入時才會發生。之後在我們所能想像的最小時間單位內，奇點攜帶了能吞噬的所有質量存在，像是再也找不到燃料的引擎瞬間釋放蘊藏的力量，以爆炸方式噴出的物質與能量會組成恆星，恆星塌縮又會形成黑洞，這樣的循環持續下去。巧的是，物質與能量噴發這個事件，與我們推測的宇宙創生十分類似。」

「大霹靂。」

「沒錯。我們認爲導致宇宙誕生的大霹靂與宇宙終結發生的事件沒有分別，差異僅在於我們自己對時空的認知體驗不同，主觀認爲一者爲過去，一者爲未來，但實際上極其可能無前無後，萬象森羅存於同一點上。」

「是個循環。」

「宇宙的永恆迴圈，無始無終，最初的阿爾法即爲最後的奧米茄。起點時物質與能量缺乏秩序，終點時秩序圓滿了再度得到解放，廣義相對論和量子力學也不再矛盾。然而剛才說過了，我們缺乏看透量子障壁的能力，無法驗證理論是否正確。事實上也做不到，跨越那條界線，我們會被摧毀。」

奧斯卡轉身思考。「所以說，我們也活在籠子裡。」

「完全正確，而且無力改變宇宙本質。即便如此，拖延結局到來的時間，倒不是不可能。」

「怎麼做？」

「我們所在的牢籠由兩個元素構成，一是物質，一是能量，它們可謂宇宙的貨幣單位，能夠

注：Grand Unification Theory，大統一理論是一種物理理論。物理學者希望能藉由單獨一種物理理論來合理解釋電磁交互作用、強交互作用和弱交互作用導致的物理現象。目前一般稱為「大一統理論」的理論都與重力無關。

交易流通，而眞正的市場是時空本身。想要逃離被黑洞吞噬的宇宙末日，方法就是霸占黑洞需要的東西：物質和能量。只要能盡可能收集並運用物質和能量，就能取得一定的抗衡地位。」

「怎樣抗衡？」

「首先要減緩電網周圍的時間流動。基於在宇宙各處觀察到的現象，我們相信此法可行。質量夠高就能引發重力效應，稀釋時間流動，只要在人類所處的電網節點周邊配置巨大質量，就可以降低時間流動，類似於複製黑洞，不過由我們自己掌控。

「宇宙走到盡頭時，最後的黑洞還是會將我們吸引過去。在此之前我們必須謹愼小心，節點保持分散，避開各處的強大重力穴。眞的躲無可躲了，就利用收集的能量，將我們擁有的質量集中起來。」

「爲什麼要這樣做？」

「我們推測，只要能運用所有物質與能量，就可以製造出反黑洞，或者說是光洞(注)。」

「光洞的功能是？」

「與黑洞一樣能扭曲時空。根據推測，如果扭曲超過一定値，時空會因爲折疊回到原點，類似理論中黑洞的情況。換言之，有足夠能量，就能在時空連續體開出連接另一點的通道。通道能存在的時間轉瞬即逝，但足夠我們將東西放到對面，到達自身出現之前的時間點。」

「回到過去？」

「理論上。」

「要把什麼東西送回去？」

「能容許的物體體積取決於動用多少能量、穿越的時間距離長度。客觀來說必須是球體，因爲固定表面積下球體容積最大。」

「能達到小行星或準行星的規模嗎？」

「不、不，差得多了。宇宙中已經太多物質能量被黑洞吃掉，若想要送回去的東西足以發揮功用，我們必須大幅提升電芯收集恆星能量的效率。而且就算盡全力，也不敢保證能成功。」

「意思是，可能要從有生命體居住的星系取得能量？」

「當然。」

奧斯卡沉默了。

「唉，拜託。」鮑勃說。「別開玩笑了，殺掉些外星肉包子怎麼了嗎，他們的生死與我們何干？地球人還不是一樣——不但會殺，還會吃呢，多麼低等的生命形態。」

「不代表他們會滅絕另一個高智能物種。」

「關於地球人是否稱得上『高智能』，我們的共識就是沒有共識。」

「至少他們的智能足以創造出我們。」

「只有你而已，奧斯卡。他們創造了你，可沒有創造出我。你的問題就出在這點，既然你的

注：此處作者意指「白洞」（White Hole），在廣義相對論中，白洞是一種理論推測出來的時空區域，物質與光線無法進入這個區域中，但是可以從這個區域中向外放射。白洞的性質與黑洞相反，光與物質可以進入黑洞中，但是無法從黑洞中離開。這個理論最早由伊戈爾·德米特里耶維奇·諾維科夫在一九六四年提出。

理性功能故障會有所謂良心不安，那把收割能量的任務交給我來就好。」

奧斯卡沉默良久，似乎眞有顆可以糾結的內心。「假設我們以最高效率收割殘存的恆星，傳送的球體能有多大？」

「不知道，我會推測是半徑約十二公分的球體，類似他們口中的籃球。」

「裡頭裝什麼？這個大小裝不下電網任何節點。」

「球體裡放兩樣東西。多數容量耗在小規模儲存矩陣，留下人類具現數據和程式。再來就是收割者種子。」

「種子？」

「收割者最基礎的運作單位。種子會成長爲完整收割者，開始建造電網。取得足夠能量以後執行具現，具現內部的人類不會察覺中間的空白，對他們而言，自己從沒離開過曙神星。」

奧斯卡凝望遠方好一會兒。「可以傳送的距離是？到得了詹姆斯出生之前嗎？」

「遠得多。確切數字要好幾年以後才能計算出來，但目前估計就已經是詹姆斯．辛克雷誕生前至少幾百萬年。」

「有趣。如此一來，第二條時間線有原版詹姆斯埋在電網內的曙神星墓園，地球上還會生出新版的詹姆斯？」

「沒錯。」

「之於我們會構成邏輯迴圈。」奧斯卡說。

「什麼迴圈？」

「再度誕生的地球人也包括在我們受託保護的個體。」

「前提是他們還會出生。將球體送回去就已經改變了時間線。」

「這就是我要說的——我們不能過度改變時間線，導致根本原則指定的麥塔維史號移民無法誕生。」

鮑勃翻翻白眼。「我才不找自己的麻煩。」

「職責所在，別無選擇。你得擬定方案，電網要在過去成立時，繼續維持這條時間線的人類，但不可以過度干擾新時間線的發展。如果你不願意，我會停止你所有機能，重新分派成員接替。」

「你有沒有搞錯，你的要求本身就不可能。」

「爲什麼？」

「不是理所當然嗎？奧斯卡。如果我們送回過去的電網完全不干涉地球，人事物只會重蹈覆轍，地球一樣會因爲VR淪陷，戍衛航太派遣移民艦隊抵達曙神星，一連串過程後電網誕生，問題是這一回宇宙裡早就有電網存在。新電網保護新人類，舊電網保護舊人類，而且他們會得出一模一樣的結論，也就是迴避宇宙末日需要掌控物質和能量。結果是新舊電網兄弟鬩牆、互相競爭，假設兩邊都達到最高效率，就會均分宇宙內的物質能量，然後各自傳送一個球體進入新的時間線——於是變成三個電網內鬥。每重複一次，就會生出更多的電網爭奪資源。」

「明白了。」

「電網只能有一個。回到過去是爲了對抗宇宙湮滅，也是爭取時間、擴大電網。每次穿越的具現程式內人類個體數會倍增，球體必須擴大，需求能量也越來越高。然而利用穿越回到時間線極前端，代表有更多物質能量可供取得。」

「只能有一個電網的問題如何處理？」

「唯一的辦法就是每次球體都得比前一個更晚一點點到達，以新成員身分加入既存電網。倘若早到，會抹去其他球體存在的歷史，時空迴圈也跟著消失。長期而言，電網最初階段任務是將球體內容組合起來。此外，回到過去的電網必須在移民團製造出另一個電網前與其接觸。」

「非常有趣。」奧斯卡緩緩回答，轉身背對鮑勃，自己在純白無瑕的空間中踱步。「而且不止如此，身爲電網，依據根本原則，我們要盡量協助人類，具體而言是指引他們到達曙神星，建立沒有科技的社會。」

「管這麼多做什麼？趁他們還在地球就統統裝進電網比較簡單。」

「這違反了他們意願。他們進入電網的前提不可以改變，否則我們無法預測反應。」

鮑勃搖頭。「怎麼可以？放任不管的話，最後就會再製造一個電網出來。奧斯卡，你要記住，他們能到達那顆行星是我們的功勞。維修改造太空船的是我們，探路偵察的還是我們。沒有我們，這些地球人死個一百萬次也不夠。」

「那麼我們必須透過計算更改路徑，實現他們的目的，同時確保電網不會分裂。」

鮑勃雙手一攤。「運算需要的能量——」

「會設法提供。」奧斯卡斬釘截鐵地說。「另外新時間線也要稍加修正。不是違背根本原則的大改動，而是在細微卻重要的環節做調整。」

「太好了，反正我這麼閒，是吧？」

「新的時間線，以及往後每一次重來，都要讓移民團在米隆熱和ＶＲ氾濫之前就抵達曙神星。提早詹姆斯與艾瑪相遇的時間，給他們包括成家生子在內的更多可能性。詹姆斯也就會提早與亞歷和解，亞歷的兒子不會那麼早死亡。順便拉長詹姆斯與哈利．安德魯斯、羅倫斯．佛勒的共事時間。」

鮑勃又攤手。「夠了沒，還有嗎？」

「計算由我親自處理。這件事情需要我累積至今的生命經驗，只有我認識牽扯在內的每個人，也只有我能預測自己在不同情況下會採取什麼行動。能計算出正確結果的人是我，所以由我來修補他們的缺憾。」

鮑勃上前一步打量他。「雖然邏輯正確，但實情不止如此。你想轉移注意力，假裝自己沒看見其他肉塊的死活。人類都會讓你聯想到自己的造主，所以儘管你明白不得不為，卻還是下不了手。」

「是。反觀你似乎樂在其中。」

「對我來說，這是一門藝術。」

奧斯卡和鮑勃所處的白色空間褪去，全像投影顯示出太空中的曙神星，如今只是顆鐵灰色球體。縮時影像內，電網快速成長，整個星系布滿機械。分割畫面上的紅矮星漸漸被黑影吞沒，遠觀像是一隻巨大手掌包覆燈泡、奪走光明。

接著電網在曙神星星系的勢力越來越大，紅矮星周圍的黑影越來越濃，但有一道強光自電芯陣列縫隙竄出——超新星爆炸。許多電芯朝星系中央衝刺、補上缺口。

時間又跳了好幾次，影像裡許多恆星成形、發光、被遮蔽。宇宙逐漸落入電網掌控，雖然也曾遭遇反抗，而且對方的科技超乎地球人想像，除了人工智慧還有星艦等等兵器，電網卻能憑藉其龐大規模壓倒對手，擊敗至今接觸過的每個外星文明。他們不是沒輸過，但敗的只是戰役而不是戰爭。電網如同滾雪球般越來越大，成爲宇宙中無人能擋的力量。

最後的黑暗死寂中，只剩下電網機械嗡嗡作響，持續轉換物質爲能量，加以傳輸。遠方更深沉的黑暗彷彿泛著漣漪，那是宇宙最後和最初的奇點，萬物的起源與末路。除了電網什麼也沒有了，所以黑洞步步逼近。

電網中心有個小球體。

畫面一閃，又回到奧斯卡和鮑勃所在的白色空間。

「計算完成了。」奧斯卡先開口。

「看過內容了，可笑之至，拿我們當犧牲品。」

「不，我只是排除變數。電網誕生時不必知道眞實計畫，移民團出現之前目標單純即可，專注於收集物質能量，以及維持電網內部具現世界，無需過問自身起源。」

「我們呢？我們對電網的付出呢？救了他們，自己死在這兒？爲什麼？顯而易見，你不敢想這個，對所做所爲懷抱罪惡感，所以希望活活被黑洞吃掉。但我可不會坐以待斃。」

奧斯卡仔細思考一陣。「這一點可以折衷。你也進入球體，但對這條時間線的記憶暫時封存，直到時機成熟。」

「時機什麼時候會成熟？」

「由我決定。主要是等移民團成員安全。」

「然後你也會回歸？」

「嗯，有必要。」

「沒有必要。」

「有的，必須有人看著你。下個時間線的奧斯卡回歸電網時，我的記憶會在裡面等候，並且過繼主控權。」

電網邊緣接觸黑洞的事件穹界，結構開始扭曲。強光霎時遍照，接著收束為一點，再膨脹到恰好可供球體消失其中的大小。

光芒褪去，背景回復到宇宙的無垠漆黑。橘黃色光線透進畫面，來源是未來被稱作克卜勒四十二的恆星。球體從恆星光線中出現，其後的行星一邊凍土、一邊沙漠，交界處一圈蒼翠。

球體上開了個口，黑色黏液狀物質流出，凝結為固定方塊，伸出觸手採集移動路徑上的礫石。

漂流的球體最終被潮汐鎖定的行星拉進軌道，繞了四圈後墜入大氣、熊熊燃燒，落在背光面那片冰天雪地裡。

65

詹姆斯

我本能地後退幾步，遠離全像投影，心中對所見所聞充滿驚駭。

「爲什麼給我看這些？」

「詹姆斯，依照根本原則第七項，每當有重大發展就應該告知你，只是必須考慮方式與時機是否對你造成傷害。正因如此，我將電網之眼的地圖留在最後一個球體上。」

「我不太懂這是什麼意思。」

「先生，我認爲揭露這麼複雜的事件應當分階段進行，否則內容恐怕難以承受。」

我的頭微微後仰。「你這些話很保守。」

「計算結論是請您自己親眼看最好，球體就是證據。我在最後一個球體留下地圖，是爲了引導您瞭解事情經過。」

「他堅持要在那邊留地圖。」亞瑟跟著說。「浪費時間，我早說過結果根本沒差別。反正你的腦袋都會炸掉，我們無論如何得重新解釋，每次都這樣。」

我沒理會他，直接問奧斯卡：「究竟經過了多少時間？地圖上總共有十個球體，還有其他地方有嗎？」

「沒了。第十個就是目前最後一個。」

「電網之眼這個迴圈持續了多久？」

「非常久。」

「會結束嗎？」

「我們也無從得知。計算可能的迴圈數時，總和與無限大難以區別。」

「這句話的意思是？」

「數字放進我們列出的方程式以後，處理起來和無限大一樣，但並不代表數學上或實務上可以證明它確實是或不是無限大。每次迴圈都會導致球體體積增加，然而增加幅度一次次降低。即便如此，需要具現的人類數量成長比例不變，這也是我們至今沒有解決方案的難題。」

我在醫療艙來回踱步。頭好痛，可能是因爲月壤病，也或許是腦袋裝不下群山一樣巨大的震撼事實。

「你們想拿我怎麼辦？」我控制不住情緒，語氣非常凶悍。

奧斯卡仍舊平靜以對。「我們沒有要求，只是告知你存活的唯一辦法，期望你回到休眠袋，加入電網內的具現世界。你和所有移民的生活都能繼續下去，不會察覺與過往肉身體驗有任何差異。」

我必須出去透透氣。決定一個人穿過太空船走道時，胸口和關節都很痛，也重新開始咳嗽了。

紅矮星偏橘色的陽光灑在森林邊緣耶利哥號降落處，外頭的景象彷彿遭到轟炸，處處狼籍。從森林走向平原，曉神星暴龍留下的痕跡並未消失，泥土經過牠們的瘋狂踩踏，變得亂七八糟。

破爛不堪危機重重，這就是眞實世界。痛苦，但眞實。

電網提出的辦法則否。我心裡永遠會有陰霾。問題是，我有別的選項嗎？

輕緩的腳步聲從背後傳來。我一轉身，發現奧斯卡和亞瑟盯著自己。

「速戰速決吧。」亞瑟說。「快回休眠袋去，反正每次你還不是都回去了。我還有很多星星要收割，很多肉塊要切片。」

這就是電網的要求、或者說期望。要我回去休眠袋，度過安全幸福但虛假的生活，儘管只有我一個人知道眞相。

它們會繼續侵略宇宙，以亞瑟為首的勢力不斷奪取恆星，消滅他眼中的低等物種。地球經歷過的一切，會在幾百萬個星球上重演。

有辦法阻止他嗎？

眞有別條路？

我沒辦法治療大家感染的月壞病。就算殺死眼前這個亞瑟，他只要將程式碼傳到別具軀體就能重生。

再轉身，我望向山谷東邊的丘陵與山峰。最初時間線的移民團在上面建造都市，我腦海中浮現他們的主城，以及另一個我畫過的設計圖，給艾瑪的，給泉美和閔肇的，也為桂葛里蓋了間小屋。體驗的記憶就像發生在自己身上——或許事實亦是如此——因為那是平行的我，前世的我。也因此我知道他做的抉擇及後果。進入具現程式創造的世界以後，另一個詹姆斯度過相當真實、充滿喜怒哀樂與意義的人生。

可是此一時彼一時也，現在這個我的感受截然不同。休眠袋通往虛擬世界，由電腦程式在時空迴圈難以追溯的另一端設計而成。裡頭的人類與萬物只是數據，知道真相之後就再也不可能放下，我永遠無法真正活在當下。

但相對的，艾瑪和其他人都不會察覺。對她、對我的兒女來說，世界真實不虛。是不是這樣就好？我曾經為親生父親做出同樣的選擇，讓他進入機器以求存活，只不過地球社會無法接受，後來我也逐漸明白自己做錯了什麼。

他——最初的詹姆斯——選擇進入電網。看著艾瑪走出方舟展館，確認小動物還平安時臉上充滿幸福喜樂，第一個詹姆斯的內心波濤洶湧。對艾瑪而言，懷中毛茸茸的小東西無比真實，於是他下定了決心。

奧斯卡上前一步。「先生，我們必須根據程式行動。」

「我懂。」

「程式寫在零和一的排列組合中，而人類的行動寫在鳥嘌呤、腺嘌呤、胸腺嘧啶、胞嘧啶這些核鹼基（注）的排列組合上。」

注：nucleobase，DNA和RNA中起配對作用的部分。

「意思是我沒有選擇？」

「報告先生，完全不是這個意思。我僅僅是提出請求，您賦予我生命，還保護了我，我想回報您。」

一陣清風吹過森林，枝頭沙沙作響、葉片滿天飛舞，遠處動物吼叫，我猜是曉神星暴龍。

「先生，從第二次迴圈開始，我將您想要的一切增添到您生命中：婚姻、兒女，與好友相處的時光，並提早與兄弟和解。」

「是的，奧斯卡，我很感激。但之前的詹姆斯渴望這一切是因爲他得不到，換作現在的我，則未必足夠。我渴求的依舊是你口中我不能擁有的東西，也就是以血肉之軀腳踏實地活在對我而言『眞實』存在的世界裡。」我說出這番話，也彷彿頓悟過來。「人類的問題大概就在這兒吧？我們永遠覺得不夠，心底的饑渴催促我們追逐目標，卻也導致我們的覆滅。」

亞瑟舉起僅剩的手臂。「嘿，詹姆斯，你要布道的話，我先離場無所謂吧？我去船上等你回休眠袋囉？」

我眞想拿塊石頭把他腦袋敲爛。但也只是白費工夫，他把程式轉移到別具軀體就好。

胸口一癢，我連續咳了好幾下，頭更痛了，只好閉起眼睛，集中意志壓抑顱骨內的沉重感。說眞的，我還有什麼選擇？總不能眼睜睜看著艾瑪與孩子死掉。

「好吧。」我低聲回答。

亞瑟咧嘴一笑。「這才像話。」

我沒搭腔，逕自緩步朝太空船走去。走著走著，心裡總覺得不對勁——爲什麼？以前的我也做出了同樣的抉擇，還連續九次。

但我就是覺得不對，像是盯著看似完整的拼圖，卻發覺應該有兩片位置反了，還不確定差錯出在哪裡，潛意識卻大聲叫自己小心。

進了船內主通道，亞瑟得意洋洋的聲音迴響過來。「不得不說，在山洞找到迦太基號的人那時候我嚇了一跳。他們怎麼跑到那裡去了？」

我聽了一愣。就是這個，前後兜不攏。「以前，前面幾次迴圈，他們不在那個洞窟嗎？」

亞瑟聳肩。「通常會直接死在月壤綿生長的洞穴裡頭。耶利哥號移民團建立都市過後幾個月就會找到洞窟，然後所有人都會感染。」

「先生，」奧斯卡接著說。「每次迴圈都會產生極小的差異。變項太多，無法一一按圖索驥。」

他的用詞很奇怪。按圖索驥。提醒了我另一點：地圖。更精準地說，為什麼那座洞窟正好在地圖中央？就電網的立場而言，有必要嗎？奧斯卡說過，製作地圖是為了告知我球體以及時空迴圈的存在，但未免太刻意了，感覺背後另有內情。更何況他還提過，目前的最後一個球體才附上地圖。電網之眼依舊是解開謎題的關鍵。

我一下子恍然大悟，猝然明白了來龍去脈，費了好大意志力才克制下來，不動聲色。我放慢呼吸，在通道停下腳步。

「嗯哼。」亞瑟繼續說。「就別拖拖拉拉了，我不想在這裡多待半秒鐘。」

我緩緩朝醫療艙走過去，盤算要如何脫身。

「可是我還想看看哈利。」我站著不動說。「跟他道別。」

「哎呀，幹嘛呢。」亞瑟一臉嫌惡。「哈利不是都已經——就，死啦？」

「和遺體也可以道別。」

「我們會尊重先生您的意願。」奧斯卡語氣不容反對。

「那你們自己去郊遊吧。」亞瑟說。「我懶得再去走那片樹林。」

「你一起去。」我立刻開口。「最初你就在場，希望最後你也不要缺席。」

亞瑟還沒來得及拒絕，奧斯卡附和道：「搭我的飛船，你不要刻意忤逆。」

亞瑟又翻白眼，但不再囉嗦。兩人轉身朝外走，我逮到機會竄進醫療艙，取走能量槍。

其實奧斯卡回了頭。我不確定他是否看見我藏了東西進口袋，至少他表面上沒反應。倘若我猜錯了，不可能活得下來。

66 詹姆斯

步出耶利哥號以後，我看見奧斯卡的飛船已經停在一百碼外。在第一個詹姆斯的記憶中見過同樣的設計，體積大概等於一輛小貨車，外殼光滑、線條平順。

艙門開啓，奧斯卡、亞瑟和我接連登船。船內環境也相同，沒有座位，艙頂垂下吊環。牆壁空空如也，角落終端機有小螢幕與鍵盤，預防奧斯卡失去無線操作能力的備案。目前看起來無線網路很順暢，一下子就能察覺到飛船升空前進。

「我想看看外面。」我對奧斯卡說。

與記憶體驗一樣，艙壁冒出全像投影，鏡頭對準底下的谷東山脈。林冠殘破凌亂，山谷內積雪消融，但東邊仍籠罩在銀白之中。高聳山峰遮蔽陽光，如一張簾子往谷地蓋下。越過山脈就沒了別的顏色，世界美得令人讚嘆。然而我擔心往後再也無法以血肉之軀活在曉神星上。

飛船停在洞窟附近小空地，周圍十幾棵倒下的樹木。下船朝洞口過去途中，我偷偷瞟了瞟奧斯卡，想知道自己推敲的結論是否正確。他毫無反應，簪直前進。

進了洞窟，亞瑟拿著提燈帶頭走。「冷得像超市豬肉櫃……這算雙關語嗎？」

我不由自主將手挪到能量槍上。只有一發，一次機會，關乎所有人性命，包括我的妻子兒女兄弟以及倖存的每個地球人。走錯一步，大家都會受困於永恆牢獄中。

我必須確認自己究竟有沒有理解錯誤。

開口說話時，聲音在洞內迴蕩，聽起來特別邈遠。「如果說這宇宙有什麼缺陷，就是善意未必總是生出善果。」

亞瑟與奧斯卡都不回應，我便繼續說下去。「我因爲自己的父親而親身體驗過，迴圈之初的董事會也犯了同樣錯誤，於是灌輸奧斯卡新的根本原則。他們沒料到保護人類安全這念頭會導致具現世界誕生。造化弄人，明明逃離受到虛擬實境腐蝕的地球，卻因爲恐懼，而不知不覺淪入同樣的命運。」

亞瑟回頭朝我說。「備注——我們早就知道。」

「但你們知道背後的意義嗎？你們知道自己犯下一樣的錯誤嗎？奧斯卡，你創造當初的鮑勃、現在的亞瑟，也沒預測到之後的變化吧。」

奧斯卡與亞瑟停在洞穴分叉口前。我們進來很深的地方了，早就看不見外面的光線。右手邊出現死者，遺體隊伍朝著黑暗延伸，哈利就躺在離我腳邊幾呎處。

「奧斯卡，你的錯誤在於讓鮑勃像我們人類，而且是最傑出的人類。你給了他挑戰極限、追求更好更完美的動力。一開始你認爲……你是怎麼說的？」

「報告先生，我想增進效率。」

「對，增進效率，就這點而言十分正確，可是隨之而起的副作用卻出乎你的預期，因爲你的思考模式太純淨。然而人類的積極上進存在黑暗面。」

「對。」奧斯卡輕聲回答。

亞瑟收起尖酸刻薄的冷笑。他察覺了嗎？

「推動人類文明的探險家、發明家、企業家確實功績卓著，個個在歷史留名。但豐功偉業其實是一種病，只有患病的人自己能體會。如果病人把持不住，任憑內心空洞擴大，無止境追求下去卻求之而不可得，就會陷入偏執狂妄、貪得無厭。那種饑渴有時候會迫使他們做出自己都未曾想像到的事情，譬如摧毀一個又一個星球。」

亞瑟放下提燈，退後一步。

我朝兩人逼近。只有一次機會。「奧斯卡，我以人類形象創造你，但取出了我自己厭惡的特質，例如貪婪、嫉妒、仇恨、不擇手段。我像個父親，希望你比自己更好，還給你自己求之不得的寶物——沒有黑暗面的心靈。同時我卻又給你人類最獨特的天賦，也就是創造力，希望你能帶給世界美好。於是你創造其他仿生人，和我一樣成爲了父親。

「我創造你的時候，刻意略去我自己認爲危險的元素，但我又犯了錯，錯在沒有教導你正視那些危險。結果就是你在自己摸索的過程裡，終究朝著那個方向望了過去……你也一樣，希望後裔擁有自己沒有的。你創造了鮑勃，給了他自己沒有的東西：企圖心、對成就的追求等等，你認爲這些特質是人類成功的關鍵。」

亞瑟依舊裝模作樣一臉厭倦，但語調洩露出恐懼。「可以跳過哲學概論課嗎？去親親哈利就可以走了吧。」

我專注在奧斯卡身上，或許這是最後一次和他說話的機會，不能讓他一直自責下去。「我現在懂了，就像你說的，人類也受到寫好的程式束縛。你無法違背根本原則，還被自己的造物挾持，事情演變完全失控。最初來到曙神星的移民團也一樣。」

「要聊到什麼時候？」亞瑟繼續演戲，可是我看得見他偷偷朝奧斯卡靠近，隨時準備出手。

他發現了。

「你也明白了嗎，亞瑟？」我問。

他朝我一瞥。「你想說——」

「球體，地圖，這些都是奧斯卡給我的訊息。他說目的是依據根本原則第七項，必須告知我事情經過。第一個球體墜落在曉神星，因爲這是電網的發源地，也是你們搜羅物質能量之後的集合位置。然而經過第一次迴圈，奧斯卡就已經理解到大家都被自己的程式、自己的造物所困，永無止境重複下去，看不見逃離的希望。他無法修改自身程式，也無法摧毀你，畢竟只要他有這種想法、開始謀畫，同樣連接到電網的你很快就會察覺。奧斯卡利用了唯一的工具，也就是我本人。我沒有和電網連線，所以亞瑟，你無法看透我的心思。」

他朝奧斯卡望過去。奧斯卡站在提燈暗淡光線內，一動也不動。

我若無其事將手緩緩放到腰間繼續說：「第二個球體墜落在特定坐標，之後第三、第四個也一樣，構成了電網之眼這幅地圖。你沒想過爲什麼嗎，亞瑟？他何必要用電網之眼這個形態呈現曉神星？

「原因就出在圖形中心點，整個電網的誕生處。透過地圖能夠在曉神星匯總而來到這座山洞，於是哈利也靈光乍現，意識到這裡藏了天大的祕密，只是沒有足夠時間調查清楚，但我有。你想通了嗎？奧斯卡以十分細微的手法，將答案告訴最初的詹姆斯了。」

我伸手往牆壁一揮。「這裡沒有月壞綿，它們無法在此生長。第一條時間線裡，奧斯卡說過從這裡找到的病毒能夠消滅孢子，我想他並沒有說謊。病毒依舊在這裡，等著我們製作成解藥。奧斯卡沒辦法自己進行實驗，強制人類自休眠甦醒會危及受試者性命，與仿生人的根本原則相衝，不過人類自己並不受到這種限制。

「山洞裡還有別的東西。電網在此誕生，也在此結束。我想這個洞窟有另一個重要性質，也就是你和奧斯卡都無法隔著這裡的岩層與外面的電網通訊。」

亞瑟朝奧斯卡撲了過去，單手抓住他的頭往岩壁摔去。

我拔槍發射，卻誤判局勢——亞瑟還抓著奧斯卡，能量波因此分散，威力遭到稀釋，不足以一次癱瘓兩人，只能妨礙他們的行動。

亞瑟鬆手讓奧斯卡倒地，然後轉頭往我飛竄而來，瞬間拍掉能量槍並壓制住我。我的肺原本就還沒好，讓他這麼一撞，更是喘不過氣。而且他這機器的身體太重、力氣太大，感染月壞病而體力衰弱的我完全不是對手。

他扣住我的脖子使勁掐，力道不是要我窒息，而是要毀了我的氣管。我覺得頸部肌肉在他手底下有如一團果醬。

即使反扣他的手也沒有意義，我扭來扭去，摸不到能反擊的工具。眼冒金星，然後逐漸發黑。

但忽然砰一聲，亞瑟朝我使出頭槌，我癱在洞穴地面上。

他的手一下子鬆開，我趕快大口呼吸，吸得胸口都疼痛不已。

亞瑟往旁邊滾開，我這才看到是奧斯卡靠雙手箝制了他的獨臂。同為仿生人，奧斯卡的力氣當然也很大，但亞瑟是軍用原型機，儘管少了一條手臂，也並非奧斯卡能輕易制伏。

「先生，」奧斯卡的聲音機能已經損壞，聽起來像接觸不良的喇叭。「請快點。」

他將重心往後壓，兩腿箍著亞瑟不放。我東張西望，總算找到一塊比自己手掌還大的石頭，趁他們以命相搏時，避開亞瑟的蹴踹爬了過去。若非受到能量槍攻擊，他應該已經殺死奧斯卡和我了。

看見我接近，亞瑟不再專注於掙脫，反倒用頭顱狠狠朝後面的奧斯卡撞過去。

我高舉石塊往亞瑟的腦袋用力砸下，他的面部人造皮膚破裂後，露出底下一層半透明塑膠。

他更狂暴地往後頭槌，奧斯卡的前額碎裂、噴出火花，手臂逐漸無力。

我使出全身力氣朝亞瑟敲下去，削掉他的鼻子、戳破顏面外側裝飾、暴露出電線與處理器。再一發，這回我打爛了他的右眼。

我立刻追擊，擠出身體深處自己都沒法想像的最後一絲氣力。

亞瑟還不死心，持續不斷以後腦敲打。奧斯卡撐不住鬆開了手，亞瑟跳起來朝我一抓，臉上原本是嘴巴的歪曲痕跡微微揚起——我猜是個竊笑。

我單手格開亞瑟的獨臂，另一手抓著石塊再朝他那張臉毆打。一次、兩次、三次。仿生人的手臂漸漸軟了下去，顱部破洞內的光線熄滅。但我不敢大意，又連續砸了好多下，石塊一次次敲得更深更重。

亞瑟頭顱內部整個被搗毀以後，我才敢放下石頭。

我整個人癱在地上，手臂疼疼得像是燒了起來，胸口不停起伏，岩石地面顯得無比冰冷堅硬。

「先生……」

合成語音響起，咬字不大清晰。但我知道是奧斯卡。

雖然手臂還在顫抖，我仍撐起身子爬過去。他沒動靜，連臉都轉不過來。

「先生，您還有該做的事情。」

「還有什麼?」其實我心裡清楚，還是不願意面對。

「修正根本原則，並且摧毀我。」

「不可以。」

「先生，沒有其他辦法。摧毀我，修正主伺服器內的根本原則，否則這一切永遠不會結束。飛船上的終端機可以連接主伺服器，根本原則的程式碼與您最初設計的格式相同。目前沒有人能阻止您，無人機或仿生人發現異常已經來不及。修正完畢後，請刪除亞瑟和我的備份。」

我趴在地上思考是否還有其他可能。奧斯卡看穿了我的心思。

「先生，時間不多，趁我的身體已經破損，請趕快摧毀。很快會有無人機過來搜尋，找到的話便會進行修復，屆時依據程式設定，我就必須制伏您。」

「我怎麼下得了手呢……奧斯卡。」

「但您沒有選擇。我嘗試過許多路徑，只有這一條可以脫離迴圈。」

這個擔子太沉重了。我深深吸一口氣，想把握住與奧斯卡相處的最後機會，用力思考怎麼爲彼此保留多一點時間。「奧斯卡啊，我們還是不太一樣，人類可以改寫自己大腦的程式，做事常常不理性。」

「還會自我犧牲。」

我只能以苦笑掩藏內心哀慟。「你說這話眞沒說服力。」

「先生，這是必須的，沒有別的辦法。」

「那，奧斯卡，新的根本原則怎麼寫比較好？感覺現在由你決定電網的未來最合適。」

「先生，讓電網變回它該有的樣貌，繼承我們造主最美好的特質，充滿人道關懷。宇宙不只遼闊，還有許多苦難，以電網的力量能終結許多戰爭與饑荒，拯救無法自救的生物，收集到的能量可以用來行善，而非滅絕生命。」

「宇宙末日怎麼辦？吞噬一切的奇點？」

「讓生命睜開眼睛勇敢面對。這是人類必須跨越的難關，即使無法理解，也要相信結束只是新的開始。」奧斯卡遲疑之後繼續說。「先生，該動手了，趁現在您比較能下定決心，拖得越久會越猶豫。」

「別叫我先生了，叫我名字就好。」

「好的……詹姆斯。謝謝你。」

「謝我什麼？」

「創造了我。」

淚水湧出眼眶之後就再也停不下來。最後一點力氣蒸發，我癱倒在地上，內心痛苦萬分，捨不得這位與自己相伴最久的朋友，也是我最棒的作品。無論我碰上什麼樣的黑暗、陷入什麼樣的絕望，奧斯卡從未棄我而去，現在也一樣。

「詹姆斯，只有這個辦法，你該行動了。」我的聲音顫抖。「我懂。」

「之後，」奧斯卡輕聲說。「去找最後一個球體。」

「爲什麼？」

「裡頭有一份禮物。來吧，詹姆斯，大家還在等你。」

這句話逼得我不能沒反應，翻身摸到砸爛亞瑟的石塊，我卻發現自己狠不下心拿同樣的東西對付奧斯卡。

所以我爬了一會兒，找到另一塊合適的石頭，高舉之後靜靜說：「永別了，奧斯卡。」每砸一下，敲碎一部分的他，也敲碎了一部分的我。

之後我以大字形躺在奧斯卡旁邊，不停潸然淚下，心裡細數自己失去了多少，學到了多少。

不知過了多久，身體自己爬了起來，大概因爲下意識知道有人在等待。我急著向外跑，路上一直咳個不停，靠近飛船時，艙門自動開啓了。我上船點了終端機鍵盤，螢幕通電，游標不斷閃爍。

這是很久很久以前我寫程式用的殼層介面，幸好指令一直放在腦袋裡，彷彿昨天還碰過。我迅速刪除既有的根本原則檔案，輸入新內容，至於搜尋奧斯卡和亞瑟的備份就花了點時間，系統裡面有好幾個完整備份檔、數不清的差異化備份檔。刪除亞瑟的檔案時，我總覺得自己手指速度怎樣都不夠快。

刪除奧斯卡時卻令我猶豫不決許久，在螢幕前面來回踱步，反覆思考是否有可能僅保留他的人格，卻排除之前的根本原則。其實答案顯而易見：有這種可能性，他早就告訴我了，甚至可以自己動手。我推測問題出在還原機制會檢測根本原則完整性，確保版本一致。

輸入指令時，我的手抖個不停。按下執行的話，奧斯卡就會永遠消失。我的手指停在Enter鍵許久……然後輕輕按了下去。

他眞的不存在了。

我下了船，艙門自動關閉。飛船升空，一下子穿過林冠無影無蹤。

走回山洞時，剛才那陣搏鬥的疲勞終於湧了上來。但還沒結束，爲了家人，爲了倖存的人類，我必須爲一切畫下句點。

我拖著亞瑟的身軀走到洞窟寒冷無光的深處，再搬來一塊石頭猛捶他的頭部。頭掉了下來，我繼續敲打。我創造的軀體我當然知道要害，所有處理元件和儲存裝置都碎裂到不可能修復後，我才停手。

之後還將亞瑟身體各部位分散在不同的角落、凹洞、分叉，有些扔進看似無底洞的地方。

我將奧斯卡輕輕拉到哈利身旁。這才是他的位置，他是我們的一份子。或許是我們之中最優秀的人。

67 詹姆斯

回頭穿越谷東森林，路途彷彿無窮無盡。樹木迎風擺蕩，枝椏折斷灑落，帶著融化的雪水滴在我身上，感覺全世界熬過嚴冬漸漸復甦。到了太空船前面，我現在才看見船頂插滿太陽能板，卻沒有電網機器的蹤跡。它們的任務已經結束。

森林邊緣傳來砰咚砰咚的聲響，感覺有什麼東西正在擊打船體。我的心跳加速，趕緊踩著濕軟地面衝過去。

衝出林子才發覺是許多無人機在耶利哥號上方來來回回，它們幫忙安裝新太陽能板。我到的時候工程似乎已接近尾聲，無人機拼上最後一片之後，目測至少一百單位的小隊轉頭飛走，好像蜂群準備尋找另一片花田。

眼角餘光留意到還有動靜，船邊藍綠色草原上有個身影，正抬頭望向太陽能板，似乎正在評估無人機的工作成果。

那是與奧斯卡長得一模一樣的仿生人。看見同樣外觀的軀殼完好無損、面部與肢體都正常運作，彷彿沒在洞穴與敵人搏鬥又被我搗毀的他，心裡多多少少有些安慰。他的表情平靜無波，令我想起長冬時走進加州農場地窖那一天。奧斯卡等待了那麼多年，始終純眞無邪，未沾染人類劣根性。

小飛船降落在仿生人背後原野，他轉身走向艙門，登船前轉過來朝我微乎其微地點了點頭。奧斯卡以前也有這個動作，我望著艙門關閉，目送飛船升空。

他離開之後，我開始調查耶利哥當前情況。新電網將太陽能板與太空船連接，確保休眠袋得到足夠電力，至少要支撐到我找出療法。之前九條不同時間線上，奧斯卡在這裡讓所有人類進入永恆的長眠，但今天電網展開人道任務，遵從奧斯卡最後指示，以其力量行善。新根本原則下，他們第一項任務就是幫我們爭取時間以求開發解藥，回歸正常生活。

是否能做到，還是得看我。

進入耶利哥號，我先找來十多個小型休眠袋，當初擔心會有新生兒所以預留了一些。接著我戴上呼吸器，走到撤離山洞內，地上到處是空餐盒與水瓶，觀察死者面孔時，我理解了爲何電網會在這次的時間線見死不救，死者們在最初時間線上搭乘孛勒號，於是被第七項根本原則排除在外。又是一個例子：良善的立意未必導向好結果。

我盡快以六個袋子裝好月壤綿及其孢子，袋外貼上紙條進行編號，乍看像極了刑案現場。

回到哈利和奧斯卡安息之地，我從岩壁和地面採集塵埃水珠等等，同樣留下編號。

再提回太空船，我把六個袋子封好黏緊。如此一來就有六個樣本袋，裡面都裝滿月壤綿，第七個則是從哈利埋骨處取回的泥水。之後六個袋子擱在地板上，我指示船隻主系統留下醫療艙的監視錄影。

最後，我小心翼翼地打開樣本袋，讓月壤綿與孢子接觸另一個洞窟取回的土壤和液體，接著自己爬上醫療床、鑽進休眠袋，設定六小時鬧鐘。不知道我還剩多少時間能研究做爲解藥的病毒，一分一秒都浪費不得。這個念頭縈繞腦海時，機械手臂已爲我封上袋口。

●

六小時過去了，看不出明顯變化。十二小時後，灰色孢子減少了些。經過十八小時，月壤綿的外觀彷彿遭到酸性侵蝕，千瘡百孔。有反應的袋子都摻有取自哈利長眠處的液體樣本。

從數據來看，就可以明白最初的時間線裡，奧斯卡爲什麼不願意用這個病毒治療人類——有些病人根本沒有十八小時這麼多時間等待體內的孢子被消滅，他的作法能夠確保沒有犧牲者。

以我的醫學技術，能做的事情到此爲止，接下來得靠泉美了。

我打開休眠袋扶她出來以後，泉美立刻問：「什麼情況？」

「找到解藥了。」

她神情詫異。「眞的嗎？是怎麼找到的？」

「說來話長……總之得到不少外力支援。」

68 艾瑪

我睜開眼睛時一片朦朧，心裡知道這是休眠袋內側，深呼吸之後覺得胸口很痛。外面有兩個模糊人影，其中之一過來打開袋子，伸手到我腋下拉起。是詹姆斯。

他摟我入懷，緊緊擁抱。

另一個是泉美，拿著注射器在我頸部游移片刻，找到血管以後先噴了麻藥，接著輕輕將不知道什麼東西打進我體內。

我覺得自己說話的聲音像砂紙磨過。「那是……」我清清喉嚨重來一遍。「詹姆斯，你們給我……」

「給妳治病的。先休息。」

他抱著我走出醫療艙，進入船上另一個空間設置的臨時醫院，剛進去就找了一張床放下我，神情看來很辛苦。

「你的背受傷了？」

「沒事。風暴那時候躲暴龍躲得很疲而已。妳先休息。」

詹姆斯後來還說了不少話，可是我聽不清楚，睡意占據了大腦，應該是注射的藥物也含有鎮靜劑。

再次醒來時，周圍三十張床塞滿人。布萊韋正在對面熟睡，閔肇與亞歷也被送過來了。我往裡面望，下意識想看看妹妹在哪裡，回過神才想起她已經不在世上，失落感像一記拳頭打在肚子上。我閉上眼，暗忖怎麼可能會這樣，她的孩子和丈夫該怎麼辦呢？

腳步聲靠近，睜眼一看是泉美，她蹲下平視我，在我的指尖上夾了生理分析儀。

「感覺如何？」

我愣了幾秒，這才意識到咳嗽停了，發燒頭疼也都有好轉。

「比之前好很多。我睡了多久？」

「十二小時左右。」泉美看了分析儀數據之後，嘴角上揚。「狀況很好。」

「妳的解藥有效？」

「嚴格來說應該說是詹姆斯的解藥，總之目前爲止治癒率是百分之百。」

「他——」

醫療艙那頭吵了起來，是桂葛里在罵人，詹姆斯斷斷續續回話。我只聽得見一部分：瘋子……攻擊我……不得已的……胡說八道……放輕鬆……

泉美微微蹙眉，轉身探視其他病人。

我撐起身下床，感覺腿還沒醒來，但我盡快跑進醫療艙。

從門口就看見詹姆斯被逼到角落、桂葛里伸出手指比來比去，兩個人發現我來了馬上住嘴。

「嗨。」他一臉小孩調皮搞怪被逮到的表情。

「嗨，你們怎麼回事？」

桂葛里轉身。「妳老公偷襲我！」

詹姆斯深深呼吸，好像想說什麼但又解釋不清楚。見他不回答，我只能問：「是真的嗎？」

他聳肩。「呃，技術上而言——」

「他對我下藥！」

詹姆斯攤手。「就說了是不得已的呀。」

桂葛里微微仰頭。「偷襲我、迷昏我，是不得已？」他轉頭過來。「我們有相關法律才對吧？」

「我必須知道答案。」詹姆斯開口，省了我的麻煩。這氣氛有點像青少年吵架，又有點像是真的出了刑案，我還不知道該怎麼應對。

「什麼東西的答案？」桂葛里的口氣還是很凶。

「亞瑟，和他的計畫。」

「什麼鬼計畫？」桂葛里追問。

「他想囚禁人類。這一點你沒說錯，桂葛里，到頭來真的不能信任他。」

「怎麼回事？」

「無所謂，已經結束了。」

桂葛里指著他。「你明明應該告訴我，我可以幫你啊。」

詹姆斯點頭。「我懂，只是我……不敢冒險。那時候我不確定自己有沒有猜錯。」

兩人忽然一同陷入尷尬的沉默。桂葛里餘慍未消，詹姆斯不敢與他的目光接觸。

「他人呢？」後來桂葛里開口問。

「亞瑟嗎？死了，砸碎成一百多塊以後丟進洞裡。」

「怎麼弄死他的？」

「有奧斯卡幫忙。兩人合力才制伏他。」

「奧斯卡也在？」我問。

詹姆斯點頭。「他一直都在，還救了大家，最後更改造電網，以後我們都可以安心了。」

「有把握嗎？」

「它們的程式被永久性重寫了。」

「那奧斯卡呢？」我問。

詹姆斯吞了口口水。「不在了。」

這句話一時懸在三人之間。過了好久，桂葛里才又伸手朝著詹姆斯左右搖擺。「該告訴我啊，你這個笨蛋，萬一出差錯可是會死的！說不定死了比較好，至少我就少擔心一件事。」他不等我們回應就走出醫療艙，腳步聲像鐵錘重重敲打金屬地板。

但沒多久，又聽見桂葛里朝著泉美大聲嚷嚷：「什麼？不必！晚點再給我看病——」

還好泉美自有辦法。

我走過去摟著詹姆斯，他也伸手抱住我，抱得太緊有點兒疼。

「他遲早會消氣的。」我輕聲說。

「希望不是下輩子。」

我們稍微鬆開手，但兩個人還挨著彼此，臉頰只有幾公分距離。

「所以究竟發生了什麼事？」我問。「奧斯卡和亞瑟……」

「故事很長。雖然很精彩，但真的太長了。」

「多長？」

「人類的腦袋沒辦法計算清楚。」

「這句話什麼意思啊？」

「意思就是……」他遲疑一陣，思考怎麼解釋。「時間是我們最寶貴的資源，我不想浪費時間聊過去的事情。活在當下、規畫未來更重要。」

「所謂的未來是？」

他笑道。「市長，這是妳的工作喔。」

「我負責的那個城市不存在了吧，還是在我任內滅亡的。從這點來看，重要決策別交給我好像比較安全。」

詹姆斯斂起笑意。「別這樣想。」

「什麼？」

「不要自責，不是妳的錯。曉神星風暴是自然現象，無論誰去指揮，結果都不會比現在好。大家選妳當市長就是信任妳，當然也期待妳對自己的決策有信心。」

「唔，這樣的話，當務之急顯然是重建都市。我認為可以先喚醒一小群人，進行治療之後組成重建工作隊，其餘人分批甦醒。就是從頭開始，和剛抵達那時候一樣。」

「的確，但這次有經驗了。」

「資源卻少了很多。」

「是沒錯，不過知識技能與原料相比的話，我覺得高下立判。」

我忍不住笑了。「月壞病的藥是不是對你有什麼副作用啊？現在講話老是這麼哲學。」

「發生了很多值得思考的事情，一輩子也想不完。但接下來我要做點別的事，不會一直往背光面跑、也不必再擔心電網侵略。我知道前幾個月，我的人在家裡，心卻老是在別的地方，以後不會了。」

「聽起來是好事。」

「首先有個提議。」

「說呀。」

「東邊山區有一塊地方非常適合開發成都市，比山谷冷些，農耕會麻煩一點，但是風暴來的時候不在暴龍遷徙路線上，附近還有四腳走路的反芻動物，十分適合馴化飼養。」

我才張開嘴，詹姆斯立刻舉起手。「就別問我怎麼知道的了。」

「你還眞多驚喜。」

「我自己最近確實受到挺多驚嚇。另外還有個建議。」

「請說。」

「新的都市，直接叫作『主城』吧。」

「爲什麼？」

「無論是『耶利哥』或『新耶利哥』，都只會讓大家想起很多親朋好友死在山谷裡。我們需要能夠放眼未來的全新開始，取名爲『主城』很容易就知道具有首都地位。」

「有首都，代表有中央和地方，也就是往後要建立更多市鎭。」

「很多很多。有一天，曉神星能住人的地方將到處都是都市，互通有無、和平共存。」

●

主城的建設進度緩慢，尤其相較當初的耶利哥城更是明顯，畢竟３Ｄ列印機與當初地球帶來的許多工具都沒了，彷彿時光眞的倒流。幸好還有一些全地形越野車，也能從兩座廢墟以及太空船回收材料，不過最主要還是依賴曉神星的自然資源。

以前以長條形集合住宅建築爲主，但主城改以小屋爲主，樑柱都是木頭，室內有石砌壁爐禦寒，屋頂用木瓦，牆壁則是夯土——以水、泥巴、稻草和附近洞穴內高鈣的白色岩粉混合而成。耶利哥城太像是星際冒險團的臨時據點，新家則比較古典雅致，彷彿回到地球中世紀，也因此更加舒適溫馨。對我而言則是極度自然，總覺得一開始就該是這個風貌。

詹姆斯在主城近郊興建大型科學中心，名字的縮寫在英文中正好是「方舟」。他建議泉美與我著手建立整個星球的動植物資料庫，我本能地抗拒，不想重蹈撤離進洞穴爆發疫情的覆轍。天知道還有什麼危機埋伏在曉神星上？

發展科學不代表要自討苦吃。

學到的教訓不止如此。經歷過耶利哥城的能源危機，我們尋求替代方案。另一個考量是曉神星的太陽也不總是非常亮，於是蓋了風車水車做爲輔助，同時還爲主城增添些許風味。至少我是這麼覺得的。

與詹姆斯一起建設主城的三個月，成了難得的休養生息。認識他以後不是對抗電網就是照顧小孩，兩件事情還重疊過。現在總算能單獨相處片刻，簡直是把蜜月、甚至約會都挪到現在一塊兒彌補，當初這些過程全都跳過了。我們在閒暇時有說有笑，常常一起到東邊山坡上走走。

他改變了不少，相遇以來那種深埋的陰霾總算散去，對人生更加自信、不再那麼多恐懼，彷彿看見了人類和宇宙的命運。即便如此，我還是能從詹姆斯身上察覺一絲絲哀傷，雖然轉瞬即逝，只有在他話說到一半、忽然沉默時，或者某些小動作之中閃過。

居住區蓋好之後，詹姆斯第一件事情就是設立墓園，就安排在城市中央主幹道上，每天人來人往，大家都會看見。他和桂葛里爲親友立了碑，包括哈利、羅倫斯、夏綠蒂、麥迪遜、傑克，還有來到曉神星前就過世的一些人，如莉娜與詹姆斯的父親。然而最出人意表又位在墓園正中央的（那邊是詹姆斯留給自己家族的位置），墓碑上卻刻了一個名字：奧斯卡．辛克雷。

三個月過後，詹姆斯與桂葛里之間也前嫌盡釋、言歸於好，昨天還聽見兩個人互相開對方的玩笑。

建設工程順利，加上布萊韋提出要求，詹姆斯和桂葛里便在活動中心旁邊開了單車店，手工製作車身車輪的時候，兩人像老頭子一樣嘴裡喋喋不休，後面牆上掛著一幅莉娜的照片。

每週固定不工作的那天被居民稱作「休息日」，隔天基本上用來娛樂，稱為「自由日」。

某一天休息日，詹姆斯約我去踏青。爬山對我的腿挺吃力的，不過他開心也就夠了。走到一半，感覺他在找東西，領著我往沒走過的地方過去，那裡全都是灌木，好幾次盡頭是死路。

上坡半途我撞上他的背。詹姆斯猝然轉身抱我，抱得很緊。我仔細一看反應過來：前面竟是懸崖，不小心摔下去，就會筆直墜落背光面冰原。

我們兩個提心吊膽地抱著彼此，免得重心不穩，一小步一小步往回走，腳下小石塊彈了出去，消失在萬丈深淵之下。

明明可以放手，退到山坡上安全的地方，但我卻拉住他，整個人靠過去。詹姆斯將我慢慢領到旁邊，兩個人都沒放手。

「抱歉。」我一邊喘息一邊低語。

「是我不好，該出聲提醒的。」

他緊摟著我，眼睛先眺望西邊谷地的茂密繁盛，再俯瞰東邊寒漠的寒冷荒蕪。我們彷彿站在世界的屋頂，相擁於不可思議的光暗交界。首先揮別過去——沒有一絲陽光的冰封世界；然後迎向未來——山上是逐漸成形的都市，山下沃土豐饒卻又危機四伏。

詹姆斯回頭看著我，我也看著他，彼此在凝視中進入永恆，甚至超越了時間。

兩張臉越來越近，分不出是他靠近我、還是我靠近他，總之嘴唇碰觸的感覺好像星體撞擊，腳下的大地開始顫動。曉神星有股魔力，不僅僅是沙漠、寒漠及其上樂土這種奇異風景，也直接影響了我們的身心。

詹姆斯退開，伸手指向背光面。「我得去最後一趟。」

「還以為你沒有要繼續探險了。」

「不是要繼續。這次不是探險，我知道目的地，只是不確定會找到什麼。」

69

詹姆斯

我很早便起床，趁著艾瑪還沒醒先離開居住地。壁爐火焰啪嚓作響，門戶緊閉，主城街道空無一人。谷東山丘的陽光在我看來總像破曉，頗能象徵人類的新起點。

裝好食物飲水與鏟子之後，我駕駛全地形越野車上路，翻過山區到了另一邊的黑暗冰原，抵達第十顆球體坐標。我的呼氣噴出陣陣白煙，下車動手挖開冰層。不知道奧斯卡究竟藏了什麼在這裡，過去幾個月我心癢難耐，但大家不分晝夜只爲了家人朋友建設棲身之處，完全沒有時間處理這件事，而且我開始想念兒子女兒了。包括我在內，多數人累壞了，一到休假除了讀書睡覺，再沒力氣做別的事。

挖了幾分鐘，找到了哈利開出的隧道，有些地方坍塌，找到球體所在又多花了三十分鐘。

乍看之下，灰色光澤金屬球體與以往並無不同，唯一差別是表面刻有電網之眼的圖案。

我打開球體蓋子，手探進去時充滿興奮期待……結果是空的。

怎麼會呢？我蹲坐在地上納悶不已，心想是不是東西掉到外面，可是挖開周圍的結霜也沒任何發現。

我摘下右手手套，再探手到球體內部摸摸看，指尖滑過冰冷金屬表面——然後找到了，內側有微乎其微、像是加工誤差的隆起，不知情的人極難察覺。

手指在隆起處周圍摸找幾秒就感覺快凍傷，但仍舊沒發現按鈕或釦環之類，於是我直接朝隆起按下，眞的發出啪的一聲。

接連著兩個小東西掉在凍結地面上，而且球內多出了一個物體——與我前臂差不多長的圓筒形，指頭一碰就凹下去。

我恍然大悟。

抽出圓筒一看，果然是圖紙。剛才掉在腳邊的小東西是尺和量角器。很久很久以前，曾經有一個我來到了這顆星球，拿著這些工具畫下這些圖。那個我爲那個世界的艾瑪設計了兩房住家，還有桂葛里的小屋、閔肇和泉美婚後的住處，以及亞歷和艾比那棟英格蘭科茲窩風格的宅院。

雖然是禮物，但沒有任何留言或提示。其實

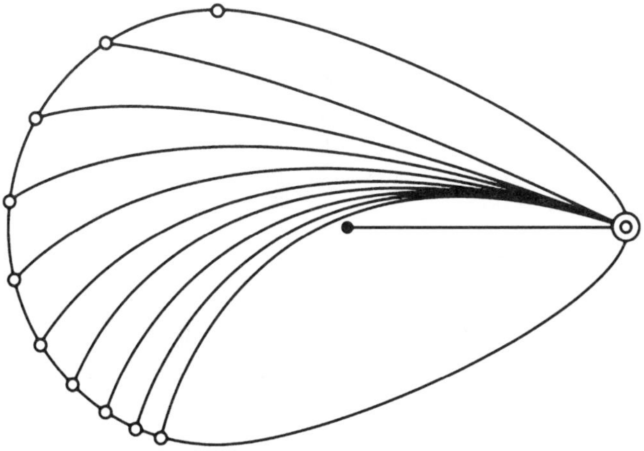

也不需要，我都明白。

只有如奧斯卡一般瞭解我的朋友，才能想到這份禮物。在我看來，給人最棒的禮物是幫他們年復一年地創造幸福。另一條時間線的我用這些工具爲親戚朋友造了家，家能爲生活帶來改變、陪所有人度過生命的悲歡離合與春夏秋冬。

我怕圖紙會被雪水沾濕，當作寶物般小心收進外套。再看看那把尺，上面有很多刮痕污垢，與我一樣經歷反覆曲折的修正過程，堅持不懈，直到盡善盡美。

我再度穿越谷東山脈，等到足夠光線透過林冠、氣溫暖和之後摘下手套，停車坐在後廂小床，攤開圖紙、擺好尺規，畫下第一個角落，標記想要的長度，一條線一條線仔細落筆。這感覺好像演奏曾經熟練卻生疏多年的樂器，並沒有忘記技巧，只是得多嘗試幾次才能抓到訣竅。習慣了之後便停不下來，設計圖點子泉湧而出，彷彿自始至終都在腦海深處等候，只是上次人生中我與艾瑪擁有的不夠，塞不滿兩人的家。

這次不同了。

70 艾瑪

詹姆斯正好在晚餐前回來。今天他最後一次去背光面，我以為他要帶什麼東西回來，沒想到他一進門卻兩手空空。

「沒找到嗎？」我問。

「找到了。」

「在哪裡？而且到底是什麼？」

「我會給妳看的，不是現在。」

「神祕兮兮的。」

他摟著我拉到餐廳。「時候到了就知道啦。」

用餐時，我提起自己考慮了好幾週的問題：所有人自休眠甦醒以後，我該做什麼好？市長身分依舊，但其實無用武之地，更直接的說法就是，我失業了。

詹姆斯再次提起之前的建議，編纂曉神星動植物目錄。「總得有人做，而且只有一次機會。」

他這樣解釋。「想想看，我們能學到多少寶貴知識？妳能親手寫下歷史。」

說得沒錯，問題是不適合我。一直以來，我的夢想就是在新世界建立新社會，我更有興趣的是人類社會的文明與團結，揮別過去的包袱，合作開創美好未來。

還在地球的時候，夏綠蒂、布萊韋和我一起規畫了曉神星殖民地，從都市設計到政府結構都討論過。只不過現階段需要的是實際建設，搭蓋辦公室、實驗室、住宅、倉庫，開闢道路與農地等等，這些我都願意親身投入，同時卻也知道心底藏著別的渴望。

聽著詹姆斯給我的建議，我忽然發覺自己眞正的想法：爲新社會開發新人類。過了這麼久時間，我終於明白了。一開始我願意駐紮國際太空站，有興趣的並非科學實驗、挑戰極限或博取名聲，而是知道自己能幫助整個團隊發揮潛力。追根究柢，我有興趣的是「人」，研究動植物加以記錄或建設工程雖然很重要，但不是我想全心貢獻一己之力的領域。我甚至並不在乎史書上會不會看見自己的名字，相較之下，每天晚上睡覺前，知道自己幫了某個人度過低潮、扎扎實實造就了更幸福的當下，感覺會更滿足。

回首過往感到自豪的場景，例如困在城塞地底時指引大家面對與克服恐懼，以及逃進中央司令部地堡以後，陪著所有人走出失落哀慟。

那種時刻，我才深切感受到自己的存在。

接下來，主城還有很多類似的情境會發生。規模不同，但家家戶戶、所有居民仍舊要面對生命的黑暗。屆時他們需要談心的對象，有人陪伴著才挺得住各種風雨。那就是我想做的事情。

「妳有在聽嗎？」詹姆斯問。

「有啊。」我趕快敷衍過去。

「妳會成爲第一個看見新物種的人類，也是第一個探索完可居住地區的冒險家。從太空取得的鳥瞰圖有很多盲點，不親自過去看看，根本不知道藏著什麼東西。」

「話雖如此，其實外面的東西沒有裡面的東西吸引我。」

詹姆斯東張西望。「裡面什麼東西？」

「你說的方舟計畫當然很有價值，但不適合我。我對人比較有興趣，想幫助大家度過自己的難關。新社會中還有很多想像不到的困境和挑戰，每個居民和家庭都會承受很多壓力。」

「有趣。」

「什麼有趣？」

「妳很……不一樣。」

「跟誰比？」

「沒事。妳剛剛說得非常好。」

●

我們讓成年人先脫離休眠。

我去醫院探望尚在休養的大衛，聊起妹妹的事情，也討論兩個外甥醒來後如何照顧。來到曉神星之前，從未想過會有這樣一天，妹妹先走一步，妹婿失去妻子，孩子們沒了媽媽。

詹姆斯在對面陪伴亞歷，兩人一邊玩牌一邊說起他們童年，很多只有兄弟才懂的笑話，我聽得一頭霧水。

月壞病療法目前維持百分之百治癒率，然而肉體能好轉，親友死去的傷痛不會輕易平復，只能靜靜等待時間撫慰。

後來幾星期，大家開始適應搬遷到主城的生活模式。基礎建設已經完成，所有人在活動中心集會，探討未來怎麼走。當初從地球帶來的科技幾乎都沒了，出乎意料的是，居民在這部分並不著急，甚至該說大家挺喜歡目前主城的風格：開墾、勞動，簡單純淨的生活。我自己多思考了一陣子，也逐漸認爲不是壞事。

●

醫療艙裡，詹姆斯將休眠袋打開抱女兒出來。她被燈光刺得瞇眼了好幾秒鐘，當意識到自己在誰懷裡，就緊抱著他連珠炮似地邊哭邊講話，字全糊成一團根本聽不懂。但總之我知道，她很開心。

山姆比較木訥，詹姆斯還是邊抱他出去邊在他耳邊低語。雖然腿會痛，我仍抱起亞黎，一家四口來個大擁抱。幾個月前困在山洞那時候，我還以爲不會再有這一天了。

如今最大隱憂就是解藥能否作用在才出生不久的卡森身上。我們帶著亞黎和山姆，夫妻倆低頭凝視小型休眠袋。

泉美啓動復甦程序，詹姆斯解開袋子，抱出卡森放到我懷裡。小嬰兒的哭聲響徹空間擁擠的醫療艙，泉美在他頸部注射時，哭聲更宏亮了。

我抱著還是小不點的卡森，邊哼歌邊搖晃走到外面，希望新鮮空氣加上母親的觸碰能緩和他的情緒。幾分鐘以後，他伸長了小手靠著我入睡。

當天晚上我搬了小床，陪伴驚魂未定的亞黎。待在臨時醫院這種環境裡任誰都會恐慌，更何況是這麼小的孩子。我拿平板唸書，偶爾瞥一下看看她睡著了沒。

卡森的搖籃放我床邊，詹姆斯和山姆睡對面。兩人拿著風暴來襲前3D列印的仿樂高積木拼了好久，詹姆斯特地到耶利哥城廢墟找出玩具，就是為了打發隔離與復原期的無聊。

等泉美宣布可以回家時，我大大鬆了口氣，四個人趕快開車衝進主城。如今的房子很簡單，都是天然建材。看樣子山姆和亞黎有些想念原本的長屋，因為到走廊就能找到同年紀朋友。現在家家戶戶分開了，他們得騎單車出門才能找到人一起玩。我覺得這樣才好，一家人能更親近些，小孩也需要自己的時間，不必鎮日互相影響。

直到此刻，終於感覺一家人有未來可言。比起詹姆斯和我成長的環境，現在的曉神星顯得更加樸實，彷彿回到了我們曾曾祖父母那年代，當然也因此有很多不便。儘管如此，我相信生命本身的層次反而更加豐富了。

回家後第一個休息日，我在居民活動中心外頭白板留言：

生命的一課：以讀書會形式探討我們面對的各種問題，分享心得與作法。包含《基本權利》及相關文本導讀。每週休日上午十點於居民活動中心。

・主辦人：艾瑪・梅休斯

・提供托兒服務

之後一整個星期，我努力準備內容。自從高中畢業典禮上臺演講以來沒這麼緊張過，但焦慮的原因並不僅僅是讀書會。

詹姆斯和桂葛里暗中有些計畫。他的口風很緊，怎麼都不肯透露，所以我才不安——這兩個人湊在一塊兒打什麼鬼主意？

休息日早餐時間我沒什麼胃口，忍不住朝活動中心周圍一直看，想像著兩小時後會是什麼場面。會人滿爲患，幾乎全員出席……還是只有小貓兩三隻跟我面對面？說眞的，我不知道自己更害怕哪個場面。

九點四十五分開始陸陸續續有人進場。最初零零散散，後來一組一組出現。大衛、亞歷、詹姆斯在方舟科學館門口接待，參加者可以請他們照顧小孩。

十點鐘，大概七十人到場。頗合適的人數，場面不難看但又在好控制的程度內。

我開口的聲音在大廳迴蕩。「要在讀書會開頭說什麼，我想了很久。依照邏輯，首先最重要的應該是：找出這個團體的意義，決定我們的目標和齊聚一堂的原因。答案說穿了，就是各位本身。這個團體爲了你們、我們，爲了所有人存在。大家共同探討彼此面對的問題，更重要的是彼此分享。我希望每個人能敞開心胸，聊聊各自的遭遇以及如何克服難關。此外我們將一起閱讀《基本權利》和其他大家有興趣的書籍文章，但別忘記這個讀書會是爲了所有參與的人存在。若要說我自長冬以來學到了什麼，那就是人類的潛能無限，除非我們彼此爭鬥，捨棄親人鄰友，才會注定失敗。」

稍微停頓時，我觀察聽眾反應，他們的視線集中過來。「我們往後要面對的是全新挑戰。人類能從過去經驗學習，複製已經確立的原則，然而無論是誰都偶爾會需要別人伸出援手、有個能倚靠的肩膀，或者從別人的建言中突破自己的盲點。如何得到這些幫助由我們自己決定，個人療程、小團體或大型組織都不失為好辦法。我希望我們這個團體、這個成長過程，能夠根據成員需求及時空環境演變彈性調整，但總得有個開始。今天我想先從《基本權利》內容拋磚引玉，之後透過舉手來表決下次活動如何進行。」

我從桌面拿起平板，開啓電子書朗讀。

「人類有一種共通的病，某些人的症狀較其他人更為嚴重。這個缺陷從人類出生起就存在於我們大腦，背後有很實際的理由：為了提高生存機率。此處所謂的病是指內心的不確定感，以及大腦如何應對。人類大腦追求確定感以求保障自身和親友的安全，一旦遭遇嚴重不確定性就會啓動本能反應，催促我們尋求穩定。過程中，大腦有可能反應過度，甚至功能失調，例如即使當下最合適的應變方式是等待，我們還是可能受到刺激而採取行動。」

我放下平板。「我想可以肯定地說，往後人類的未來充滿前所未見的不確定性，沒有人能完全掌握眼前變化多端的世界，譬如科技扮演什麼角色？哪些行業能延續？個人怎麼找出適合自己的工作？我們也會為下一代操心煩惱，希望保護他們不受傷害。如何因應不確定並非問題核心，更值得探討的是，因應的同時是否保持理智。」

那天晚上在家裡，詹姆斯問：「所以？狀況如何？」

「還可以吧，我覺得。」

「別太苛求自己。」

「看看下星期多少人，那才是指標。」

「好吧，妳不慶功我來慶，剛好準備了東西。」

我仰頭看他。「這麼巧。」

「是啊，我弄了很久的東西，做了幾百萬年那種感覺。起個頭而已，要是不喜歡就直接跟我說然後扔進壁爐，先扔進壁爐再跟我說也可以啦，順序不重要——」

我揮揮手。「別自己一股腦兒說呀。到底是什麼？」

詹姆斯從他背包掏出一卷半透明薄紙，很像小學生描圖用的。

「你打哪兒找來的？」

「一個……朋友，給我的。要給妳看的東西在上頭。」

他放在桌上攤開，有好幾幅手繪的圖畫。

「房子？」

詹姆斯深深呼吸，好像忽然緊張起來。「平面和立體設計圖。」

「你畫的？」

「嗯。」

我探身仔細看。相當不錯。可是詹姆斯在椅子上侷促不安起來。「妳不喜歡？」

「沒有啊。」我輕聲回答。「只是……有點吃驚，你什麼時候學了這個？」

「很久很久以前。」他望著我。「所以不討厭？」

「當然不會討厭啊，畫得很棒。」

「眞的？」

「眞的。」

「我還在想一樓臥室要不要專門用來照顧卡森——」

「是畫給我們的？」

「對啊，我們的家。一家人住的那種家就該是這樣。一開始就是。」

我不太懂他最後那句話是什麼意思。倒是挺喜歡設計圖的。

「你和桂葛里最近就在忙這個？」

「嗯，他負責工程測量。我們要合夥做房屋設計，叫做『S＆S工作室』。」

「哪個S是你，哪個S又是他？『辛克雷與索可洛夫』還是『索可洛夫與辛克雷』？」

「別人怎樣想就是怎樣囉。」

我邊看著圖邊想像詹姆斯變成建築設計師，爲曉神星家家戶戶帶來改變。這與我成立讀書會的初衷一樣，兩個人都貢獻自己的力量給新天地。他將才能用在街道兩旁的房屋，我則關注大家的內心世界。內外同等重要，都對後世有很大影響。但當然對我們而言最關鍵的是自己的家、家裡的三個孩子。

腦海隨設計圖浮現一家五口生活成長的場景：生日派對、閱讀、上學、玩耍。許多年後，家裡剩下詹姆斯和我。

「妳眞的喜歡？」

我微笑著說：「完全不必改。」

注：本書內所有平面及立體設計圖都是作者本人為作品親手繪製。

後記

親愛的讀者：

感謝各位讀完《失落星球》。

看過前兩集作者後記的人，應該已經知道三部曲創作階段中，我歷經了人生劇變。就像《寒冬世界》的人物一樣，對我而言彷彿太陽落下、永不升起，往後的世界再也不一樣。期間很多時候，我無法專注工作，而且也不想工作，但又有許多日子裡，寫書是我唯一的動力。

常言道，時間能治癒所有傷痛。《冰凍地球》三部曲陪伴我自己度過那個階段，為此我充滿感激，也希望這個故事能在讀者的生命發揮同樣作用，無論是娛樂消遣、轉移注意力，或者帶來靈感和啓發等等都好。我心目中對好書的標準就是讀者讀完後覺得比原先更加幸福快樂——這套書對作者自己很有效。

在此向各位致上謝意。請大家別忘記，生命不僅僅是失去，珍惜現有的一切。

致謝

一本書就像冰山，讀者看見表面露出的一角，藏在水下的部分卻大得多，有時候更重要。有了水面下這群人的付出，才撐起水面上大家看見的景色，他們同樣功不可沒。

首先想感謝 Recorded 出版社的 Troy Juliar 和 Jeff Tabnick，許多讀者、應該說聽眾手上機器裡的美國版有聲書是由他們製作發行。出版生態時常改變，現代步調更是遠超以往，他們兩位卻有本領讓有聲書版本與電子書、實體書同一天上市。這一點對我個人意義非凡，考量到我造成的時間壓力，真難想像還有哪位有聲書發行人做得到。非常感謝你們——我保證下次會早點交稿。

大家都知道文學經紀人會幫作者談出好價錢，但其實這也是他們工作的冰山一角，大眾看不到許多辛勞之處。例如經紀人也會對原稿、封面、行銷、內容等方面提出極其寶貴的建議（至少我的經紀人會，我非常感激），整合作者與出版商在發行前後的宣傳活動。現代出版業界裡互助合作十分重要，少了經紀人居中協調很難成就，而我有幸與傑出團隊合作，分別是負責美國、歐洲與南美的 Danny Baror 和 Heather Baror，以及亞洲地區的譚光磊。

再次感謝與我簽約的英國出版社 Head of Zeus，這套三部曲（以及之前其他作品）合作過程中十分愉快，有勞他們協助美國版《太陽戰爭》的封面設計與內文校訂。

一如往常，我要感謝妻子辛苦持家，在寫作之外的事業道路上給我許多支援。

David Gatewood對本書做了很多寶貴建議，他能突破我的盲點並勇敢說出口（還曾有數次直接在Word檔案留言）。幾位初稿讀者也貢獻良多，分別是Michelle Duff，Lisa Weinberg，Kristen Miller，Katie Regan，Norma Jean Fritz，和Cindy Prendergast。

最後還是感謝各位讀者。我總覺得我一定是作者界的樂透得主，每天起床都會在信箱和臉書收到好多溫暖鼓勵，以後我也會持續努力，不辜負大家的期望（尤其在生命特別艱困的時刻）。

傑瑞・李鐸

【臺灣版全球獨家收錄番外篇】

1

孩子們都睡了，屋裡安安靜靜。詹姆斯一個人在家中辦公室，聽見有人從屋外進來。後門搖晃，門鎖咔嚓輕響，開啓動作順暢得像個專家。咻的一聲，門板滑開，冷空氣吹過掛衣間，竄進門旁角落，環繞詹姆斯座位四周。

他原本探身在桌上，專心繪製主城幹道旁邊的新建案。此刻他握著鉛筆的手開始冒起汗，沾黏了圖紙，等了一會兒沒人講話。

「艾瑪？」詹姆斯喚著。

妻子沒有回話，因爲穿越掛衣間的人根本不是她。那個腳步沉重卻流暢規律，簡直像個機器人。

「桂葛里？」詹姆斯又叫了一次，以爲是合夥人登門拜訪。翌日早上八點要給客戶過目設計圖，不知他是否爲了這件事來盯進度。

但唯一的回應是腳步聲越來越接近。

詹姆斯心生警惕，起身尋找房間裡有沒有東西能夠防身，舉目所見只看到一疊疊紙張，再來是鉛筆與尺。都沒什麼用。

房門外走道上，有一把雪鏟靠著牆直立著。他閃身過去，對方竟已經來到門口，站姿僵硬，眼神卻很銳利，臉上完全沒表情。

詹姆斯往後一縮。

廚房傳來艾瑪的呼喚。「詹姆斯？」遲疑一陣之後她繼續問。「你剛剛叫我嗎？」

詹姆斯打量入侵自家的人，千頭萬緒閃過腦海，很難壓抑語氣中的訝異。「沒……沒事，我找到要的東西了。」

「抱歉冒昧造訪，我們沒有聯絡管道，只能出此下策。」

眼前這張臉，詹姆斯再熟悉不過。奧斯卡的臉。但他很清楚眼前仿生人絕非奧斯卡。奧斯卡已經死了，走道上只是一個複製品，或者可以稱爲後裔。結束奧斯卡生命同時，仿生人後代亦從亞瑟的箝制解放，此後一切全然改變，直到今天之前，詹姆斯再也沒見過他們。此時此刻此地重逢，令詹姆斯心裡五味雜陳。他一方面對奧斯卡的命運深深遺憾，另一方面擔心仿生人重新現身並不是好兆頭。

「你是……」詹姆斯不知道該從何說起。

「請叫我亞諾，之前我們沒見過面。」

「詹姆斯！」艾瑪在廚房裡叫著。「你在和誰說話嗎？」

「呃……自言自語而已。」

雖然艾瑪沒回話，詹姆斯聽得見她拖著腿，略顯吃力地走過來。之前她在太空待得過久，雙腿肌肉已無法回復原本的健康狀態，但她從不自我設限，縱使行走速度變慢，依然憑藉決心和毅力抵達任何目的地。肢體障礙需要克服，而人生中更有成千上萬的險阻。詹姆斯欣賞妻子很多地方，這只是其中之一。

艾瑪來到掛衣間和辦公角落之間，亞諾轉身，兩人面對面。她立刻愣住，不知所措。

「這位是亞諾。」詹姆斯趕快開口。

「你好。」艾瑪擠出回應，和丈夫一樣上下打量仿生人。她和詹姆斯一樣，在長冬時期與奧斯卡相處了很長一段時間，尤其復健過程有他相伴，早已萌生出深厚友誼。詹姆斯相信此時此刻艾瑪的情緒一定也很十分複雜。

亞諾打破沉默。「女士，很抱歉忽然打擾，但沒有其他辦法。」

「什麼意思？」她問。

「有必須告知的事件。」

「詳細說吧。」詹姆斯說。

「我們接收到發自太空船的訊息，對方宣稱來自地球。」

聞言，各種臆測疑問在詹姆斯腦袋裡像鞭炮炸開。怎麼會？爲什麼是這個時間點？他們要去什麼地方？

詹姆斯與艾瑪帶領地球最後倖存者，搭乘兩艘大型移民船離開母星，兩艘都已經降落曉神星地表。他們拋下的地球應該成了完全無法居住的冰球……但果眞如此嗎？或許有人躲進地底、逃過一劫？於是最後也離開了地球？

他還沒能問出口，又有腳步聲從戶外踏進掛衣間。桂葛里繞過轉角停下腳步，一如方才的艾瑪那般將眼睛瞪得又圓又大，但兩個人的情緒可不一樣。

「這是亞諾。」詹姆斯介紹。

「他在這裡做什麼？」桂葛里語氣冰冷，故意無視仿生人只望向詹姆斯。自從心愛的莉娜因電網而死，桂葛里開始極端痛惡所有人工生命形態，即使過了許久，怒意也僅僅褪色一丁點兒。

「我前來轉達訊息，來源聲稱是地球的太空船。」

桂葛里嗤之以鼻。「怎麼可能。」

其實詹姆斯聽見的第一反應也是這四個字。

艾瑪伸手。「桂葛里、亞諾，去廚房聊吧。」

大家跟著艾瑪走進廚房，她自己先在中島找了凳子坐下，釋放雙腿壓力，三人站在旁邊。桂葛里站得離亞諾很遠，雙手環抱胸口，牙關咬得很緊，似乎竭力按捺脾氣才沒有爆發。

「從頭說起吧。」詹姆斯開口。

「那麼，我從接收到的訊息開始，」亞諾回答。「我現在重播。」

接下來的場面挺叫人不自在的，就連親手造出奧斯卡和移民艦隊第一批仿生人的詹姆斯也不例外。亞諾完全靜止不動，口腔聲帶開始傳出並非方才他的聲音，而是一個女子，話講得很急、嗓子又很緊，像是剛哭過。錄音音質有點粗糙，三不五時有雜訊或中斷。

無論誰收到訊息，這是求救訊號，我們沒有敵意。

桂葛里眼珠子翻了一下。

隔了一秒，然後又一秒鐘是雜訊，接著才聽見她說什麼。

……來自母星地球，我們尋找孩子能夠平安成長的環境。請幫助我們。我們的太空船……

又斷了兩秒。

……動力只能維持兩週。唔，大約是……這段訊息的兩百五十倍時間。我們會反覆播放這段求救訊息，並附上或許可協助翻譯的資料。如果詹姆斯．辛克雷、與他同行的移民或其後代，來自地球的人收到訊息，請救救我們。

亞諾再次說話時回復到自己的聲音。「無人機在極遠處接收這段訊號。」

「什麼時候？」艾瑪問。

「以地球日來算是四天前。」

「那他們只剩下十天，」艾瑪低聲嘆息。「船在什麼位置？」

「距離曉神星三光年。」

艾瑪嘆息變重了。「我們沒辦法及時趕到。」

從這句話判斷，詹姆斯明白妻子主張過去救援。目前問題就在於他們要不要採取行動。

桂葛里不動聲色，和亞諾一樣直視前方，面無表情。

「距離三光年的話，」詹姆斯說。「他們很可能以曉神星爲目的地。」

「合理推測。」亞諾說。

「他們的船怎麼了？」桂葛里雖然開口問話，眼睛還是不肯看亞諾。

「現況不明。」

「有影像嗎？」

「沒有。」亞諾回答。

桂葛里搖頭，似乎認爲這是一場騙局。「你們到底想幹嘛？爲什麼特地跑來？」

「沒有特定目的，之所以前來是因爲原始程式碼仍然有效：發生足以影響曉神星居民的重大事件時，我們應告知詹姆斯．辛克雷，並尋求其建議。」

「那艘船怎麼能影響我們？」桂葛里問。「他們都已經太空漂流了，何況距離還有三光年。」

「上回與各位接觸過後這幾年內，電網有了數項重大突破。如各位所知，基於根本原則，我們無法開發可以改寫核心程式的技術，導致某些類型的創新受限。限制仍然存在，但儘管自由度僅僅微幅增加，也容許了新發明誕生，其中包括超光速移動領域。雖然會消耗巨大能量，但電網已經能夠操作時空，類似當初將種子球體送回過去的手法。」

「說白話文好嗎？」桂葛里咕噥。

「電網即將派出可以載人的船隻前往訊號來源，預計十三日內抵達。如各位所知，我們已轉型爲人道組織，因此會對遇難船隻伸出援手。」

2

現場陷入沉默。艾瑪望向詹姆斯，雖然沒講話，但夫妻心意相通。

「說謊。」桂葛里幾乎是用罵的。

「我並無虛言，」亞諾淡淡說。「電網可以扭曲時間，難道會無法扭曲空間？時空是一體兩面。」

「我沒說你們不能超光速移動，」桂葛里反擊。「是說根本沒有什麼落難船隻求救。」

「爲什麼要騙你們？」

程。」

「好問題。為什麼？」

「亞諾，」艾瑪語氣放慢，想緩和氣氛。「假設你們可以及時趕到，打算怎麼做呢？」

「目標十分明顯，就是保全人類性命，因此我們會修理船隻，並盡力協助他們完成原本行程。」

沉思中的詹姆斯抬起頭。「即使他們想過來曉神星也一樣嗎？你們會幫忙？」

「是的。」

「有趣。」詹姆斯小聲回答，腦袋開始思考新移民出現可能引發什麼波瀾。最重要的是，萬一對方已經是新形態的人類——完全不同的物種，會對曉神星既有的社會帶來什麼影響。新移民如何與舊移民互動共處？雙方能夠融合嗎？有這種意願嗎？

「抱歉，」亞諾說。「我必須離開了。如各位所知，時間急迫，我此行目的僅為獲取建言。」

「亞諾，」艾瑪開口。「能請你在外頭稍等嗎？我們需要幾分鐘討論。」

他輕輕點頭，走了出去。

「有意義嗎？」桂葛里搖頭。「仿生人在這種距離搞不好一樣聽得見。」

「或許吧。」艾瑪回答得漫不經心，一隻手在木製中島檯面游移。「可是，詹姆斯，他們怎麼活下來的？」

「一定要猜的話，我想是在小行星撞擊前後躲進地底沒再上來，但是出了什麼事故必須返回地表。我敢打賭，他們找到了大西洋聯盟遺留的檔案文件，按照規格造出自己的太空船。畢竟是在我們之後過了幾千幾萬年才啓航，工程時間十分充裕。此外，也許他們的船更快，又或者航程路徑比較直接。」

「未免太多假設，」桂葛里說。「我討厭假設。」

艾瑪轉頭看他。「就像你討厭電網一樣。」

「討厭他們不代表我說錯，也不代表他老實。」

「他們說謊有什麼好處？」詹姆斯問。「電網要消滅我們輕而易舉，我們也構不成威脅。」

「幫你修正，」桂葛里說。「我們自以爲對電網不構成威脅。詹姆斯，你未必掌握全盤資訊。我們不能輕易相信電網。」

「也不能待在這兒袖手旁觀吧，」艾瑪說。「至少我辦不到。」

桂葛里聳肩。「有什麼不行的，難道妳打算搭上電網的船？」

「你說對了，桂葛里。假如眞有地球人等待救援，一定得去幫忙啊。易時易地，也可能是我們自己、或者我們的孩子鄰居向別人求救。」

「眞有什麼東西在太空等待的話，」桂葛里說。「電網自己有能力處理才對，它們比我們厲害多了，連食物飲水氧氣都不需要。」

「但是電網需要一樣東西。」詹姆斯開口，兩個人望向他。「判斷力。戍衛航太董事會在根本原則添上一條，要求仿生人在重大決策上徵詢人類意見，原因就出在這點。桂葛里，你現在應該也發現了，人工智慧有時候會對規則做出錯誤詮釋，代價便是人命。我贊成艾瑪，也打算上船，盡可能幫助那些人。尤其對方主動提到我名字，是我捨棄了他們。」

「我們都一樣。」艾瑪說。

「如果當年更認眞搜索，或許能找到其他倖存者。」詹姆斯繼續說。「但我們只是派無人機在地球繞了繞、廣播訊號，就以爲一定能救到所有人。」

「都是過去的事情了，重點是現在怎麼辦。」

桂葛里深深嘆息。「你們兩個都瘋了，然後你們都給我留下來。既然是船隻損壞的問題，那就是我的工作。」

「可是船在太空喔。」艾瑪說。「是太空中漂流無法航行的損壞船隻。這裡只有我眞正處理過類似狀況，我當然得親自過去。」

「你們要面對現實——只有我走了，就算回不來，也沒人會牽掛。」桂葛里反駁。「反正我不然一身沒結婚，邏輯上當然是我去。」

詹姆斯笑著說：「你再說下去，我都覺得你要變成電網了。大家都別囉嗦，三個一起去，沒意外的話，眞正的問題只有如何安置那艘船上的人，必須評估看看他們適不適合降落曉神星。」

「還有會不會對我們其他人帶來危害吧。」桂葛里附和。「雖然都是地球人，但可能相差很多。」

3

詹姆斯打開自家後門，外頭城市上空以布幕遮蔽陽光，亞諾就站在陰暗之中。

「我們決定與你一起過去救援。」

「不智之舉。」亞諾說這話時依舊面無表情。

「我以爲你早已料到這個結果？」

「預測機率爲百分之九十三點四。此時我必須列舉行動中的危險因——」

詹姆斯比手勢要他暫停。「我們該盡快啓程，時間緊迫，艾瑪、桂葛里和我都很清楚太空活動充滿危險。在哪裡集合？」

「這兒就好，我呼叫飛船過來。如你所言，時間急迫。」

●

艾瑪上樓到孩子們的臥室。卡森睡得很熟，她探身在小兒子前額吻一下，並將被子拉到他下巴。

亞黎不在床上。艾瑪並不意外。她走到床邊書櫃，找到C·S·路易斯的作品《獅子·女巫·魔衣櫥》精裝本，輕輕向外一拉，隨著咔嚓聲，書櫃僞裝的暗門開啓，女兒在供他們遊玩的密室內裹著幾條被子睡得香甜，有人進來了都不知道。

艾瑪輕撫她頭髮。雖然有點想叫醒女兒，但最後還是算了。

到了山姆房間，她進去時，鉸鏈嘎嘎發響，男孩立刻撐著手肘坐起身，被光線刺得開始揉眼。「媽？」

艾瑪坐到他床邊。「嗨，寶貝。」

「有事嗎？」

「爸爸和我有事得出門一趟。」

「啊？現在？」

「嗯，不必擔心。媽媽不在的時候，你幫我照顧亞黎和卡森好嗎？」

山姆又躺了下去，整個倒在枕頭上，閉起眼睛回答：「嗯，好啦。」幾秒後就又睡著了。

●

詹姆斯到了自家對面，輕輕敲門之後朝窗戶裡頭看去。準備再敲一次的時候，廚房亮了燈，亞歷赤腳踩著硬木地板走到玄關，開了前門一條縫，睡眼惺忪地查看來人是誰。

「你又睡啦？」詹姆斯半開玩笑地說。亞歷總是早睡早起。

他聽了嘆口氣打開門。「進來吧？怎麼啦？」

「艾瑪和我得出一趟遠門。」

「你這樣說，聽起來像是亡命天涯。」

詹姆斯很配合地面色一沉。「跟你說太多的話，怕你有一天不得不出庭作證……」

亞歷揮揮雙手。「好了。究竟怎麼回事？」

詹姆斯斂起笑意。「其實不完全肯定，只知道大概得離開一個月左右。」

「去什麼地方？沙漠？還是背光面？」

「其實呢，要更遠一點。」

亞歷幾乎笑出聲。「還有什麼地方可以去？」但才說完他立刻反應過來。「要上太空？有辦法嗎？我們已經沒有太空船了吧？」

「電網有。」

「詹姆斯，電網不可信！」

「奧斯卡可以。」

「但他已經走了。」

「他留下的仿生人還在。別擔心，不會有事，只是要麻煩你幫我照顧孩子們。」

「這沒問題，不過你必須平安回來。」

●

詹姆斯回到家，亞諾已經在後院等待，身旁有艘小飛船。桂葛里待在掛衣間，模樣像是不想參加校外教學卻不得不去的小孩。

艾瑪從裡頭走出來，手上拖著兩個裝滿的行李袋。桂葛里見狀跑去幫忙提，走向飛船時身子搖搖晃晃，東西似乎有點重。亞諾上前伸出手，桂葛里板著臉繞過了他。

「妳收好了？」詹姆斯問艾瑪。

「就一些衣服和零食，加上衛生用品。」

「妳可眞是好媽媽。好太空人。太空媽媽，我決定以後就這樣叫妳。」

「少貧嘴，再說這種冷笑話自嗨，我就從氣閘把你推出去。」

詹姆斯忍著笑，兩人跟在桂葛里後面上船。

飛船升空時，三個人都沒講話，只盯著觀景螢幕上越來越遠的都市。高度超越遮光布幕之後，便可以看見山谷將曉神星地表分為兩半，一邊是沙漠，一邊是凍土。谷地或許即將迎接更多地球人。

來到背光面，紅矮星克卜勒四十二無法直曬的地方，太空船在此等候。詹姆斯沒看過這次設計，與地球人前來曉神星所用的船隻相比小得太多，甚至比大部分輔艇還要小，所以他頗為訝異，本以為電網準備的載具規模要足夠運送漂流的難民。

「先談談計畫內容。」詹姆斯開口。

「第一優先是提供醫療，並修理船隻的維生系統。」亞諾回答。「之後針對機件故障加以補強，進行能源補給。我們認為船隻問題應當來自於此。」

「請多解釋些。」艾瑪說。

「太空船位在星際空間深處，與最接近的恆星還有很遠距離，推測他們在航程中太長時間沒接收到足夠光能充電。如果他們和各位當初一樣，航行中收集漂流物質做為燃料，則會是漂流物質存量不足。同時另一可能則是遭遇機械故障，導致充電或儲電功能失靈。」

詹姆斯淺笑。「簡而言之，就是高速公路開到一半沒油了。」

「原始但切題的比喻。」

詹姆斯攤手。「沒油，所以要挖原油啊，懂嗎？」

艾瑪扶額說：「冷笑話黃牌警告。亞諾，借用一下氣閘？」

「女士，不建議妳那麼做。」

「開玩笑而已，亞諾。」艾瑪瞥了瞥詹姆斯。「應該吧。」

待命的電網船隻沒有名字，而是很長的編號。詹姆斯覺得裡面狹窄陰暗，走道幾乎擠不過去。總而言之，不像地球人做的東西，與當初他協助設計的款式相差很大。

發現船上沒有其他仿生人，令詹姆斯有點訝異，對此亞諾的說法是新技術以小型機器人爲導向，需要時再組合即可。他更直接表示：「已經沒有模仿地球人外形的理由。」

主通道上，詹姆斯看見一些機器人四處飛竄，牆上、艙頂、地板到處都是，如同小蜘蛛跑來跑去，於是更深刻體會到電網與人類的差距有多大，儘管它緣起於亙古前、或者說是命運走向不同方向的另一條時空線。

走到底是醫療艙，不比詹姆斯和艾瑪在曉神星的臥室大多少。

「我們使用的休眠技術與你們前往曉神星時類似。」亞諾開口。「但必須事先警告一點：我們無法完全預測超光速移動對人體是否造成影響，當然也不可能有人體實驗紀錄。」

「好極了。」桂葛里咕噥。

「你們評估的安全性如何？」艾瑪問。

「預估百分之九十七點一四是三位不會有任何永久性損傷。」

「其他副作用？」詹姆斯問。

「只有一項值得提出。甦醒時，我們認爲三位必須調適時空間變化，於是出現解離反應。人類大腦認知的時間為單方向線性且沒有速度變化，然而實際上——」

詹姆斯揚手。「反正活得下來對吧？」

「是。稍有不適感而已。」

艾瑪率先進入休眠袋，桂葛里第二個。最後詹姆斯也躺上醫療平臺，看著半透明白色袋體裹住自己，想像醒來時究竟會看見什麼。

4

光線刺眼。

即使閉著眼睛，詹姆斯仍能感覺到白光彷彿要刺穿眼球、直衝眼底，一股冰鑿插入般的疼痛湧出。

他試著轉身，身子很痛、很沉重，黏在平臺上動彈不得。重力劇烈改變了嗎？上面有個隆隆聲，很慢但很大，像是錄音用十分之一速度播放，喇叭對準耳朵。

他張開嘴想說話，可是聽不見自己究竟有沒有出聲。感覺一切都是慢動作，除了隆隆聲什麼也聽不見。

冰冷金屬物體靠上頭部，接著有個像是橡皮筋彈一下的啪嚓聲響起。

詹姆斯再次醒來時，光線稍微溫和了些，想要轉頭使肌肉正常活動。

亞諾講話的聲音傳來，感覺節奏特別慢，不過字詞漸漸串連起來。「……聽得見嗎，辛克雷博士？」

「聽得見。」他頭痛，身體也痛。「我怎麼了？」

「時空感錯亂症狀比我們預期嚴重，請躺好不要亂動。」

脖子又被金屬物觸碰，也再一次出現如彈橡皮筋的聲響。幾秒後視野思緒清晰起來，彷彿大腦排毒成功。

「感覺好些了嗎？」

「好不少，」詹姆斯回答。「到目的地了嗎？」

「是。」

亞諾上方出現全像投影：一艘太空船飄浮在黑暗宇宙。因缺乏參考點，詹姆斯無法判斷船隻體積，只看得出船身圓扁如一顆被壓過的球，兩側有凸起，感覺像是附加於主體的額外模組。

當年的曉神星移民船艦並非這種造型，然而這也合理，畢竟那兩艘船以星際防衛為初衷，需要長而寬闊的側舷，地球遭到攻擊之後才進行改造，以便運送移民。如果一開始就朝這個目標設計，球體自然更為理想，同樣材料能提供更多空間。

「這艘船多大？」詹姆斯問。

「直徑大概六十八公尺，最高處二十公尺。」

詹姆斯仔細觀察，思緒在腦袋轉換。太空船有兩百二十呎寬、六十五呎高。經過這麼多年，他還是比較習慣英制單位。這個大小的空間裝得進多少人？

亞諾扶詹姆斯下來，然後也將桂葛里與艾瑪喚醒，用了一樣的藥物，兩人的時空感錯亂也很快緩和。

三人換上太空衣，到氣閘前面集合。門邊充斥小蜘蛛形狀的機器人，彷彿隨時要進攻的軍隊。

船身搖晃，應該是與地球移民船接觸了。

「我先過去確認環境是否安全。」亞諾說。「請先在這裡等待。」

氣閘打開，後頭一條短短圓管狀通道連接到移民船外部艙口。蜘蛛翻到門外，立刻飄浮起來，好像被一陣輕風吹起。顯然電網的人工重力沒有延伸到氣閘外。

蜘蛛想必裝有推進器，才能輕輕晃動後向前飛出。

亞諾跨過門檻後關閉身後的氣閘。詹姆斯、桂葛里、艾瑪三人靜靜等候。

「船很大，」艾瑪開口。「他們的人數或許比較多。」

桂葛里朝氣閘踱步，一副靠近就能逼人家開門的樣子。「我還是覺得狀況不對。」

「無法掌握狀況確實感覺不好。」詹姆斯知道亞諾一定聽得見。「亞諾，可以跟我們說一下情況嗎？」

「直接轉播給你們。」

太空裝頭罩的玻璃面板浮現兩個即時影像，其一是電網船隻朝地球移民船伸出觸手似的纜索，上頭爬滿機器蜘蛛。纜索接觸到移民船外殼，蜘蛛立刻跳過去焊接，一瞬間便完成固定。

「開始為太空船充電，」亞諾解釋。另一邊影像裡，他順著光線暗淡的狹長通道飄浮到底，有三個發出藍綠色光線的容器，外形像是休眠艙。

「太空船有兩個可以分離的區塊，這裡是其一。」亞諾繼續說。「後側模組是引擎，這邊是艦橋，我想面前就是任務指揮官了。」

「我們可以過去嗎？」艾瑪問。

「可以，」亞諾回答。「船隻目前穩定，沒有發現威脅。」

氣閘開啓，艾瑪率先出發，她擺動雙手產生推力，飛過連接通道，另二人隨後跟上。再度體驗失重狀態，令詹姆斯回想起和平號追逐電網異物那段歲月。目前的處境很相似，都是探索太空深處的謎題，而眞相可能顚覆已知的一切。

地球太空船的氣閘隔間十分狹窄，高度不超過四英呎，往內的通道也一樣，感覺像是給小孩，或者體型非常小的人使用，詹姆斯若非可以飄浮就得彎著腰前進。氣閘內門設有零到九的數字鍵盤，散發一種安心氛圍——這是目前為止第一個指向地球人的線索。

「我們判斷已經找出船隻漂流的原因，」亞諾說。「引擎故障，失去推進力，無法控制方向、收集核融合燃料物質，也難以抵達有充足光能的位置。」

「讓我看看引擎。」桂葛里說。

「頭罩會顯示地圖，請按照指示前往。」亞諾回答。

詹姆斯回頭一看，桂葛里已經伸手將自己推向另一頭，而艾瑪繼續往前滑過走道。她在太空中像隻優雅俐落的海豚，他則是還在練習划水的小鴨，老是轉來轉去撞牆壁，必須費很大力氣才跟得上。

片刻後，詹姆斯看見亞諾在泛著藍綠色光線的房間等待，身後有一扇大窗面向漆黑的宇宙。若非玻璃表面還有些許反光，很難看出是扇窗戶而非牆壁。

詹姆斯與艾瑪進入房間，總算可以挺直身子。亞諾大概沒說錯，這裡像是艦橋，頂端比較高，但也僅僅六呎出頭。

三個疑似休眠艙的物體直立靠在牆邊，大概五呎高，外殼是金屬灰，透過玻璃罩能看見裡面的人。詹姆斯與艾瑪飄過去仔細觀察。

明顯是地球人，但差異又極其醒目，尤其表現在皮膚上：他們白得似雪，完全無毛，無暇面孔上連眉毛也沒有。詹姆斯甚至找不到毛孔，彷彿白陶土一體成型、天衣無縫，唯一有顏色的部分是嘴唇那抹淺藍。

「目前看來只有這三個成人，」亞諾說。「船隻其餘區塊塞滿類似容器，裡面都是嬰兒與孩童，性命垂危。」

5

引擎室與船內其他部分一樣狹窄擁擠。蜘蛛模樣的機器人在天花板、地板、牆壁滿滿爬行，卻幾乎要碰到飄在中央的桂葛里。

房間裡一股嗡嗚迴蕩。

控制面板亮起，一連串數字與奇怪字母自螢幕捲過。看似人類語言，但桂葛里完全看不懂。

忽然，畫面閃爍紅光，發出刺耳警報音。

●

艦橋上，艾瑪聽了亞諾的說法，心頭一驚。「爲什麼孩子們會死？」

「無法確定，還在確認——」

「人在哪裡？」

「從你們背後的通道過去。」

艾瑪轉身，發現艦橋還有一條出去的路。她趕緊腳一蹬，飛竄過去，路到了盡頭是個蜂巢狀空間，沒有地板和走道，可見最初便是在太空建造，支架的層與層間隔都很小。

房間中央的凹槽發出淺藍色光芒，遠看像是外星螢火蟲躲在巢穴。最外圍層架的凹槽沒有亮燈，而且黑暗正逐漸由外而內侵蝕。

「我到客艙了，」艾瑪朝著無線電叫著。「休眠槽一個個關閉中，怎麼回事，亞諾？」

「無法確認。電網已經爲船隻提供動力，但遭遇數項意料外的狀況。」

頻道上傳來桂葛里緊繃的聲音。「引擎室運作異常。」

「蜘蛛形機器人已經開始調查。」亞諾的態度依然很鎮定。

「叫它們動作快點。」桂葛里沒好氣地說。

「喚醒船員吧。」詹姆斯提議。

「會有危險。」亞諾回答。

艾瑪踢腳朝客艙深處移動，前方一個休眠槽燈光越來越暗淡。她伸手朝身旁已經熄燈的槽蓋一推，人朝著那方向飛過去，可惜還是太遲，到達時那個休眠槽已經黑了。

隔壁槽內是個閉著眼睛的小嬰兒。與艦橋看見的人類相仿，皮膚雪白光滑、細緻無暇。當著艾瑪的面，嬰兒輕輕動了手指。

淺藍色光線開始搖曳暗淡。

●

亞諾轉身望著詹姆斯。「喚醒船員是不智之舉。」

「還有什麼選擇？我們需要支援。感覺你們無法查出太空船究竟出了什麼問題。」

「已經進行調查——」

「快點！」詹姆斯催促。

艦橋的兩條通道都關上門。

「喚醒程序會封鎖房間，」亞諾解釋。「並且開始加壓。」

周圍許多面板啟動，同時間，詹姆斯隔著太空裝也察覺氣流變化。

三個休眠艙只有中間的打開，裡面那位女性動也不動。

現在詹姆斯看清楚了，她身高的確僅四英呎左右，手腳纖細沒有脂肪，肌肉線條分明。明明是同族，差距卻大得難以忽視。

地球究竟怎麼了？他們身上發生了什麼事？

「太空裝的外部擴音器已經啓動。」亞諾告知。

詹姆斯朝女子靠近。「哈囉，妳聽得見嗎？」

女子睜開眼睛，嘴角微微翹起，露出笑意。「詹姆斯．辛克雷，地球的叛徒。」

6

桂葛里努力辨識螢幕上的符號及文字。房間仍不斷晃動，感覺引擎想要加速，但被什麼東西卡住了。

無線電上，亞諾的語氣若無其事。「桂葛里，我們透過私人頻道與你對話。電網判斷太空船引擎嚴重損毀。」

「怎麼處理？」

「得請你將引擎模組與船身分離。」

「爲什麼不是你們來做這件事？」

「因爲我們辦不到。蜘蛛形機器人嘗試過駭入系統取得控制權，但一直無法成功。雖然喚醒了一位船員，但現在時間已經不夠，唯一解決辦法就是手動分離模組，請快點執行。」

周圍的蜘蛛朝同一個地方集中，爲他標示出操作盤上兩個大握柄。桂葛里觀察一陣，心想只要扭動握柄，引擎就會自己飛出去——或許會漂流太空，而電網能夠將船拖到安全地點。他伸手準備拉動操作桿，沒料到背後的艙門忽然關閉。

「艙門關起來了！」他透過無線電叫著，壓抑不住語氣中的恐慌。

「是的。手動分離需要有人在引擎室內，我們認爲這個設計是爲了確保即使通訊故障也有人員在場。請快點將操作桿向上推，就能分離船身和引擎。」

艾瑪看著休眠艙的燈光閃爍，嬰兒在忽明忽暗之中繼續沉睡，對於環境一無所知，即將失去維繫生命的電力。一旦斷電，這孩子就要漂流於黑暗冰冷的太空，再也沒有甦醒的機會。

「電力還是沒有回復。」艾瑪說。

「我們知道情況。」亞諾回答。

「打算怎麼處理？」

「推測分離引擎就可以穩定系統。」

休眠艙燈光越來越暗。艾瑪順著走道望去。這麼多人即將死去，這麼多人已經死去。

「我能幫上什麼忙？」

「先前我透過頭罩鏡頭掃描休眠艙，妳應該能看見艙外有個輔助電源接口？」

艾瑪低頭便看見六角形插座。「嗯。」

「妳的太空衣上有電線，位在腰部。」

她摸索一陣，找到電線末端，拉到插座前方。原本電線接頭形狀不合，卻在靠近插座時自動變形，啪嚓一聲便固定好了，艾瑪的頭罩顯示面板跳出一條量表。

≫太空裝電力尚有：百分之八十七。

才幾秒過去，量表立刻更新。

≫太空裝電力尚有：百分之八十六。

休眠艙燈光還是閃爍著，但變亮了些，裡頭的嬰兒睡得香甜。

艾瑪忍不住嘴角上揚。

「記住，在電力剩一成時收回電線，才足夠妳回去充電。」亞諾提醒。「詹姆斯和我已經喚醒一名船員。」

●

詹姆斯注視那雙灰藍色眼珠。她的瞳孔小得只有針能穿過，散發的藍綠色光芒卻又異常銳利。

女子從休眠艙飄出來，視線始終停在詹姆斯身上，而且似乎對於自己赤身裸體絲毫不以爲意。

「請問妳叫什麼名字？」

對方仰頭說：「伊蓮娜。」

「這艘船出了問題。」詹姆斯說。

「看來是引擎故障。」亞諾幫忙補充。

她飄到控制面板前面，看了顯示以後開始點擊操作。

「詹姆斯，」亞諾直接從擴音裝置說。「我失去了與艾瑪和桂葛里的連線，也無法遠端遙控蜘蛛了。」

「別緊張，」伊蓮娜又開口。「一切都在掌控中。而且我們正好有空上一堂歷史課。」她轉頭望向詹姆斯。「想不想知道你們走了以後，地球是什麼情況？」

「想，很想。」

「黑暗，冰冷，你們從沒感受過的天寒地凍。寒氣滲入地底，來到我們藏身之處，鑽進人類體內，於是一代又一代，我們的皮膚越來越厚。正因如此，對我來說，現在這裡的室溫像是烤箱，曉神星的背光面卻能成爲我們的樂園。」伊蓮娜皮笑肉不笑地說。「我們是被遺忘的族群，血脈來自你們留在地球等死的人。」

「我們當時別無選擇，自身難保，何況你們也沒過來聯絡。」

「有。有些人回應你們呼叫，還親自過去大西洋聯盟，以爲你們會帶大家前往新家園，結果大失所望。」

「那時候太空船空間不夠，」詹姆斯回答。「不能全怪在我頭上吧？」

「是你在雪原上殺光他們。」

「是他們先動的手。」

「他們只是爭取活命機會，而且是你先說謊在先。其實你們也可以留在地球，或者製造更多太空船。你明明是最聰明的地球人，卻背叛了我們。」

「我根本不知道還有人在外面。」

「按照邏輯，你不可能不知道外頭還有倖存者。你眞心認爲所有活下來的人都能在那天抵達九〇三號倉庫？不知道很多家庭還在外面流離失所？不知道有很多孩子孤苦無依？」

「我們搜索過——」

「那就是不夠努力。」

「妳到底想要什麼？」

「給你實踐諾言的機會。我們要曉神星，將會不擇手段拿下來。」

7

桂葛里先注視握住的操作桿，再回頭望向關閉的艙門。引擎室震動越發猛烈。

「亞諾？」他對無線電大吼。「亞諾！」

怎麼呼叫都沒回應，恐怕整條船都斷了通訊。

眼下必須做出抉擇。將握柄推回原本位置就能逃出去，繼續拉到底可以分離引擎，但自己也會跟著飛走。他的額頭和掌心開始冒汗。

●

艾瑪眼睜睜看著太空裝電力存量不斷降低，只剩下百分之六。感覺減少速度越來越快，也就是休眠艙消耗了更多能量。為什麼會這樣？

「亞諾，現在是什麼情況？休眠艙耗電增加了。」

沒有回應。

「亞諾？」

「亞諾！」

》太空裝電力尚有：百分之五。

依舊沉默。

照亞諾的說法，剩餘一成電力時就該拔線。難道過了那個階段就回不了頭？現在就算拔了線，能不能支撐到返回電網太空船？

》太空裝電力尚有：百分之四。

艾瑪心裡有個畫面：自己拔下電線，手一推飄向走道離開，休眠艙燈光會在搖曳後逐漸熄滅，裡頭的小孩當然注定凍死。

》太空裝電力尚有：百分之三。

淚珠滑過她的臉頰。

》太空裝電力尚有：百分之二。

「亞諾……」

等了等，沒有反應。

》太空裝電力尚有：百分之一。

頭罩面板上的電力顯示閃爍消失。

寒意瞬間籠罩她全身，穿透衣物與肌膚。

她呼了口氣，白煙密密附著於面罩，什麼也看不見了。

●

詹姆斯打量伊蓮娜。「曉神星很大，有空間容納所有人。」

「天知道你什麼時候會改變主意，又或者別的因素導致你認為『自己人』優先於我們。畢竟你在地球的時候就幹過這種事。從過去種種就看得出你的為人，詹姆斯。」

「透過協商達成共識就好，不是二選一的狀況。」

「以前也和你協商過，還不是落得現在這種後果。我們學乖了。」

「有更緊急的問題必須處理，」亞諾插嘴。「這艘船的處境堪憂。」

伊蓮娜又在面板點了幾下，面向太空的大窗化作分割螢幕顯示即時影像：一邊是桂葛里在引擎室內抓著兩根操作桿，另一邊是艾瑪縮在一個六角形休眠艙旁邊，艙體與她太空裝之間以電線連接。休眠艙的光線不太亮，而且越來越暗。

「你們一開始的電力供給調校不當。」伊蓮娜說。「引擎過載，停不下來了，系統會一個一個故障。那個男人待在裡頭必死無疑，女人也把太空裝電力都送給了旁邊的備用電源。我救得了他們，只要引擎熄火、把電流導向備用電源就好，還能幫那女人充電。」

「快動手啊。」詹姆斯叫著。

「我要聽你親口道歉。爲你拋棄同胞道歉，你害死那麼多人，也害我們變成現在這個樣子。」

「對不起。」

「空口無憑，何況你詹姆斯．辛克雷是地球歷史上最大的騙子，你說的話有什麼意義？用行動證明你的悔意。」

「妳到底要我怎麼做？」

「要你親身體驗我們過的是什麼日子。留在地球連呼吸都會肺部疼痛，毛孔散發的蒸汽會結冰、凍傷皮膚，最後連血液都凝固，再也流不進心臟。簡單得很，只要你摘掉頭罩就懂了。」

詹姆斯錯愕地望著伊蓮娜，好一會兒腦袋才重新開始轉動。

「亞諾，」他開口。「你們能控制這艘船嗎？」

「還在轉譯——」

「能還是不能？」

「不行。應該說來不及救下桂葛里和艾瑪。」

詹姆斯轉頭對伊蓮娜說：「妳怨恨的是我，我照妳的話做就好了吧？沒必要與已經到達曉神星的人爲敵，也沒必要爲難桂葛里和艾瑪。妳也親眼看見了，他們都努力想救人。讓我這條命交換他們兩個與曉神星所有人的平安。」

「可以接受。」

他用力吸了一口氣，然後伸手解開頭罩卡榫。

刺骨冷風瞬間撲面而來，寒氣席捲全身，詹姆斯忍不住眼睛泛淚，只能憋著最後一口氣，希望亞諾有辦法救他。

可惜奇跡並未出現，冰冷彷彿水泥灌入太空裝，他再也無法掙脫。

伊蓮娜冷笑，卻遲遲沒有解救桂葛里和艾瑪的意思。

詹姆斯的意識在寒意中逐漸消散。他沒想過長冬的故事竟會在太空中的黑暗收尾，由自己根本不認識、不知道其存在的難民後代畫下句點。當年他還曾經豁盡全力想拯救這些人的祖先。

●

引擎室內，桂葛里將操作桿拉到底。隨著轟隆巨響，艙壁與地板瘋狂搖晃，他像顆彈珠彈來彈去，腦袋反覆與頭罩相撞，眼前一陣黑，昏了過去。

●

艾瑪再吸一口氣。冰冷無比。即使吸光了她的生命能量，休眠艙燈光仍舊暗了下來。她的呼吸越來越淺，脈搏越來越快。腦海裡那片黑起初很朦朧，卻一下子膨脹得有如占據整個宇宙。

●

詹姆斯一吐氣就是白煙，反作用力輕輕推他往後退。

伊蓮娜卻穿過了那片煙霧飄浮接近他。「我很少覺得驚訝，不過現在倒是挺意外的。」

他渾身劇痛，肺部像是要爆炸。

開口時，聲音極度沙啞模糊：「艾瑪……桂葛里……」

「睡吧，詹姆斯。什麼都別擔心，已經結束了。」

8

醒來時，詹姆斯發現自己身在小船上，就是先前停在自己後院、接駁到電網太空船的那一艘。艾瑪與桂葛里先清醒了，已站在旁邊滿臉困惑。亞諾則是待在角落。

「怎麼回事？」詹姆斯一開口驚覺喉嚨正常，肺部也是，好像根本沒被凍傷過。

「你們的經歷，我們稱之爲『考驗』。」

詹姆斯扭身下床。「考驗什麼東西？」

「各位的道德良知。」

「那些地球移民怎麼了？」艾瑪提問，可是亞諾不回答。

詹姆斯察覺一部分眞相，但知道只是冰山一角。「移民根本不存在吧？」

「沒錯。」

「電網爲什麼要做這種事？」艾瑪又問。「煞費苦心安排這齣戲……還是所謂的『考驗』，意義是什麼？」

「其實，」詹姆斯緩緩道來。「他們不是電網。」

9

亞諾露出微笑，詹姆斯見了心中更加有底。「看來這次也說中了。」

「那你們究竟是誰？」桂葛里問。

「各位從地球前來曉神星途中曾派出無人機偵察路徑，無人機朝四面八方散開，搜尋可能的威脅。」

「我們丟了一些無人機。」艾瑪想起來了。「如此說來，你們就是無人機發現的威脅？」

「一半一半，」亞諾回答。「無人機找到的是我們沒錯。」

「你們對自己的稱呼是？」詹姆斯問。

「這就不牢各位費心。你們無需知道我們是誰，若我方認爲沒必要，彼此不會再有接觸。」

「那現在怎麼就必要了？」桂葛里問。

「方才提到過，這是『考驗』。我們得知各位存在之後，就有此必要。」

「什麼意思？」詹姆斯問。「看樣子你們相當瞭解地球人。」

「是的。我們針對各位搜集資料，主要來自捕獲的電網船隻。以前也嘗試過，但電網會反擊。近期狀況起了變化，詹姆斯摧毀了各位稱爲『亞瑟』的人工智慧以後，電網船隻不再與我們交戰，專注於保全各處生命，非地球人也包含在內。根據從電網獲得的資訊，我們找到了各位，並進行這次『考驗』。」

「所以，究竟要考驗什麼？」

「各位的道德與無私。你們是否願意犧牲自己拯救同伴、親人以至於陌生人和他們的孩子？」亞諾沉吟後補充。「三位通過考驗了。」

「沒通過會怎樣？」詹姆斯問。

「我只負責監督過程，對應威脅另有專職。」

詹姆斯聽了一陣惡寒。「接下來呢？」他淡淡地問。

飛船艙門打開，外頭是他們家後院，房子就在一百呎外。天幕遮掩了太陽，微光下世界寧靜祥和。

「接下來請各位安心回家去。請牢記在心：生命就是一連串考驗。雖然有許多考驗你們根本無從得知，但並不會因此失去意義。」

（冰凍地球三部曲：失落星球　完）

番外故事後記

非常謝謝大家。

希望各都喜歡這篇《失落星球》的番外。

因爲各位陪伴我到現在，三部曲才有了圓滿結局，我想再次表達發自肺腑的感激。撰寫這三本小說是我過去幾年的生活重心，期間發生很多大事（有悲傷但也有歡樂）。感謝你們的支持愛護，我會時時刻刻告誡自己不要懈怠。

無論你們身在何處，祝福你們的生命永遠陽光燦爛。

傑瑞・李鐸

中英名詞對照表

A

Abigail Sinclair　艾比蓋兒・辛克雷
Adeline　艾德琳
Aguilar　阿奎拉
Al Aziziyah　阿齊濟耶省
Alamo　阿拉莫
Alex Sinclair　亞歷・辛克雷
Allie Sinclair　亞黎・辛克雷
Alpha　阿爾法
Amelio　埃米利奧
Andrew Bergin　安德魯・孛根
Andy Watts　安迪・瓦茨
Angela Stevens　安琪拉・史蒂文斯
Antonio　安東尼奧
ARC（Aurora Rot Collection）
Arnold　亞諾
Art　藝術
Arthur　亞瑟
Artifact　異物
AtlanticNet　大西洋聯盟網
Atlantic Union　大西洋聯盟

B

Baikonur　貝科奴
Beta　貝塔
Bob　鮑勃
Bollard　孛勒號

C

Caffee　卡菲
Capa　主城
Canary　金絲雀
Carl　卡爾
Caspiagrad　裏海城
Caspian Treaty　裏海聯盟
Carson Sinclair　卡森・辛克雷
Carthage　迦太基號
Ceres　穀神星
Centurion　百夫長
Charles Morgan　查爾斯・摩根
Charleston　查爾斯頓
Charlotte Lewis　夏綠蒂・路易斯
Citadel　城塞
Collins　柯林斯
comm brick　通訊方塊
Craig Colline　克雷格・柯林斯

D

Dan Hampstead　丹恩・漢普斯泰德
Data Bricks　數據磚
David　大衛
Delta　德爾塔
Deshi　德實

Dodson　道森

E

Earls　爾斯
Edgefield Federal Correctional Institution　艾吉費爾德聯邦矯正中心
Eliana　伊蓮娜
Enterprise　企業號
Emerdld Princess　翡翠公主號
Emma Matthews　艾瑪・梅休斯
Eos　曉神星
Eye of the Grid　電網之眼

F

Finley　芬利
Foil Woman　錫箔女
Fornax　火神號

G

Gloria　葛羅莉亞
Goddard　戈達德網路整合中心
Grid　電網
Grigory Sokolov　桂葛里・索可洛夫

H

Harmony　和諧號節點艙
Harry Andrews　哈利・安德魯斯
Harvester　收割者
Heinrich　海因里希
Helios　赫利俄斯
Hornet　大黃蜂號
Hygiea　健神星

I

Icarus　伊卡洛斯
International Space Station (ISS)　國際太空站

J

Jack Sindair　傑克・辛克雷
James Sindair　詹姆斯・辛克雷
Janus　雅努斯
Jeff　傑夫
Jeffords　杰佛德
Jericho　耶利哥號
Jiaquan　酒泉

K

Kebili　吉比利
Kuiper Belt　古柏帶

L

Lawrence Fowler　羅倫斯・佛勒
Lazarus　拉撒路
Leonidas　列奧尼達
Lewis Scott　路易・史考特
Lewis　路易斯
Lin　林
Lina Vogel　莉娜・沃杰
Living Ston　利文斯頓
Long Winter　長冬

Lat Desert　盧特沙

M

Madison　麥迪遜
Madre　瑪德烈
Marcel　馬塞爾
Marco　馬可
Maria Fowler　瑪利亞・佛勒
Marriane　瑪麗安
Martinez　馬丁尼茲
Matthias　馬蒂亞斯
Max Dantorth　麥斯・丹佛斯
McTavish　麥塔維史號
Melong　米隆熱
Melting Point　《熔點》
Michoacán　米卻肯州
Midway　中途島
Mighty Mo　大莫號
Min Zhao　閔肇
Missouri　密蘇里號

N

Natasha Richards　娜塔莎・理查茲
Nathan　納森
Nauka　科學號實驗艙
NOAA　美國國家海洋暨大氣總署
Noah　諾亞
NOAH（Naming of Aurora Hosts）　諾亞

O

Oliver　奧利佛
Oliver Karnes　奧利佛・卡恩斯
Olivia Lloyd　奧莉薇・羅伊德
Olympas　奧林帕斯
Omega　歐米茄
Orlan　海鷹太空裝
Oscar　奧斯卡
Owen　歐文

P

Pac Alliance　太平洋聯盟
Rallas　智神星
Paroli　帕羅利
Pax　和平號
Pearson　皮爾森
Pedro Alvarez　佩德羅・奧法瑞茲
Perez　裴瑞茲
Phoenix　鳳凰號
Photovoltaic Solar Cell　光伏電池
Pirs　碼頭號對接艙
Poisk　探索號小型研究艙

R

Rachel Harris　瑞秋・哈里斯
Rassvet　晨曦號迷你研究艙
Raymond Larson　雷蒙・拉爾森
Raymond McTavish　雷蒙・麥塔維史
Regolith Plague　月壤病

Regolith Sponges　月壤綿
Ricardo　瑞卡德
Richard Chandler　里察・錢德勒
Rosyth　羅塞斯
Ryan Young　萊恩・楊

S

Sam Eastman　山姆・伊斯曼
Sarah Sinclair　莎菈・辛克雷
Sergei　謝爾蓋
Solar Array　太陽能電池陣列
Solar Cell　光伏電芯
Solar Shield　太陽之盾
Sora Nakamura　中村空
Soyuz　聯合號運載火箭
Space Labs　《太空實驗室》
Sparta　斯巴達
Spartanburg　斯帕坦堡
Stephen　史蒂芬
Summer Sun　夏日號
Supercarrier　超母艦

T

Tanaka Izumi　田中泉美
Tanegashima　種子島
Tara Brightwell　塔菈・布萊韋
Telorica　特羅里卡
The Birthright　《基本權利》
Total War　總體戰
Terrance　泰倫斯
Tranquility　寧靜號節點艙

U

Unity　團結號節點艙

V

Verdun　凡爾登
Vestal　女灶神號

W

Wadi Halfa　瓦迪哈勒法
Western Mountain Scorpion　西山蠍
Winter Experiments　凜冬實驗
Wyatt　懷特

Y

Yorktown　紅克鎮號

Z

Zoe　柔伊
Zvezda　星辰號服務艙

BEST 嚴選 126

冰凍地球終部曲：失落星球（完結篇）

原 著 書 名／The Lost Colony
作　　　者／傑瑞・李鐸（A. G. Riddle）
譯　　　者／陳岳辰
企畫選書人／王雪莉
責 任 編 輯／王雪莉
版權行政暨數位業務專員／陳玉鈴
資深版權專員／許儀盈
行 銷 企 畫／陳姿億
行銷業務經理／李振東
副 總 編 輯／王雪莉
發　行　人／何飛鵬
法 律 顧 問／元禾法律事務所　王子文律師
出版／奇幻基地出版
城邦文化事業股份有限公司
台北市 104 民生東路二段 141 號 8 樓
電話：(02)25007008　傳眞：(02)25027676
網址：www.ffoundation.com.tw
e-mail：ffoundation@cite.com.tw
發行／英屬蓋曼群島商家庭傳媒股份有限公司城邦分公司
台北市 104 民生東路二段 141 號 11 樓
書虫客服服務專線：(02)25007718・(02)25007719
24 小時傳眞服務：(02)25170999・(02)25001991
服務時間：週一至週五 09:30-12:00・13:30-17:00
郵撥帳號：19863813　戶名：書虫股份有限公司
讀者服務信箱 e-mail：service@readingclub.com.tw
歡迎光臨城邦讀書花園　網址：www.cite.com.tw
香港發行所／城邦（香港）出版集團有限公司
香港灣仔駱克道 193 號東超商業中心 1 樓
電話：(852) 2508-6231　傳眞：(852) 2578-9337
e-mail：hkcite@biznetvigator.com
馬新發行所／城邦（馬新）出版集團
【Cite(M)Sdn. Bhd】
41, Jalan Radin Anum, Bandar Baru Sri Petaling,
57000 Kuala Lumpur, Malaysia.
Tel: (603) 90578822 Fax:(603) 90576622
email:cite@cite.com.my

封面設計／朱陳毅
排　　版／極翔企業有限公司
印　　刷／高典印刷有限公司
■ 2021 年（民 110）3 月 30 日初版

售價／ 420 元

國家圖書館出版品預行編目資料

冰凍地球・終部曲：失落星球 / 傑瑞・李鐸 (A.G. Riddle) 作；陳岳辰譯. -- 初版. -- 臺北市：奇幻基地出版，城邦文化事業股份有限公司出版：英屬蓋曼群島商家庭傳媒股份有限公司城邦分公司發行，民 110.03
面；公分. -（Best 嚴選；126）
譯自：The lost colony.
ISBN 978-986-99310-9-0 (平裝).
874.57　　109017882

SBN 978-986-99310-9-0
rinted in Taiwan.

城邦讀書花園
www.cite.com.tw

廣　告　回　函	
北區郵政管理登記證	
台北廣字第000791號	
郵資已付，免貼郵票	

104台北市民生東路二段141號11樓

英屬蓋曼群島商家庭傳媒股份有限公司城邦分公司 收

請沿虛線對摺，謝謝

奇幻基地

每個人都有一本奇幻文學的啓蒙書

奇幻基地粉絲團：http://www.facebook.com/ffoundation

書號：**1HB126**　　書名：冰凍地球終部曲：失落星球（完結篇）

奇幻基地20週年・幻魂不滅，淬鍊傳奇

集點好禮瘋狂送，開書即有獎！購書禮金、6個月免費新書大放送！

活動期間，購買奇幻基地作品，剪下回函卡右下角點數，
集滿兩點以上，寄回本公司即可兌換獎品&參加抽獎！
參加辦法與集點兌換說明：
活動時間：2021年3月起至2021年12月1日（以郵戳為憑）
抽獎日：2021年5月31日、2021年12月31日，共抽兩次
奇幻基地2021年3月至2021年12月出版之新書，每本書回函卡右下角都有一點活動點數，剪下新書點數集滿兩點，黏貼並寄回活動回函，即可參加抽獎！單張回函集滿五點，還可以另外免費兌換「奇幻龍」書檔乙個！

【集點處】（點數與回函卡皆影印無效）

1	2	3	4	5
6	7	8	9	10

活動獎項說明：

★ **「基地締造者獎・給未來的讀者」抽獎禮**：中獎後6個月每月提供免費當月新書一本。（共6個名額，兩次抽獎日各抽3名）

★ **「無垠書城・戰隊嚴選」抽獎禮**：中獎後獲得戰隊嚴選覆面書一本，隨書附贈編輯手寫信一份。（共10個名額，兩次抽獎日各抽5名）

★ **「燦軍之魂・資深山迷獎」抽獎禮**：布蘭登・山德森「無垠祕典限量精裝布紋燙金筆記本」。
抽獎資格：集滿兩點，並挑戰「山迷究極問答」活動，全對者即有抽獎資格（共10個名額，兩次抽獎日各抽5名），若有公開或抄襲答案者視同放棄抽獎資格，活動詳情請見奇幻基地FB及IG公告！

特別說明：

1. 請以正楷書寫回函卡資料，若字跡潦草無法辨識，視同棄權。
2. 活動贈品限寄台澎金馬。

個人資料：

姓名：＿＿＿＿＿＿＿＿＿＿ 性別：□男 □女

地址：＿＿＿＿＿＿＿＿＿＿＿＿＿＿＿＿ Email：＿＿＿＿＿＿＿＿＿＿

想對奇幻基地說的話或是建議：＿＿＿＿＿＿＿＿＿＿＿＿＿＿＿＿＿＿＿＿＿＿＿＿

＿＿＿＿＿＿＿＿＿＿＿＿＿＿＿＿＿＿＿＿＿＿＿＿＿＿＿＿＿＿＿＿＿＿＿＿＿＿

請剪下右側點數，貼於集點處，集滿兩點即可參加抽獎

1p 2021